U0476131

从春雨到秋雨

万成 著

北方文藝出版社

图书在版编目（CIP）数据

从春雨到秋雨 / 万成著. -- 哈尔滨：北方文艺出版社，2024.8
ISBN 978-7-5317-5951-5

Ⅰ. ①从… Ⅱ. ①万… Ⅲ. ①散文集—中国—当代
Ⅳ. ①I267

中国国家版本馆CIP数据核字（2023）第095622号

从春雨到秋雨
CONG CHUNYU DAO QIUYU

作　者 / 万　成
责任编辑 / 张贺然
装帧设计 / 云上雅集

出版发行 / 北方文艺出版社
发行电话 /（0451）86825533
地　址 / 哈尔滨市南岗区宣庆小区 1 号楼
邮　编 / 150008
经　销 / 新华书店
网　址 / www.bfwy.com

印　刷 / 长沙市精宏印务有限公司
字　数 / 290 千
版　次 / 2024 年8月 第 1 版
开　本 / 710mm × 1000mm　1/16
印　张 / 18
印　次 / 2024 年8月第 1 次印刷

书　号 / ISBN 978-7-5317-5951-5
定　价 / 98.00 元

春风桃李　秋水文章

——《从春雨到秋雨》序

◎ 吴茂盛

万成是我大学同学。

20世纪90年代初，我们求学于一个叫杨梓塘的地方——零陵师专。我这人一向固执，尽管母校早已升格叫湖南科技学院了，但我依然叫她零陵师专。只有这个称呼，才觉得最是亲切。当年，我们读的是中文系，都梦想成为作家。然而，理想很丰满，现实很骨感，毕业后大多做了教书育人的语文老师。来自益阳桃江的万成也不例外，也光荣地成了人类灵魂的工程师。

从此，三尺讲台就是他的一亩三分地。

人生舞台不分大小，关键是如何演绎。其实，每个人都可以用心书写好自己的人生篇章，万成就是如此，他把事业绘成了彩虹。他绚丽多彩的人生之书淳朴而厚实，儒雅而意义非凡，因为他是一位勤勉的耕耘者。

这不，他又著新作，即将付梓出版。当我一口气读完这部厚厚的《从春雨到秋雨》时，又是感慨万千。书中的每一页，几乎都印染着他多彩生活的温馨痕迹，刻下了他不懈追求的淡然身影。在这个物欲横流的年代，他用美好文学来呵护心灵，孜孜不倦，勤奋学习，不断摘取写作路途的硕果。这几年，他已出版了两本著作，参与编辑的集子多达五六部，每年都有很多文学作品和地方历史人文方面的文章在各报纸杂志上遍地开花，这种执着的写作精神带来的收获，构成了他人生岁月的可贵篇章。

读着《从春雨到秋雨》，让我仿佛又回到了纯洁无邪不带纤尘的师专时光。当年，我们经常在寝室里彻夜谈诗，谈北岛谈顾城谈聂鲁达，也谈我们自己办的《西山文学》。我一直觉得选择零陵师专是我最大的幸运。山不在高，有仙则名；水不在深，有龙则灵。杨梓塘就是这样一个藏龙卧虎之地，胡宗健、周荷初、王田葵等纵横文坛的文艺评论大家就在这里教授。有了这些名师的指导，西山文学社风生水起，在全国小有名气。我是《西山文学》主编，万成隔三岔五拿着新作找来，我们无话不谈。万成谦和低调，谈吐不俗，我打心眼里佩服他的才华。那时，伤痕文学已退潮，朦胧诗已崛起，先锋小说正盛行，我们与时俱进地谈爱好谈文学谈未知的未来。

“文章合为时而著，歌诗合为事而作。”他认为，文学创作必须讲究真实，不缺真情，抒发自己内心深处最贴切的感受。万成回到家乡后主持着一个叫“淘金”的文学社，引导学生开展写作活动。他们以文学社为平台，以书为桥梁，以文为载体，开展办刊、采风等文学交流活动，沉浸在读书爱书、美文神交的校园文化中。文学社的德育功效被放大开来，给学校营造出了一种良好的育人氛围。文学陶冶人的性情，洗涤人的灵魂，由于办刊出色，师生作品发表较多，“淘金”因此而位列湖南“十佳”、全国“百优”，他出席了全国和省里的会议，并作典型发言。业余时间，他还兼任红网《散文随笔》版版主，点评作品，赢得诸多文学网友的喜爱。

文学，必须要贴近时代的脉搏，用浓墨重彩描摹我们理想的生活，塑造我们壮丽的人生，唱响新时代的主旋律。他主编的《桃花江文化》报内容多姿多彩，反响良好。他把自己融入改革开放的大潮，谱写出无愧于这个时代的宏伟篇章，让文学和生活插上了理想的翅膀。

除了文学以外，他还涉猎历史、地域文化等研究领域。他主编和参与编辑了“桃江历史文化丛书”《历史人文卷》《美人·竹·茶历代诗联集萃》《桃江人物新编》《桃花江地名趣谈》《益阳旅游导游词》《文学社团活动课程概论》《桃江县教育志》等书，翻开那一页页散发墨香的纸张，那些故事就像一颗颗晶莹的沙砾，铺就在家乡人民历经的生活路上，沙砾上留下一串串脚印，那是记录在历史长河沙滩上最值得回味的印迹。

万成一向把自我的快乐时光灌注于笔尖和键盘。多年来，与纸笔和电脑相依相伴，潇洒地过着沉稳宁静的日子，也排解了多少剪不断理还乱的情怀。《从春雨到秋雨》是他近年来发表了的文章的一个选集，分四部分，“魂牵故园”以写故园的散文为主，语境精工，凝练洒脱；“情系弦歌”不乏美好的亲情友情爱情，这些文字带着玫瑰花瓣的光芒，在读者灵魂深处动颤；“梦回往事”给人以“亲历性”的美好回味，如捧在手心的一杯杯暖茶；“景在旅途”多以小说形式呈现，刻写细腻，视觉敏锐，像《六叔公》《陈年的结》，像镂空的雕花窗，经典，明亮清澈，且饱含深情，抒发出内心真挚的美好，其笔调优美，描写生动，读来感人。相信读者诸君手捧读之，会不忍释卷，心灵受到震撼。文学是美好而又清苦的事业，它不仅以其艰苦的创作过程延续着人类的精神文明，也能使作者和读者在写作和阅读中不断陶冶情操，这种难得的经历和体验，成为一种财富，往往使人终身受用。

卡耐基说，人生的价值，就是创造有价值的人生。这是一句至理名言，也是一切人生理念的思想基石。有志者，事竟成。万成做到了，春风桃李，秋水文章。

是为序。

2024年1月8日

（吴茂盛，当代作家、诗人、美术评论家。湖南祁阳人，中国作家协会会员，永州市作家协会主席，湖南省东方诗书画院常务副院长。曾获潇湘文学奖、丁玲诗歌奖、全国青少年新诗奖、兰州军区《西北军事文学》首届优秀诗人奖等十多项奖项，并入选几十种年度选本。曾任中央党校中国市场经济报驻湖南记者站站长、《新世纪周刊》主编等。著有诗集《诞生在冬天的孩子》《无尘的歌唱》《独旅》《到达或者出发：编年诗选》和长篇小说《驻京办》《招生办》等10多部。）

目录
CONTENTS

卷二　情系弦歌

卷三　梦回往事

卷一 魂牵故园

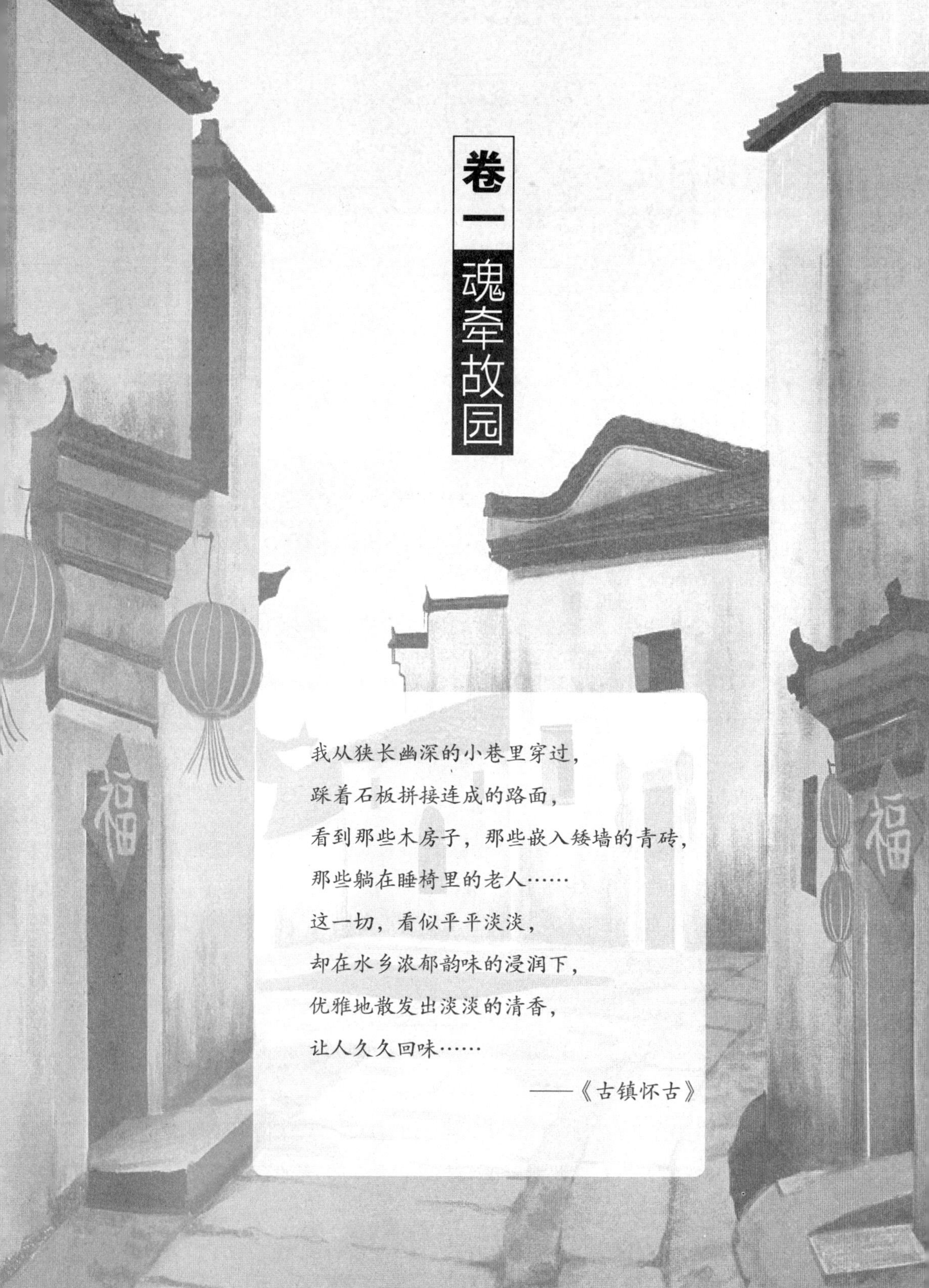

我从狭长幽深的小巷里穿过，
踩着石板拼接连成的路面，
看到那些木房子，那些嵌入矮墙的青砖，
那些躺在睡椅里的老人……
这一切，看似平平淡淡，
却在水乡浓郁韵味的浸润下，
优雅地散发出淡淡的清香，
让人久久回味……

——《古镇怀古》

凝视村庄

在江南山水之乡，有我故园魂牵梦萦的村庄。

蜿蜒的石板路，跳跃着我童年轻快的步履；那竹子围成的篱笆，蓄满了曾经的欢声笑语和庄稼的勃勃生机；村口那棵不老的桂花树下，轮回流淌着村里的家长里短；老屋后山的青葱草木手拉着手，宛若对对恋人，在相互倾诉无尽的爱慕之情……

在漂泊的岁月里，那绿的叶子、红的花朵和清清的溪流，一直高扬着游子的生命和信仰。

我从村庄走出来，我向村庄走去。村庄在我的生命流程中时时闪耀，多少回梦里，那被父母攥在掌心里的双手，贪婪地享受着爱的暖流，久久不想放开。我没有理由不去仰望村庄的丰姿，凝视村庄；我是一匹为村庄吟诗唱歌的瘦马。

我的思绪，在凝视村庄的时刻，缤纷灿烂。

村庄，你的无声细雨，润泽了我所有的美好时辰；你的明媚阳光，成熟了我满园的五谷收成。

凝视村庄，浮想联翩，那远处的山坡不正是父亲的脊梁？那褐色的土壤，一如父亲的脸庞。父亲的脚踝深入故园土地的脉搏，阳光成片倒下，拔出串串饱满的果子。村庄，多么博大浑厚的村庄！

近处的菜园，便是母亲的乐土。所有的青翠，都深情地依偎在母亲的菜园里。母亲已老去，那些嫩绿的怀想，已植入昨天的西风里，但菜园的图案，已占满了我的思念。我穿行在季节的图画里，体验一株蔬菜的成长姿势。

我想，在我心里，装着父母亲的村庄应该是绿油油的、沉甸甸的。

凝视村庄，凝视游子日记本里最厚实的那一页。

村庄的歌谣暗香弥漫。昨天的光阴在一阵鸡鸣声中悠然睡去，水一样的月华轻抚大地的每一个犄角，一两个任性的星眸趁着踉跄的梦境却在抚摸那矮矮的土墙和篱笆，露珠滚动夜的眷恋，开始撼动树梢的小鸟。村庄生动无比。

晒谷场上，一颗颗粮食在工具的翻动下激情地滚动着，灵动的鸟雀用细细的脚尖踩出点点趣事，一路把无忧欢乐的童年渐次播放。

牛栏里，牛儿们正悠闲地躺着，它们甩着得意的尾巴，一遍又一遍地反刍垄间的丰收。墙脚边，犁耙已被擦拭一新，只待来年追赶春雨的鞭声。

红绸带挂在天边，逶迤的山路上，又是谁敲响了迎亲的锣鼓？一只铜唢呐在风中悠扬。在村庄动情的脉搏里，谁能阻止爱情的诗篇茁壮成长？

袅袅炊烟中，糍粑和谷酒的香悄然飘来。小狗亲昵地钻出篱笆，紫蝶迎着斜阳翩翩起舞，亲人背一篓落霞而归，酒盅就摆在腊肉和红椒之间。伸手可触的，还有风中浅唱的蒲公英花。

夜幕来临了。林间的鸟叫声升起，月光随山峦起伏而跃动，狗的欢叫如波似浪，凤尾竹婆娑曼舞……村庄的音乐翩然四起，村庄在无与伦比的安眠曲中又一次渐入梦乡。

村庄，我野性的诗句卧在你充满温情的泥土里，总是奔腾激荡。你熏醉了归来的游子。

凝视村庄，咀嚼我人生的源头。

村庄，我伸出渴望的手掌，在盈盈一握的瞬间，已泪涌千行……

（原载2009年1月4日《益阳城市报》“文化版”，原题《咀嚼村庄》；又载2018年4月6日《益阳日报》副刊）

温馨的火塘

村庄在改变模样，一些老屋厨房地面先人留存的火塘已消失。面对渐渐离去的火塘，我无端生出许多美丽的忧伤来。

今夜的月光，淌在脸上，春水一般。沿着月光的足迹，我以怀念之水，踏上故园老屋的台阶，触摸我童年的火塘。

我是一棵故园冬季里的葱绿之树，我是在火的沃壤上茂盛地长大的。火塘里那熊熊燃烧的火，泛出融融暖意，一直烘烤着我的童年我的梦境……

多少年了啊，老屋的火塘盛满了我童年的欢乐，启迪了我人生路上的热情和智慧。

火塘是一块象形文字，镌刻的都是祥和的柔情和温暖的时光。母亲那时很健康，她不遗余力地为这个家操劳着。时常，母亲一边怀抱水罐，一边往火塘里添着木柴，她要让火的光芒升腾、延伸，为她的家人把寒冷拒之门外；祖父的笑容很慈祥，他把长把烟壶伸进火塘里，便有迷人的烟圈从他的嘴里徐徐喷出，飘起好看的舞蹈来；父亲从火塘上方吊挂的那口生铁炉罐里舀着开水，随着咕噜咕噜的喝水声，他又开始给我讲故事了。这个时候，我的脑海中就出现了一片灵性的土地，土地丰饶而多姿多彩，那些谷子与大雁和南风在一起心醉地翩翩起舞，那些牛儿，被青草般的牧歌牵引着，它们散步在回家的路上。

故园的夜晚被亲情点燃，整个厨房被诗意的光辉照耀着。火苗舔着锅，映着家人们的脸，在我的遐想里，是一首抑扬顿挫的韵歌。

邻居们来了，围绕火塘而坐。茶香袅袅漾开，茶壶筛出来二十四个节气的农事和瑞雪兆丰年的喜气。父亲讲先祖的历史，邻居谈耕种收成，母亲为亲友泡茶。火塘蓬勃的家园，成了我姹紫嫣红欢欣向上的乐土，我像一只蜜蜂，贪婪地在这片花草间采撷金黄而又充盈着温情的花粉。我把火塘拥在了怀中，我的血液里盈满了它的香气。

在那些煤油灯闪烁的朴素日子里，灯光有些暗。跳跃的灯火中，没有光亮刺眼的高档物什，一个厨柜早已被烟熏得黑黑的，用久了的桌、椅和盆、缸，无一例外地老了。火塘上方熏挂着腊肉，一边的一方壁墙，由竹片编织再糊上石灰而显得灰白，那里书有“福禄寿喜”四个字，是高祖遒劲的书法。火塘的历史是一条动情的河流，流动着五代人的生生息息明明灭灭。

火塘不需要奢华。一支烟一口酒一碗茶，就足以陶醉沧桑的祖先们。他们围着火塘幸福着，谋划着，在冬季的火塘边，他们就萌发了对来年的信心、激情和期待。火塘边的精神生活丰富多姿。

火塘对我的童年，无异于一部精致的童话，我在童话里充实和壮大。我看见老屋和村庄就在火塘的这种颜色里辉煌，与太阳的光泽一样。

今夜的月光，把我的家园打湿，也把我的眼睛打湿。无人居住的老屋在凉风中簌簌发抖，孤零零地待着，多像我远去的祖父和父母。那口火塘已经面目全非了，只有周围的四条青石板在孤寂中默诵着那一篇又一篇久违了的古谣。岁月在斑驳，火塘已喘息得没了声音，但弥漫在火塘四周的教诲，一直萦绕于我的脑际，滋润着我的眼睛。

面对现代化的暖气空调和电火炉，火塘已成为风干了的意象。可是，火塘，这个寒冷季节的词汇，始终明亮着，燃烧在我远行的梦境里。

温馨的火塘，承载着爱的热源。

（原载2016年12月30日《益阳日报·魅力桃江》，2023年2月13日安徽《巢湖晨刊》副刊）

故园那口老井

当城市和心情像漂白的自来水一样平淡乏味，这时，老井在我的怀想里，是一种牵挂。

想起老井，我含情脉脉的目光会越发光亮起来，眸里饱含的是晶莹剔透的情感，因为眼湖的源头，正是故园那口明亮的老井。

老井是伴着老屋的产生而产生的。19世纪初，一场声势浩大的造屋运动之后，我的高祖和他的兄弟在自家屋门口掘下了这口井。井水从所砌的石缝里汩汩流出，清澈透明。井水把几代人的太阳和月光磨洗得雪白。

这泓激动的泉水自始至终澎湃着老屋的希望。它先后孕育了老屋一百余口人的血肉情长，为老屋灌溉了许多动人的麦子和诗歌。毫无疑问，它也芬芳了我童年的花朵。

老井是深幽的。它的四周是用青石块垒砌起来的，石缝里蔓着苔藓，绿茵茵的。绿茵茵的苔藓一年四季引领着我的家人走向春暖花开的人生。童年的我，每每驻足老井边缘，总要静听那浅浅的流水声，水声像和悦的琴音，在耳边潺潺跳跃着，那时我心中仿佛有一枚绿叶，在与水声合拍起舞，舞出几多动人的细节来。

在晨曦和晚霞中洋溢的细节最为动人。挑水的扁担在我的那些婶娘和嫂嫂的肩头颤悠，忽闪忽闪的，一不留神就吱嘎出一串串极富节奏的音韵来。这时，就有玉米一样的气息在晨雾中流动，就有荞麦的芳香伴着早晨第一缕阳光冉冉升起。谛听于家门口的这条青石板路，谛听于少妇们杨柳般身姿在夕阳里的摇曳袅娜，我想，那些撑着油纸伞踽踽行走的江南女子，或许还无法跟这里的风景相比，她们不一定能绽放出如此灿烂的音乐来。

迤逦的笑容也成为井台边抹不去的风景。井边是一个小坪，是石板铺就的，那里集中了挑水、浣衣、洗菜等很多故事情节。鸡毛蒜皮的事，可以成为玩笑的经典，信口开河的话，可以任意在井口荡来撞去。收割后的土地本来就荡漾着舒心，何况人口集中的井台呢？老井的欢乐镀亮了太阳和月亮，老井的欢乐也甜蜜了老屋的挑水人。

记忆中的老井也遇到过一次枯水时节。当时，是20世纪70年代，我的父辈们对这口曾经百多年长流不竭的老井突然枯水很不理解，直到我的父亲发动所有的兄弟和叔伯把井一层一层地拆开，才大明真相。原来老井的水是通过井壁深埋的竹管从很远的地方输送而来的，那时地底下的竹管已破，水流被夭折。等到长辈们把老井修复完毕之后，年幼的我恭敬地将脸俯向井口，虔诚地守候着那涓涓细流重新涌动，最后，我捧起井水喝了一口，感觉特别凉爽、微微清甜……

我对老井俯首低眉，百倍敬爱。老井的故事，构成了我对故园怀念中最温馨、最动情的一部分。

背井离乡后，老屋成了七零八落的现代民谣，老井也渐渐淡出了我的生活。高祖的后代都用塑料管接上了自来水，老井的故事已被一条伸到老屋的机耕路辗得百孔千疮。

见不到老井的日子，我的心田总有永远的渴意。那汩汩有声的清泉，正逐渐地化成我饱含热泪的两潭深湖。

（原载2013年7月1日《益阳日报·魅力桃江》、2021年第1期益阳《资水》、2019年8月16日安徽《巢湖晨刊》副刊）

老　屋

沿着曲曲折折的往事，在秋水精心构思的情节里，黑黑的老屋，总是蜿蜒而至……

今夜，我站在城市的夜空下，望着满天的星光，倾听无边的月语，唯有缄默可以触摸家园深邃的心弦。

城市的霓虹不是星光，却比星光更冷。只有在想起家园的时候，在想起家园古色的老屋的时候，在想起老屋里瓦罐水味的柔情的时候，我才会悄悄潸然泪下……

老屋静卧在故园的小山坡上，睡在山水田园淡抹的画卷之中，安详如梦。我离开老屋一年了，老屋唯一的主人——我的母亲已永远走进了暮色的树林中。无人居住的老屋在风雨中渐渐凋零，如本家四奶奶那张掉牙的嘴。然而，在夕阳的余光中，我分明感觉到老屋凄凄的笑靥里，总藏着我一片叫乡愁的思念……

老屋是我的祖先裸着古铜色的胸膛，从很远的地方，挑来黑瓦，肩来木方，精心构建而成的。经过几代人的沧桑，老屋已断裂成七零八落的诗句。那二十余间木房子大多被我的那些兄弟和叔伯锯成了现代的民谣，只有遗留于我的那两间一直鲜活在我呢喃的梦中。它从季节的最躁动处跋涉而来，依然演绎着丰富的表情，时时感动着无眠者的泪水。

阳光在老屋的上空悄然开放，白云在老屋的树林里舒卷飘逸……无论身处何方，我的心弦总是摇滚着一路抒情的音乐。

很幽深很宁静的那些门和窗，被风雨漂白成一块块岁月的琥珀，嵌印着祖先们那一张张辛苦的紫褐色脸庞；壁脚上的绿苔茁壮成一溜儿的青翠，绽出透明的禅意，流动着天籁般的神话；那用青石条围砌的正方形火塘，承载着鲜红的火焰，洞射着老屋几代人的心胸，那是老屋的心灯。

时光易逝，老屋的一代又一代在生生灭灭的轨迹里延伸，就连隔壁八十岁的四奶奶也依然恪守着那千年的情话，一条木板凳，一双不花的明目，每每回家，总见老屋里她晃动的身影，总是把鲜嫩的阳光种植在老屋台阶的梦境之上……

真想回老屋，看看那爬满藤蔓的小院，抚摸那些锄头、镰刀、二胡、瓷罐……抑或在串串紫亮亮的葡萄架下听那悠扬悦耳的雨声……打鼓、击乐、上坟、踏青，老屋的气韵源远流长，陈年的葫芦已是一分为二的瓢，漂在清澈的水瓮里，那是一首古典的诗！

离开老屋的日子，我的睫毛时常被打湿，一个个无眠之夜分明就卧在我的窗棂之上，伸一伸手，捞住的却是一片他乡的月华……

（原载2005年5月3日辽宁《语文辅导报》、2003年6月号湖北《读写算》初中版、2020年5月8日《巢湖晨刊》副刊）

周庄：好水如梦

弯成一尾鱼，悄无声息地，穿过幽幽唐风、依依宋雨，拐进雨霏霏的江南，我看见了雨后的周庄。周庄，好水如梦！

周庄的水，波光潋滟，像一条条翡翠缎带，在苏州昆山大地毯上蜿蜒漂过；又像一条条银练，挽起古巷、老屋、码头和石桥的臂膀，婀娜了古镇的身姿曲线。

水的每一个小小旋涡，都是一片笑意，映着蓝天白云，映着两岸绿树芳茵，青草飘香，群莺纷飞，那水流动的是清新和欢快。

我坐在乌篷船上，向周庄的深处荡去。桨橹翻动河流，如划过史册，桨橹上滑下去的是流水与时光的碎片，捞起来的是一段段陈年往事。沈万三的故事源远流长，陈逸飞的《双桥》蜚声海内外。周庄的明媚宁静、安闲古朴把日子一页页叠起，就缀出了一本线装的如梦好水。

那些庄园层层递进，庭院深深深几许。厅内张灯结彩，装饰典雅，古色古香的门楣残雕和斑驳的漆痕昭示出时光的魅力。置身其中，或许突然发现心中会衍生出一片寂静，一片晶莹，忘记了世间一切喧哗。

双桥最能体现古镇的神韵，碧水泱泱，翠枝掩映，欸乃声声的小船从桥洞穿过。目光拂过桥身，感觉身体微凉，潮湿的水汽四下弥漫，宛如水乡柔和的质感，温柔细腻。

曲曲折折的石板路，干净，静谧，年久的磨合显得光亮平滑，依然可以照见往日的繁华。别有一番情趣从石板上流淌，一折台阶就是一折诗。

临河亭阁、水埠廊坊、过街骑楼，白墙与黛瓦，重脊与高檐，石栏与雕梁，携带着水墨画的气息扑面而来，凝重的墨线渐次变成活泼流动的彩光，让人心灵怦然雀跃。

写生是一些大学生和其他美术爱好者喜欢的事。一支笔，一个画板，就能牵出一个垂钓者和一道弧线的银光，或者漾出几圈细如蛛丝的涟漪。一草一木、一砖一瓦处处渗透出悠远文化精髓的魅力。

撑着油纸伞的曼妙佳人，从水光的诗意和霞彩的绚丽里娉婷走来，蛾眉皓齿，蓦地升华了江南的浪漫。那眸子里的柔情如此少见，似纤细绒毛，如明丽月光，一缕缕地飘浮着，飘到乌篷船上哪个男子的脸上，那脸上就会闪亮一片。

摇橹而歌，船娘甩着乌黑发亮的辫子，身穿小花头大襟短袄，腰间是一抹士林蓝布百褶小围裙，脚穿绣花绲边布鞋，她以一种俏丽姿态扬起动人歌谣，古老的渔歌在河面上传得很远。透过水幕光影，周庄跨越千年，从水中走来。

周庄是一本书，一本千年沧桑历史和浓郁吴地文化相谐相融的史书。周庄像一首诗，一首钟灵毓秀、玲珑精巧、让人流连忘返的诗。游走在周庄的诗情画意里，跟随韶华的光影，感受那份似水年华，感受那缕水乡韵味，我生怕惊扰了周庄的旖旎美梦……周庄，好水如梦。

（原载2021年第1期益阳《资水》）

古镇怀古

漫步故乡小镇的这些街头，无端由地怀想起古镇遥远的历史来。

老人们称古镇为“桃花港”，较之不靠水的内陆，“港”在过去，自有它地理位置的得天独厚和深厚的历史人文。

两千多年以前，屈大夫涉水而来桃花江，留下了仰天长啸的一百多个问句，至今有天问台、钓鱼台等遗迹发散着上古时代的气息。东林寺相传为唐代尉迟恭、秦叔宝监修，明代江西巡抚郭都贤又于此削发为僧。可惜，寺院被毁于民国时期，最后一点儿佛殿房子也于20世纪70年代消失殆尽。

唐代开始，这里开发了驿道。有《新唐书·地理志》载：“唐永泰元年（765），都督翟灌，自望浮驿开新道，经浮邱至湘乡。”可见，当年这里是交通枢纽，资江南岸的这个地方，开始建造房子，慢慢地成为街道。宋代，“桃花港”之名逐渐传闻于市井乡野。清代，驿站设在小镇旁边的杨家坳，有马棚12间，马12匹，马夫6名。后，驿站废，改建了塘汛。这个年代，桃江集市有了些规模，沿河正街延伸，长度达1.5公里，另有3条尾街。中华民国初年，桃江设镇。1952年2月，桃江从益阳县析出，古镇陆续开始扩建。

古镇的画面就这样从我的脑海里悠远而来……发黑的瓦顶、静谧的流水、幽深的弄堂、不灭的灯笼、河畔依次相叠而上升的花岗石码头……

永清街、翰林街、长兴街、清平街、星贤街、居士巷、木墩巷等街道，万寿宫、步云庵、水晶宫、牛皇庙、天后宫等建筑，渐渐清晰在我的视野，街面铺着麻石，两旁扎着鹅卵石，两三层的木结构房子蜿蜒排布着，沿河一带的房子多是吊脚楼，挑水的妇女穿越吊脚楼下的石级，从资江河码头舀上水来，扭着好看的腰肢，构成了一道让人浮想联翩的风景。

这个时节，我徘徊在古镇张家码头的大堤上，仿佛看见滟滟水波映照着吊脚楼上傍晚的红灯笼，水面上飘来悠悠的船歌，竟能穿透笼罩在江上的薄雾，在沿河两岸飘散开去，船夫婉转的歌喉，唱开了吊脚楼上的某一扇窗户，从里面探出一位桃花一样的女子的头来，似乎就有故事由远渐近……

这是我想象中桃花江古镇的魅力。

橹声远去的时候，在静悄悄的晨昏，漫步在居士巷，古镇又为我打开另一面尘封的记忆。

这里展示着祖辈的生活空间，感觉一切都是那么亲切，石板惊鸿照影，泥土屐痕犹在。听着檐边滴下的雨，心念着走过的地方和经过的事情，恍然如梦。这是一个值得感怀吟咏的季节。

我的一个族叔祖，中华民国时期曾任桃林乡乡长，桃林乡管辖现今桃花江镇的许多地方，他又担任过桃江的商会会长，他在桃江镇有些传说和故事。据一位桃江通杨爷爷说，叔祖父在桃江镇上有别墅，后被征用。我转了好久，终究没有找到那处老房子。如今繁华的市井，掩藏了许多岁月的沧桑。杨爷爷告诉我，过去的市井，同样的熙熙攘攘，弄溪桥上，十字街头，担谷卖米的，肩竹木贩木炭的，挑熟食担子的，人声鼎沸。特别是那些叫卖声，如，“甜酒，小钵子甜酒”“汤圆，好吃的汤圆”“糖油粑粑，最好吃的粑粑”，从街头到街尾，从早晨到深夜，此起彼伏。夜深人静时，还有清脆的梆声传来，那是打更人在巡逻，他们口喊“小心火烛，防止盗贼”，每晚要打更五次，以梆声保一方平安，以梆声来报告晚上递进的时间。在古镇的滨江路，我遇到了一位居住在此的亲房，他说，中华民国时期我们家族每年都要组织一支龙船队，在端阳节期间，到资江来比赛，那时候真热闹，大锣开道，击鼓奏乐，我们的队一旦赢了，族人沿街狂欢，铳炮喧天。他的话，如历历在目的眼前事，挥之不去，历史仿佛在眼前倒转。

“桃花近日随流水，江月何年初照人”，这是萧大猷集前人名句而成的对联，原被镌刻在资水渡亭的拱门两侧。随着沿江大堤的崛起，渡亭被拆除。只有跃龙古塔，依然矗立在凤凰山腰，好似在默默回味当年刘集勋、田苏游、龙驹同县一榜三进士的故事。古塔带来好风水，桃江的教育文化事业与时俱进。

这个怀古的午后，总有些湿漉漉的感觉涌上心头。古镇的一草一木，都写满了历史的沧桑。青堂瓦室，乌砖灰墙，雕梁画栋，临水码头，院落里的青苔，房檐上的瓦葱，无不在诉说着古镇的遥远，时时让人觉得已逾千年的历史图画依然在闪耀光辉。

古镇在后人面前展开了一幅长长的积蓄了漫长世纪的水乡古韵画卷。我从狭长幽深的小巷里穿过，踩着石板拼接连成的路面，看到那些木房子，那些嵌入矮墙的青砖，那些躺在睡椅里的老人……这一切，看似平平淡淡，却在水乡浓郁韵味的浸润下，优雅地散发出淡淡的清香，让人久久回味……

当现代的高楼、汽车和霓虹渐渐在眼前清晰，古镇的窗户已经在我身后轻轻关上了，历史的洞门也已合拢。

只有古镇的故事还在梦里迤逦行走。

（原载2016年11月16日《益阳日报·魅力桃江》）

走在宁静的魏公庙巷

精美的拱券，漆黑厚实的木门，弯曲略带不平的麻石巷道……

行走在益阳市大码头的魏公庙巷，是这个秋光满满季节里最宁静、最柔软的一程。

西天的晚霞，褪去了一袭妩媚的红衫，会龙山顶上的朵朵流云，散着惬意悠闲的步子。习习凉风中，送来桂蕊的幽芳。资江北岸的喧嚣，传到这片街区，渐渐平静，好似随风袅娜的烟岚，淡淡薄薄……

整个巷道一片沉寂。高墙不语，只以静默的风姿看光阴如梭穿过；墙垛上的蓬草，在微风的吹拂下，似在抖抖地诉说着它从前的热闹故事；只有那鸟语是新鲜的，是抒情的。风把鸟语吹碎了，于是，整个巷子仿佛有了诗意。

据说，魏公是水路航运时代的一个神，原本是一个经历过大风大浪的排牯佬，宝庆人。关于他，有很多神奇的传说。在他死了以后，人们为了纪念他，就在这条巷道口为他建了一座庙。如今，依然能看到那些庙院门墙上书写的好话，比如，感化恶人、启导愚人、调伏狂人、救济穷人、帮助苦人、原谅仇人、感谢恩人……所以，这魏公庙巷是有着深沉厚重文化魅力的。有些历史，应该不是遗忘，只是隐匿太久，不能翻阅，只是偶尔被滔滔资江荡过的水流冲散，又静静地与古巷融合，在烟尘中静默。

这条被誉为“中国江南最美小巷”的明清古巷，有85米长，宽却只有1.8米左右，曾是古益阳最繁华的地段。它与会龙山遥相呼应，只一水之隔，蜿蜒在资江北岸的大码头。过去，古巷四周是益阳水运黄金期时商人的住宅群，里面住的皆是经商的大户人家。巷道两边都是双层大宅院建筑，有数十栋清代民居。民居采用穿斗式砖木结构，呈典型的南方“四水归堂”式天井布局。一般建有一个或多个天井，自成院落，构筑奇妙。宅第之间以高耸的马头檐风火墙和麻石巷隔开，中间还镶嵌了好看的拱券。从维修后的巷体，从略有起伏的麻石板上，可以品味出光阴的悲喜交错，不难看出当年这里的气派与荣耀。像林西河堂林氏，就曾是这里的望族。

走在宁静的魏公庙巷，轻轻抚摸两边的青砖古墙，抚摸这爬满着青藤的残垣断壁，可以感怀当年灯火辉煌、人声鼎沸的那一页；可以感觉当年商人们的爽朗笑声和他们叩在麻石板上湿漉漉的脚步声；可以感受从那些木质藏书楼里飘来的线装书的馨香……烟柳平桥，夜市萤火，竹风月影，啾啾虫鸣，以及慵懒的黄狗，在时间的流里尽情舒展，一一缱绻着曾经的美好。恍惚中，魏公庙巷像一只美丽的丹顶鹤，翩翩舞动，高蹈而来。

然而，一壶茶已尽，一季花便谢了。岁月渐行渐远，如今，这片街区的人都在搬迁，许多木屋被毁，许多房子已经空荡荡了。巷道里各院落的大门都被锁上了，门上的拉环早已锈迹斑斑，门上张贴的财神菩萨两眼无限忧伤。看不见甩着麻花辫的女孩，看不见推着铁环满巷子跑的男孩，看不见沿巷吆喝的小贩，看不见院子里耄耋老人靠在青藤木椅上闭着眼睛慢慢摇晃的情景。岁月走得那样匆忙，老街蒙上了无尽沧桑，只有砖石上的苔藓依稀还浸润着百年历史的呼吸。魏公的故事是否还在流传？那麻石街上的一串串声符是否还是那般豪迈？

曲径通幽，步履轻盈，好想看见美丽的益阳女子撑起一把把油纸伞，走在这僻静悠长的古巷，以一种古典的优雅诠释着生命的历程和情感的流向，在素雨纤尘里湿润着小街的诗意，如一朵朵桃花，在古巷深处静静地飘香。

（原载2017年3月10日《益阳日报》副刊）

蒋家冲的晚清别墅

溯板溪水而上，山谷越来越狭窄。淘气而好奇的阳光拖着长长的尾巴，从岸畔高大树冠的缝隙中优雅地穿越，翻过山坡上房子的顶部，不经意地探过来，惊醒山溪的美梦。溪水源头处，便是蒋家冲。

蒋家冲中心地域，就在桃江板溪锑矿这个山包的下面。这里房屋密集，人口众多，满山的翠绿，满溪的清亮，恍如陶渊明笔下的桃花源。中华民国时期，这里因矿山的兴旺，众多的工人和村民居住在此，曾有“小汉口”之称。

曾经繁荣的蒋家冲，不乏殷实的大户之家。至今，这里仍遗留有一栋老别墅。

老别墅其实是一栋木房子，间有版筑土墙。整个别墅靠苍溪仑上首一部分已改造成钢筋水泥结构的现代楼房，现存木屋只10余间，包括堂屋、厢房和杂屋在内。之所以称它为“别墅”，是因为在此栋房子的一面土墙壁的门楣上，书有“别墅”字样。“别墅”二字前面还有两个字，一个字已经掉了，一个字是“穠”，为“农”的异体字。掉了的那个字是啥字，笔者询问房主人吴爹，吴爹在地上用树枝画了几下，好似“艺”字的繁体“藝”，村主任吴哥告知也是“藝”，但附近一位老人说是“業”。笔者推测，是“業”（业）的可能性要大，因为“业农”是指从事农业生产的人。字体为魏碑风格，笔画均匀，遒劲有力，美观耐看。“业农别墅”为何被书写在杂屋墙壁而不是在正门呢？或许是因为杂屋那边当时也是一条要道，加上新粉饰的白石灰门楣上好书写文字，而正门都是木壁，不好直接书写。

房子是用上等木料经能工巧匠之手建造而成的。有着宽大的门槛、厚重坚实的木门、雕刻精美的窗棂、精致的天井。堂屋正顶的横梁上画有太极图案，檩木大而扎实。用手抚摸堂屋的古壁，非常平坦。两旁的厢房，均是楼地板装修，结构紧密。老屋任何一个细节都很讲究，耐看，大到正屋的神龛、阶基、房前的地坪，小到偏屋的一个楼阁、一件家什，充分展示了当年主人家庭情况的不一般。它集合了山野的灵魂，哺育了几代人的生命，为休养生息的山民提供了最佳生活居住场所。

主人大名吴应书，现年69岁，是位热情好客的留守农民。问他别墅的来历，他说还是他祖母刚嫁过来那时节的事。据此推算，别墅建于20世纪初，距今110余年。在遍地都是茅草房的晚清时代，吴应书的祖父和曾祖父哪来的经济实力修建别墅呢？

经询问，这一切与久通锑矿的兴建有关。

清光绪二十一年（1895），蒋家冲村民发现在他们的住地周围有一种特殊的石头，闻之有臭味，有人提议要把这种“臭石头”交上去化验，看是否藏有什么秘密。一包石头舟车辗转被带到武汉，经日本驻武汉的三井洋行化验，断定含锑。第二年，湖南巡抚陈宝箴派矿业局委员曾昭吉来板溪勘察，即购买了由“臭石头”而得名的“臭石垅”一带约两平方公里的地盘为矿区，开办锑矿，定名为“中路久通矿务公司”。这是久通锑矿办矿的开始，那被征收的两平方公里地盘就包含有吴应书祖上的山，吴应书曾祖得到一大笔征收款，便与儿子合议扒掉茅房起别墅。同时，还打造了粮仓、柜子、床铺、皇桶和米桶等众多家什。

一排青瓦木质房舍10多间，坐东南朝西北，迤逦伸展在蒋家冲山谷，背倚象形山脉，门临溪水，四周草木葱郁，远处山峰层峦叠嶂，房前流水清澈见底，这环境宛若梦境，让人有修仙般的感觉。地坪里和溪水边，便是村民自然集合的场所，什么张家喜，李家愁，在篱边大树的枝头上，一挂就是百十年。

宁静优雅是山村的主题。有风吹来，山谷里扬起的万千神韵，见证了亘古，见证了万象，见证了繁荣兴盛的美好时光，别墅里升腾的炊烟从此飘散得更加惬意。

（原载2017年9月29日《益阳日报》副刊）

洞市老街，历史的一抹乡愁

江南镇洞市老街的青石板和青砖木质楼房满目沧桑，给人以无限遐思。

下午的阳光热烈跳跃，正好辉映着我们一些很怀旧的心情。

笛声悠远飘来，惊醒了老街尘封的记忆，老街渐次展开了她的生活空间。

当街进口处巍然耸立着安化现今保存得最完整也是境内最大的祠堂——贺氏宗祠。贺氏宗祠气势恢宏，与老街街道、城门交相辉映，威武壮观。大门石柱门框上镌刻着“梅岭云开诸峰挺秀；镜湖月朗万派长流”的对联，屋顶飞檐翘角，四周雕梁画栋，显示出精湛的工艺。这里现作为安化某茶厂的厂房，依然保持了当年深宅大院的气派。厅堂房廊，曲回一体，错落有致，主次分明的空间处理，丰富多样且雕刻精美的门窗、石刻柱础、雕花砖墙，玲珑剔透，体现了匠师们独到的审美观念和高超的制作工艺。第二宅堂屋当口有“红薯苞谷蔸根火这点福老夫享了；齐家治国平天下那些事小子为之”的对联，为清代两江总督陶澍所撰。陶氏与贺氏有历史的渊源，陶澍有一位夫人就是桃江的贺第英。最后一进的堂屋里供奉着陶澍的画像，也有对联挂在两边。

陶澍于1839年老去。如今的祠堂有点空荡。那些长辈们的谆谆教诲声、婚丧庆悼的乐器声、孩儿的嬉闹声及族人们见面的寒暄声……已经一去不复还，历史沉淀了，忧伤滤去了，只余脉脉乡愁，散在祠堂里淡淡的空气之中。

走出祠堂，踏上青青的石板路，脚步轻轻。石板一格一格，抚摸脚掌，人恍如踏在黑白琴键之间，音符古旧，时光安宁。我们重拾昔日的繁华与今天的宁静。

街道往日的风采早已被流淌的时光冲刷得没有了踪迹。细柳拂在阳光的阴影里，不见了赶集的熙来攘往喧腾的人流，不见了吆喝的挑篮小卖，也不见当年茶马古道上商帮迤逦穿行，只有凹凸不平的石板路，只有乌黑幽暗的木房子……默默然，走在其中，倒也谐和有致，留给我们一片静谧。几个年老的妇女摇着大把蒲扇，以她们固有的蹒跚步履，从容舒缓地走她们自己的路……

“德盛隆油盐粮食行”，招牌仍在，想必是当年最有规模的商行之一。如今，唯有墙壁上一溜儿文字在默默发散着往日的人气。在此门面东家的米箩里，我发现了一口竹蔸剜制的瓢，主人说，这是他祖上遗留下来的，这口瓢是用来盛米的，已有一两百年历史了。我问：“卖给我好吗？”他连连摇头。这位从几十年风雨里走过来的年迈老者，蓦然回首他祖先的时候，总会把自己的思绪久久地盘旋在那已然失去的影像里。谈起他的家史，他总会有说不完的话，道不尽的尘封往事。他的小孙子和外孙女，咿咿呀呀地唱着难懂的儿歌，从黑黑的窗口里好奇地打量着外面的世界，探头探脑，溜着黑黑的眼珠子。他们的父母亲均已南下广东，跟着爷爷奶奶过日子，他们也许很快乐，也许有些无奈。

继续前行，我们信步来到一居民家，家里只有一老婆婆和她的邻居另一老婆婆。岁月把老婆婆打磨得只剩两颗门牙了，但她依然健谈，她为我们唱起了哀婉缠绵的恋歌。爱情从她嘴里流泻出来，已不是简单的风花雪月了，那是实实在在地回味与理解，一点一滴，尽显恩爱。我想，在她清贫简朴的生活中，她的恋歌与她当年的爱情，何尝不能开出美丽芬芳的花朵来？

歌声感染了我们的情绪。人们都期盼着能沾染些老婆婆幸福的光，都希望能拥有这样浪漫坚实的爱情。

太阳落山休息了，小镇已露出倦怠的面容。我们还在乡愁的梦里行走。

（原载2021年1月6日《益阳日报》副刊、2013年第10期湖南《线下》杂志）

徜徉在唐家观的柔软时光里

或许是都市的高楼耸立，常常对立于人的情感，难以扩展我的心灵;或许由于噪声多喧嚣扰耳，我一直希望寻一处梦中的静谧之境。东坪中学的雨儿打电话来说，古镇唐家观是一个可以休息心灵的地方。5月的一个周末，我带着文学社的十几个孩子，跑到了唐家观。

唐家观在清代两江总督陶澍的故乡，人文故事源远流长，是随资水而兴盛的千年小镇。自明代以来，这里已经成为万商云集的热闹商埠，其繁华市井名扬全国。

繁华过后，在陆路交通发达的今天，唐家观显得有些孤独。我们的中巴车打破了唐家观的宁静，雨儿以及她联系的一对做导游的退休教师夫妇早已在等候着我们。古镇其实并不那么孤独，它有着别处无可比拟的味道。“翠黛山岚，似画卷，扣心弦，痴忘返”，诗情不由涌上心头。古镇青山环绕，绿水相拥，一溜儿木质吊脚楼迤逦江边，美不胜收。脚下的资江拍打着古老的渡埠，缓缓地向东蜿蜒而去，顺着江水消失的方向，几座大山巍然屹立，将古镇夹在中间的两座不知名的高坡上。初夏的峰峦在阳光照射下青翠欲滴，悦目怡神。江水浩荡，珠溪和槎溪纵横交错在古镇周遭，辉映着四野景致，一镜天开浮碧玉，两峰云净出青莲，身心如同被摄入了缱绻的梦境。

这样的山水颜色作为一座商贸繁荣的古镇背景，很有情韵。雨儿那时就斜靠在吊脚楼第三层的栏杆上，望着远处的江水出神呆立，一些帆船正从江面上荡来，哗哗地激起两边的浪花，安详而清丽。雨儿抬头望我一眼，说："赋两句诗吧。"我说："还用赋吗？现存的画，现存的词：'梳洗罢，独倚望江楼，过尽千帆皆不是，斜晖脉脉水悠悠，肠断白苹洲。'你正是画中人，是画里盼夫的丽人……"

孩子们兴致勃勃地扶着栏杆拾级而上，他们对斜斜欲倾的木楼倒不怕，却对吊脚楼上的厕所哈哈感叹，说那是唐家观的一绝：二楼楼板上一个坑，一楼楼板上就有一口缸。一边上厕所，一边还能欣赏着江上的美景。

我对楼上那些黑黑的房子表示亲切。木壁上糊着多年以前的报纸，房中置有精雕细镂的木床、木椅，碗柜里散卧着上了年纪的兰花碗，上面依稀可见某一条毛主席语录，杂屋里摆着纺车、淘汰了的农具……这些东西，在水乡浓郁古典韵味的浸润下，看似平淡，却优雅地散发出淡淡的清香，让人久久回味。从一扇扇窗口向外张望，湛蓝的天空、浩渺的江水、远处青青的山峦、近处的乌砖灰墙、飞檐斗角，以及街头巷尾墙脚下的青苔，一一呈现展开，好像一幅积蓄了漫长世纪的水乡古韵画卷，让人情不自禁地呼唤起来……

时近午间，光线开始在石板街上跳动，典雅之中便有了旋律的韵味儿。站在石板街上往某一头张望，静静的小巷里，青石板一块一块地沿灰色的廊檐迤逦伸延，一块都不缺，间或嵌些有花纹图案的下水道入口石板，感觉这本身就是一个个了不起的故事。雀跃的孩子们在石板上跳，我们的社旗在阳光下闪耀着红彤彤的光，孩子们野得跟小鬣狗似的，一会儿他们发现了一块石碑，要我去考证上面的文字；一会儿又为在某宗祠的废墟上发现了一幅栩栩如生的壁画而大喊大叫……人在石上走，水在脚下流，四周古韵悠悠，有一种回归的意味，清幽、质朴、自然，引人遐思。

导游老师告诉我，这里现有居民1600多人，姓氏多达60多种，他们的先辈带来了各地不同的民俗文化，各种文化习俗在这里相互交织，形成了唐家观独特的文化现象。因此，唐家观历史文化人文景观比较丰富，其景点有惜字炉、兴隆亭、王爷庙、回龙寺、九乡庵堂、吉氏宗祠、廖氏宗祠、湘乡馆、邵阳公馆、青石板街、耶稣教会、福音堂、万寿宫，还有刘少奇早期来此开展地下工作住过的廖如愿炭行，等等。这里的一砖一木都浸透了古风遗韵，信手拾一片树叶，就能触及千年的脉动……在邵阳公馆内，一个古拙的竹制米筒引起了我的兴趣，我从老大娘手里买了下来；在吉氏宗祠旁，我捡起两块厚实的青砖，拍去岁月的尘土，用一个塑料袋装着提到了车上；在临江客栈，当地的腊肉和香干，成为我一边赏景一边享受的美味。之后，带了一大包归来。雨儿笑我："一个唐家观，可迷幻得你不可自拔。"我说："醉人的又何止一个唐家观！"

在兴隆坡古茶亭里，雨儿的拉丁舞表演成为古朴自然风情下一道细腻而袅娜的风景，我们使劲拍着手，拍得她咧嘴笑着，过路人也忍俊不禁，加入了喝彩的行列，十二分的热闹在茶亭里荡漾。

唐家观的时光很柔软，它翻着一页又一页优美动人的歌吟，令人心醉神迷，流连忘返。

（原载2010年第1期《湖南校园文艺》、2019年第3期湖南《楚风作家》）

在罗溪捡拾风景

出发的这天，阳光明丽，映山红已经开出了一团一团的火焰。白云好像飞速翻动的书页，匆匆飘过，云缝中露出的天更加湛蓝。

过高桥，穿集市，绕盘山公路……一群朋友相约到罗溪看风景去。

进入景区，一大坝横亘在眼前，估计有近四十米高，车子跃上坝堤，原是一座人工湖泊，山湖碧波荡漾，青山环抱，镶嵌在蓝天白云之间，从车窗望去，湖中野鸭低翔，山峦倩影倒映，蔚为大观，诚然是“竹影映湖鱼游树，天光入水鸭穿云”之美景！

清泉鸣幽，四周青山拥翠，空气格外清新，弥漫着桐子花的馨香和水雾的气味。一行人沿溪前行，被沿途景色深深吸引。一个看来是读小学高年级的孩子望着溪涧的水，柔声地说道：“好浓好浓的春天啊！”脚步轻盈，说话轻细，怕打破了林中的宁静，怕惊扰了雀鸟的幽梦。

青苔漫染的一段石道之后，耳畔忽然传来一阵巨大的响声，撼人心魄，循声望去，一匹白练悬空，赫然映入我们的眼帘！

一条溪水，流经数里，突然遇到一大岩石，溪水要前进，岩石矗立，如刀劈斧削般堵住，幸亏岩石中间微凹着，溪水就从凹处飞泻而下，撒玉抛珠，银帘卷地，形成瀑布壮观。其跌水铲成一潭，复从潭中溢出，蓄也蓄不住，又铲成一潭，如此三溢三跌，一直跌入谷底，粉身碎骨，人称这就是罗溪三跌。期间水声若鼓响雷鸣，震撼山谷。清代桃江县才子黎光地有诗描写罗溪之景，留下“瀑布上流一千尺，银河倒泻飞鸟迟”的诗句。

越过瀑布，在当地果园庄主伍总的导引之下，我们来到了上游的村庄，峰回路转，柳暗花明，原不知道在这片深山密林之中，又一个村庄闪现出来！这里叫罗溪村，小桥流水、美女浣纱之景随处可见，流水正舒展地唱着小家碧玉般的田原牧歌……

这一带，不少吊脚楼依山傍水而建。农家还有明清时期以青石打造的蓄水缸，伍总的奶奶家就有一口这样的缸，伍总非常热情地带我们去参观了他奶奶的这口水缸。这里，旧式的房舍和古朴的劳作方式都显露着其独特的味道，我们在一栋木制吊脚楼里拍了许多照片，从事民俗研究的汪老师拍了一些老古董、老作坊器具。

罗溪村口一古树下，有一团甲牌律碑，碑上有阴刻文字："奉宪永禁私宰赌博盗贼抹牌淫戏窝匪，一切不罚（法）情事如违究治，同治九年冬月团甲公立。"此碑系清同治九年（1870）当地团甲为究治不法情事、整肃民风而立，是为古迹。

热闹的场景很鲜见，给人感受的，许多是波澜不惊的原生态的小村生活。而这些，正是我们的向往。

（原载2016年8月24日《益阳日报·魅力桃江》）

寻找那片石磊梯田

暖暖秋阳照着，于不经意地驻足停留之间，我们听说了张果仑山顶上的奇迹——石磊梯田。

一路寻访张果仑，一路收藏沿途撒落的那些奇山秀水。当“甘溪水库”几个特大的字映入我们视野的时候，我们视野里的风物越发丰满起来。明艳的阳光下，青翠的山岗，衬上蓝的天、白的云和山脚下这片涟漪碧水，让人觉得满目收览的是印象派大师笔下阳光与色彩的绝妙组合，使人心旷神怡。

这里是石牛江镇苏团村，延伸在我们脚下的是甘溪水库一片迷人的水域。我们来到水库大坝上，询问当地一位年轻的大嫂，问她是否知道这里的石磊梯田，她说不知道，又问她张果仑知道吗，她用手一指：沿着甘溪水库右边这条路一直往里走，再上山。

走到水库末端，正疑惑间，恰巧碰到了一位上山伐竹的老农民，交谈得知，老人名叫胡宏建，64岁，不知是天生造就，还是后天磨炼，生得一副好身板，看上去并不老。我们问他晓不晓得张果仑山顶上梯田的事。他说：“咋不晓得呢？那就是我祖上的事。”我们大喜，连忙请他带路去看梯田。

他说：“从这里上山，还有五六里山路，不过，梯田已荒芜了，很可惜！”

“为什么要荒芜呢？”

“还不是太难管理了，加上现在粮食丰产，好多垴口上的田都没作了，何况山顶上的那些蓑衣斗笠小丘呢？”

羊肠小道在山腰间蜿蜒而上，我们也跟着向导蜿蜒而上。转过一个又一个山坳，爬上一片又一片葱茏，在遮天蔽日的盘山小径上爬行，听溪欢鸟语，品竹韵松涛，静静体会大山深处的清幽，恍然发现自己那种窥谷忘返的散淡胸襟，已与大山融为一体了。

胡宏建老人是石磊梯田开拓者差不多第10代的裔孙，谈到那片梯田，他为我们介绍了基本情况。

“梯田面积不大，加起来也只有两亩多，但丘数不少，达15丘之多。全都由石头砌起来的，在高山上。”

“开田是什么时候的事？”我们问。

“清代乾隆年间开始，至嘉庆年间结束。是由一个叫胡里千的祖上人开凿出来的。这都有石碑记载着的。”

惊叹之余，我们继续询问：“当年的胡里千为什么不辞劳苦地要在这高山之顶，开出这一片梯田来？”

到达目的地，胡宏建老人指着对面那一片长满了芭茅和乌苞藤的地方，告诉我们：“我祖先是从宁乡麦田迁移到桃江来的，明朝初年开始迁移的，后来的一支迫于生计，定居在这个山头，靠砍柴挑柴卖维持生计，他们靠山吃山，世世代代在这个山上繁衍生息，山上最后一栋房子搬迁到山下还只是近年的事。”

“胡里千是在受了奚落、委屈之后，才发愤图强开出这一片梯田的。那一年，一直吃着苞谷的他，寻思着一餐糯米饭的美味。这时他山下一个比较熟悉的同乡对他说，你想吃糯米饭就到我家来吧。胡里千很高兴，在约定的日子到了那同乡家里。谁知，吃饭的时候，餐桌上端上来的是籼米饭，不是糯米饭，他问东家你不是叫我来吃糯米饭吗，同乡说你们山上人有米饭吃都不错了，你还真想吃糯米饭呀？！”

“胡里千憋了一肚子的气，一回家就着手开田……”

这片梯田在张果仑主峰靠东边一侧的一个小山窝里。放眼望去，满山的南竹和乔木，在阳光的抚慰之下，显得生机盎然，蓬蓬勃勃。更远处的大山脚下，人车若蚁，田丘如积木。高山上的小田俯视着山下的大田。梯田基本

的诸佛罗汉及韦陀像，塑像遍体涂金，使整个大堂金碧辉煌，蔚为大观。罗汉堂之后，是宽广的平台，宽20余米，长40余米。平台前宅为佛殿，设有香炉，终日香烟缭绕，佛光缥缈。左边与一山冲相连，延伸处为厨房及用膳之所，右边靠山，有走廊。天井里有两口毗邻的泉水井，像油盐缸一样不可分离，谓油盐井。天井内古树参天，浓荫蔽日。天井之上，又有四级平台，每级长70余米，第一级宽20余米，其余三级宽10余米。第一级平台上，建有大雄宝殿，为全寺僧人做功课和法事的地方。第四级为龙王殿，有两三层楼高，威武壮观。传说，金刚龙王是唐太宗用比黄金还贵重的九火铜打造的金身，龙王殿及其内部佛像具有极高的文物价值和重要的历史意义。

可以想象，主事和尚敲响响石或撞响大钟之后，僧人身着玄色僧袍，手执木鱼，鱼贯而来在大殿做功课的情景。可以想象，龙牙寺千年前的盛况，向世界和历史绽放了七彩霓虹的华丽。

历史的钟声，被信仰奏成一首首邈远颂歌，扣人心弦。鼎炉下散落的烟灰和大殿内飘忽的烟缕，连成圈圈悠扬佛语，传诵着源远流长的文明。

千余年馨香萦绕不绝，古寺丰富了山水的内涵，青山和秀水也洋溢出古寺的性灵，涵养出一片世俗之上的信仰，这信仰能抚慰苦难，也能支撑生活。这里的每一块断砖都刻下了先民的语言，每一寸土地都被先民的汗水浸泡，每一片树叶都辉映出先民亮亮的眼光……看着它们，亲切，似诗似画，如流云漫卷，大唐时光踏脚即寻。

徘徊在龙牙寺遗址上，就会觉得自己的灵魂正在与面前的古寺对话，并留下空谷回音，袅袅娜娜……看那青灯木鱼、那寺院里的粗茶淡饭，这清苦生活中的修炼，是简单的人生，也是生命的真谛。戒贪、戒嗔、戒痴，随心、随缘、随性，简单的人生才是真正享受的人生，简单是一种洞达、睿智。远离凡尘，遗世独立，守护自己的馨香，感悟佛文化，就是对生命的感悟。

历史迭进。至北宋，学士李贤在此讲学，于寺院往东两百米处，创建了一座书院。书院环境优雅，四周苍松翠柏，百鸟和鸣，清风徐徐吹送时，松涛如海，绿浪滚滚，因此名之为“松风书院”。

松风书院为长方形四合院，坐北朝南，南北长约40米，东西宽约20米，占地面积800平方米。中为天井，两旁斋房，周围有走廊相连，有石狮一对雄踞于院门左右，四周绕以墙垣。书院主体为三进砖木混合硬山式建筑。一进为院门，门楣有“松风书院”匾额，两边有后来题写悬挂的江西巡抚郭都贤的对联：“万山风雨锁龙宫，被樵子流连，看破一盘棋局；千古水云迷洞口，问渔郎消息，放开几片桃花。”二进为讲堂，是名家学士讲学之所。正中悬挂孔子画像，左右斋舍各八间。三进为厅堂，是山长、讲师、生徒、员工安宿餐膳之地。东西斋室膳堂共有10余间。书院东北角建有“松风亭”，乃师生休憩之所。

转到松风书院遗址，难以想象就在这片静谧而寡味的土地上，曾矗立着一座令四方学子心驰神往的充满希望的“摇篮”。两江总督陶澍、云贵总督罗绕典、书法大家高中榜眼的黄自元在此求学的经历，成了松风书院历史上的经典之页，闪耀着银色光芒；从这里走出去的刘集勋、龙驹、田苏游，三人荣登同一张进士榜，同样成为多少奋发上进学子前行路上的标杆……历史的脉络清晰无比，黑白两色，像流水一样环绕在我们周围，并散发出浓郁芬芳的书卷气味。

脚下这些沉睡了千年的瓦砾和石墩，似乎睁开了眼睛，呈现书院最坚硬的表情，在用文字说着话，述说当年的繁盛和历史的沧桑；散入民间的那些雕花木窗、石刻，同样以震撼人心的神奇魅力，简约成一段段图文并茂的书院发展之旅，让人流连忘返。

然而，时间是残酷的，它有着横扫一切的狰狞。龙牙寺和松风书院最终消失在我们的视野。它的一砖一瓦、一石一木、某个院门、某个池沼……总在唤醒我们的回忆。其每一件厚重而优雅的物件，都有着一段或平常或不平常的故事，牵连着人们的心酸与痛楚，也缠绵着人们割舍不断的眷恋与情缘。

无论如何，龙牙寺及松风书院是一首厚重的诗歌，是一幅深邃而幽远的画。作为地方文明的载体，它如同一叶扁舟漂浮在历史长河之上，它从唐代的烽火硝烟中起航，昌盛于唐宋元明清，风雨飘摇一千余年，最终停泊在中华民国的河岸，终结在愚昧的年代。它的辉煌建筑和丰富的文化承受了历史之舟的颠簸、生活之海的激荡，向世人展示出千年历史上曾经有过的威严和名望，记录了佛教文明和书院文明的历史，璀璨了中国历史的天空。

站在龙牙寺遗址，环视四野，朦胧恍惚中，眼前依然是香烟袅袅，书声琅琅。诵经声和读书声依然在延续；铺陈的场面依然浩大。阅读一拨一拨漫过原野，漫过岁月，净化着身边的菜园、稻田和荒土，点亮一代又一代人颗颗善良的心，令人心存敬畏。

木鱼一声声回响，书卷一页页翻过。梦回唐朝，佛语书香，让人宁静安详，内心波澜不惊。

（原载2017年第4期《湖南报告文学》，原文一万余字，此为删节版）

鸬鹚渡那渡口那石桥

清末江南才子萧大猷（1844—1906）一次落住鸬鹚渡旅社，店家央他留点儿墨宝，他大笔一挥，写了一副对联："问我生涯，看过去、未来、现在；助君诗意，有鸡声、月色、霜痕。"对联文字飘逸，蕴藉深远，其诗情画意，跃然纸上。萧才子悠闲浪漫的心情放逐于鸬鹚渡渡口，使得鸬鹚渡越发声名远播。

在清代中期以前的益阳三里，"鸬鹚渡"这一地名是不存在的，是一场渔业官司奠定了"鸬鹚渡"一名的历史地位。

鸬鹚渡扼板溪冲咽喉，西通马迹塘、安化，东连桃花江镇，顺水直达伍家洲和沾溪，出沾溪、入资江，可以通达益阳、长沙、汉口等地。这里不仅地理位置重要，而且溪河资源丰富，水路运输繁忙，是交通枢纽。

溪河资源丰富，这里除了利用水碾米、榨油以外，河里还有丰富的鱼虾。上游板溪、锡溪、罗溪之水都注入流经鸬鹚渡地域的沾溪，过去这段溪水水面开阔，环境良好，多有用罾网鱼（俗称扳鱼）的。

那时，资江北岸的邹家河人，多是以捕鱼为业的渔民，他们生活在水面，有船，有跟船而进捕鱼的鸬鹚，他们的船经常逆资江而上，又从沾溪口进入沾溪，溯水而上，到达鸬鹚渡一带。

由于他们经常有规模地来这里捕鱼，本地居民就有意见了：你们邹家河人捕鱼捕到我们家门口来了，不行。

一场官司打到益阳县衙门，县官亲自坐轿子到此实地勘察。最后裁决，捕鱼船及鸬鹚，就在这个人口集中的老街地方打住，不许再往上了，即鸬鹚鸟就渡到此处为止。裁决结果双方都表示接受，之后，“鸬鹚渡”就这样被逐渐叫开了。

这个临水的商贸小镇，以前是靠一座木桥连接东西两岸的。

20世纪50年代以前，这里沿河两岸各有一条街，街边商铺林立，有染坊、鞭炮作坊、木器作坊、铁铺、南北货店子、旅社、饭铺等。船码头生意也兴隆，竹木和其他山货，以及久通锑矿的锑品，都在此扎排或装船运到外面去。繁忙的水路运输和优越的交通枢纽位置，使历史上的鸬鹚渡商贸相当繁盛。

不料，1954年的一场大水让鸬鹚渡大伤元气。那年的水是半夜时分暴涨的，溪河东岸的所有店铺、住宅，一夜之间悉被大水洗劫而去，木桥也未能幸免，还冲走了人。从此，鸬鹚渡就只存下西边的街道了。

20世纪60年代中后期，鸬鹚渡人怀着“为有牺牲多壮志，敢教日月换新天”的雄心壮志，不畏艰苦，不怕险阻，积极参与308省道上的鸬鹚渡桥的工程建设。他们不计较个人得失，不讨价还价，从板溪冲里采挖石头，然后用竹筏一筐一筐、一船一船地运到工地上。桥体所用的鹅卵石，是当地群众就地取材，从河里一颗一颗淘出来的，粉石剔出不用，每一颗卵石一般大小，被洗得干干净净。所用细沙也是千淘万漉筛洗出来的。石桥桥长60米，三孔双曲石拱，高8米。整座桥没有用一根钢筋，所有材料为石头和水泥。

鸬鹚渡石桥质量过硬，从1967年10月竣工使用至今，除栏杆被修复过外，40多年没有过其他任何危险症状。

鸬鹚渡大桥的建成，对于便利鸬鹚渡东西两岸的交往、通畅安化至省城的陆路交通，以及加快地方经济发展，有着不可估量的作用。

20世纪80年代初，有一个安化老先生来到鸬鹚渡，有感于一路行程和地名之奇，在鸬鹚渡桥的栏杆面上，用毛笔题写一上联，向过往行人求对：“马迹往沙河，踏破大栗平山，有桥何必鸬鹚渡。”联中所列马迹（塘）、沙河（湾）、大栗（港）、平山、鸬鹚渡，均为桃马公路沿线地名，且能按联中表达方式，顺理成章连成这句有趣味的话。

此联一出，在桃江境内传播开来，自然也引发了众多地方名宿的响应。不久，有人提笔在后头对了下联："牛潭通鲊埠，探开桃花石洞，无粮不须筑金坝。"下联也运用了桃江的另一些地名来串联对仗，其对仗虽不是很工整，但活跃了鸬鹚渡地方文化氛围，成为当年鸬鹚渡的趣谈。

（原载2019年4月13日《益阳日报》"茶馆"、2014年中国文史出版社出版的《益阳地名趣谈》，原名《鸬鹚渡的来历》）

走进凤凰古城

初夏，湘西凤凰县城刚刚经历了一场雨水的滋润，空气格外清新，极目之处，山峦青翠欲滴，山水相依，梦幻如歌，渔舟悠然诗意，游客往来如织，小城露出来生动的容颜。我们沐着朝阳，走进了这座美丽而神秘的古城。

一

南华山位于凤凰县城南侧，北临沱江，南接群山，山上草深林茂，古木参天。

我们从山脚下拾级而上，两边林荫夹道，苍翠蔽日。偶尔山风拂来，竹林婆娑摇曳，不时送来野花的清香，缭绕在我们的呼吸里。

未至半山腰，我们就看见了六块高高耸峙的像桨片一样的扁石，分别刻着六句话，这里被称为“六句阵”。这六句话是：“双龙来治水，五马来朝阳，凤凰会百鸟，金盆摆中央。谁能拥得此地在，又出将军又出王。”传说这是当年的风水先生相看凤凰风水时说的话。“双龙”指城西北和城东的两条山脉，其山势绵亘而有灵气；“五马”即五座山峰；“金盆”就是被四周高山托起的城池。

六句话果真预示了这块风水宝地人才辈出。当熊希龄、沈从文等一批杰出人物已进入光辉史册彪炳千秋的时候，黄永玉、黄永厚等艺术家成为绽放在凤凰人心中的耀人风景……各类艺术奇才异军突起，从绘画界到文学界，到书法界和歌舞坛，凤凰城可谓卧虎藏龙之地。

从南华山上俯瞰瞭望，凤凰古城尽收眼底，那鳞次栉比的黑瓦青砖或木质结构的房子，那郁郁葱葱的树木，那川流不息的人潮……还有亘古流淌的沱江，高远蓝天，一一奔来，扑入你的眼帘。看到这一切，仿佛城市的喧嚣与繁华、人生的苦乐、仕途的悲欢，皆是浮云。山水怡情，岁月短暂，只存平淡人生，计较什么功名利禄！

二

漫步在古城曲折交错的巷子里，石板小道以它们厚实的古典，回响着岁月深处的足音，轻抚两边老宅子的大门门框和门口蹲着的石兽，它们历经亘古风雨的剥蚀，早已褪去了昔日的华丽，但那精雕细刻的心情，仍然穿越宋元明清，似在向游人诉说着曾经的故事。

沈从文的故居就在中营街，经过几个曲里拐弯之后，一座四合古院呈现在我们的眼前。古院正中有小天井，用方石板铺就。四周是砖木结构的古屋，正屋三间，左右厢房各四间。沈宅不及巡抚陈宝箴旧居的宽敞，也没有其他宗祠的雕龙画凤，但沈宅显得小巧别致，古色古香。房间里有雕花的木窗，有镂空木雕床，溢发着浓郁的湘西韵味。

我是怀着忐忑的心情，迈进它的每一间房子里的，在雕花的窗棂边游转、拍照，一边想象着翠翠的模样，曾被翠翠的清纯貌美和无所寄托的爱所打动，凝视着玻璃柜台里面展现出来的《边城》《湘西》等著作，那些滴在著作封面上的文字和图像，如温暖的阳光，在我眼前氤氲弥漫。

右边房子里陈列着沈从文先生的书桌等物。他一生勤奋耕耘，著述丰厚，奠定了他“乡土文学之父”的地位。他先后出版小说、散文80余部，计500多万字，是现代成书最多的作家之一。他的《边城》就是在这个房间的书桌上完成的。

我最先读翠翠的时候，并不懂得沈从文的意义，也不知道《边城》是沈从文的故事。据说世界上最短的电报是沈夫人张兆和的二姐张允和拍给沈的，沈从文爱上了他的学生张兆和，张兆和起先不允，但二姐张允和非常欣赏沈，通过做妹妹及父母的工作，张兆和答应嫁给沈了。张允和立马给沈拍出一封电报，内容只有一个“允”字，“允”是张允和名字里头的一个字；同时，该字也明确告知沈：张家人答应了这场婚事，一字双意成就了一段文坛佳话。

沈从文于1988年走了以后，白发的张兆和在北京寓所无限深情地清理当年沈写给她的情书，她静静地说：“我是北京城里最幸福的人。”

这个城市拥有一位伟大的作家，他曾经是诺贝尔文学奖的候选人，他寂寞、平和、优美的人生和文字，让人在阅读他的书和参观他的故居的时候，都会感叹：凤凰古城是属于真正的文学范畴的！凤凰古城不朽的文字是从每一块青石板、每一个有篷船的码头及流水上长出来的。

三

一位同伴说，凤凰的文化底蕴为何这么深厚呢？我真想长期住在南华山下、沱江水边，吞吐这里的青山绿水，探寻这里的古物人事！

来到杨家祠堂，门首墙壁上写有“凤凰县”字样，字上头还塑造了一个五角星。我问导游：“杨家祠堂门头上出现五角星是咋回事？”导游告诉我：“刚解放那阵，这里曾经是凤凰县政府的办公地点……”同行的老吴一直揣着钢笔手册，见到哪儿抄到哪儿，见到这大门上的一副对联，又抄开了。上联开头出现“四知”二字，他便问大门口的工作人员：“你知道‘四知’是什么意思吗？”工作人员只能抱歉地笑着，连说不知道。老吴说：“是天知、地知、我知、你知……”原来这“四知”是有来历的，是杨家祖宗杨震的故事。此出自《后汉书·杨震传》：“当之郡，道经昌邑，故所举荆州茂才王密为昌邑令，谒见，至夜怀金十斤以遗震。震曰：‘故人知君，君不知故人，何也？’密曰：‘暮夜无知者。’震曰：‘天知，神知，我知，子知。何谓无知！’密愧而出。”意思说，王密暗中送金条十斤给杨震，杨震不受，王密说这事别人是不知道的；杨震说，别人怎么不知道呢？天知、神知、我知、子知。杨家以杨震廉洁刚正的“四知”来教育子孙后代。

进入大门，先一批游客正在看戏，戏台就在进门一宅的楼上，面对着堂屋。戏台屋顶的四个角高高翘起，由好几层木料交错重叠支撑，深深浅浅地镂了不少装饰，看那颜色，已是好一番岁月。戏台四周均是金水涂漆的人物花鸟雕刻，光辉灿灿。戏台有联曰：“想当年那段情由未必如此；看今日这般光景或者有之。”

堂屋两边为精致的木板房，板壁用桐油油过的，黑得发亮，上层一色的花格子栏杆，栏杆下方装饰着一溜儿木雕，它们凝视着我们，满是沧桑；下层的房间里陈列着各式经典用具，如织布机、纺车、新娘轿、柜子、抬礼物的木盒等，古色古香，幽雅怡神。各廊柱下面，都垫了镂花的石墩，通通都是厚实的历史。天井一边的墙壁上，是杨家诸将在战场上骑马奔腾的彩绘，厮杀之声犹在耳边，画面精细，人物栩栩如生。

又一拨儿游客拥进门来，舞台上又转换了另一曲戏景。

赏不尽的民俗风情，看不完的舞台小戏，凤凰蕴含了太多的史学意味、文学意味和美学意味，它是在边疆民俗风情中渐渐老去的古城。

四

顺沱江碧水，泛舟而下。

江面微波起伏，江流清澈，青如罗带，一如恬静的淑女，随欸乃声声的意境，在与你喋喋交谈。船工把竹篙一撑一起，依稀可见水底绿藻摇曳，节拍中，船儿悠悠晃着。

前方左岸边，三五个女子正在临水的石板上用木槌锤打着衣服，一阵砰砰砰声响之后，便提起衣服，把它们漂在水里来回搓洗，河水被弄出一圈圈漪涟，悠悠然荡开去，然后她们拧干衣服，放在木盆里，袅娜着身子，拾级离去。

东升的太阳照过来，正好射在视线处的右边一溜儿吊脚楼上。据导游介绍，这些吊脚楼属清朝和民初建筑。一根根木柱撑起一栋栋木楼房子，成为沿河两岸诗情画意的吊脚楼。它们倒映在清流之中，宛若水下龙宫，分外壮观美丽。游船驶近，黑黑的木壁和楼板、灰黑的小瓦片映入眼帘，有些房子的栏杆与门窗还饰有雕花或各式动物图样，上面的一两层做工精细考究，上下穿枋承挑，悬出走廊或阳台，使之垂缀于河道之上，形成独特景观。有些楼房，屋顶起翘，翘角处还装饰着铜风铃，河风吹送，铃儿当当脆响，韵味悠长。

我仰视着那些深邃的门窗，希望有一扇窗户突然朝我洞开，探出一个翠翠一样的人来，朝我清脆地打着招呼，但我终归是失望了，沱河拒绝无来由的艳遇。水波荡漾里，那一扇扇窗户与我擦肩而过，我在微微的惆怅中，只剩下无数的绮思梦想。

前面便是虹桥，桥上有三层木质建筑，看过去，人影熙熙攘攘，原来桥上形成了市场。穿过桥孔，沱江便在这里婀娜弯曲，这里水面极为平缓，左边是万寿宫，还有一座塔。导游侧过头来，对我说："天王盖地虎……"我即回答他："宝塔镇河妖。"彼此欢笑了一回。

乌篷船在下游一处转回来，我们在万寿宫一带的河边泊船上岸。河水依然继续流淌，述说着沈从文先生没有讲完的故事。

走上岸来，湿漉漉的街巷里飘起各式小贩的吆喝声，一批又一批的游客跟随着他们前面那个舞旗子的人，匆匆走来又走去，岸畔的捣衣声渐渐远去，小镇仍然以它固有的脚步，舒缓、优雅地走自己的路。

凤凰就这样，用它每一垛老城墙、每一块青石板，以及一些青山、一些流水、一些篷船，还有文史学的沈从文们，构成了一座让我们牵挂的古城。

（原载2019年第10期湖南《旅游散文》）

走进苗人谷

汽车在崇山峻岭间蜿蜒。微风拂来，窗外掠过流动的湘西生活图卷：五月的阳光在石头、篱笆和吊脚楼上跳跃，明丽而耀眼；牛尾恍若钟摆，悠哉游哉摇荡，在书页一样的梯田拐角处渐渐消失；炊烟袅袅升腾，它们携手山岚，在峰林之间飘浮缭绕；木屋黑瓦的院落里，不时晃动着扎着头帕的苗家人……

我们要去的是凤凰城附近的一个苗寨。导游说，那里聚居着一支古老而神秘的苗家人。

一、学苗语

窗外，在初夏的山野的背景下，绿色的树枝树叶与溪水，与等待着插秧的水田相映成趣，图腾着生活的另一种状态。

导游姓彭，他是一个先开口笑后与你说正事的快乐人，他说大家进入了苗区不学点儿苗语怎么行呢，于是，突击学苗语成为热潮。

“你好”就叫“莫绕”，“你们好”呢？叫“妈古绕”。大家最关心的是“找厕所”，那叫“打茅丝”，“谢谢”是“拉尾”，“再见”是“牛肉干”。

欢乐的气氛在车厢里肆意弥漫。最后，彭导又唱起苗歌和土家歌来，一首歌唱到最后时，总有诸如“拉哟拉哟嗬……哟——嚯”这样的调子升起，尤其是那个“嚯”字，拖着长长的尾巴，破窗而去，越过山野，溅起无边的绿浪……

二、进苗人谷

汽车在一个小集镇停下来。在通往苗寨的入口处，当地苗民用一些树枝条扎了一道拱门，上书“苗人谷”三字，拱门左右立着一男一女两苗民。

那男的五大三粗，八字胡子，扎头帕，头上招展着两支好看的野鸡毛，胸前横挎一把大刀，颇有架势。女子呢？浑身上下妆饰一新，身穿缀有红花的苗服，脖子上围着银圈，头上是重重叠叠的花和银饰，环佩叮当，珠光宝气。

他们在大门口候着，游客可以与他们合影。

前行不远，拐过一道弯，一道大坝赫然映入我们的眼帘，坝上横亘着一木亭子，亭子里人影幢幢，大坝两边绝壁高耸，形成刀削斧劈一般的断崖，断崖上面树木丛生，青幽苍翠，溢洪处飞泻着明亮清澈的水流。沿着右山坡一条狭窄的石板路拾级而上，我们进入亭子，亭子里有苗人摆摊做小生意，生意非常红火。从亭子里向上望去，是一片澄清碧绿的水域，湖水四周，古木参天，峰林叠翠，山势险陡。

坐上竹筏，我们向碧湖深处挺进。

数里之后，这条玉带被迎面突兀而立的大山拦腰阻断。疑惑之中，我们下了竹筏，继续沿着山脚下的一条石板路朝大山根部走去。突然，绿荫如盖的杂林中，显现出一个特大的山洞。洞口有拱门，门楼上装饰着牛角。稍进，洞口两边各立着一门大炮，炮管上铸造着“嘉庆二年”字样，它们沉默而孤独着，发出冷冷的青辉来。

这个山洞像一个被遗忘的世外桃源，一层一层递进，一节一节依着狭窄的螺旋梯子攀升，洞内很安静，只偶尔听见暗河里的潺潺流水声。游客从明亮处渐次走进黑暗中，仰仗着洞壁上散发着微光的灯，摸索前进，大气都不敢喘，将心缩成紧紧一团，生怕一不小心踩到空处，跌落进无底深渊里。

几回回山重水复，前方突然乍现一道亮光，看路牌，原来这里是“一线天”。“一线天”仿佛就是冲出重围的一线希望在前方闪烁，于是，游人信心倍增，迎着那线光亮攀去。冷不防，右边石壁缝里骤然飘出一挂瀑布，水珠儿伴着浓浓白雾直往你头顶上漫过来，沧沧凉凉的感觉……

“一线天”永远只是头顶上的遥遥牵挂，脚下的云梯根本就到不了那里。走到梯子尽头，前面没有路了，一看左边，蓦然伸出一个洞口来，我们沿着这个洞走。不一会儿，出得洞口，豁然开朗，已是另一番天地。

三、感受苗寨

呈现在面前的，又是一片迷人水域，湖面碧波荡漾，篷船往来如梭。

又上篷船，穿越了大半个山湖，小船在一个山坳汊洞里停泊下来。据介绍，这里便是典型的苗寨，村子不大，几十百来户。远远地，一片黄泥砖黑瓦屋顶的小屋，在山坳里、山坡上依次安静地摊开。

寨门边，一老一少两个苗家女用一根红绸带把我们拦住。那少女，十八九岁年龄，清秀妩媚，眼睛清亮亮的，漾着一脸的笑；那老妇，生得也齐齐整整，比较横实的身板，眉眼饱满。一见我们，她们便亮开喉咙，唱起歌来，我们不懂那些咿咿呀呀，只晓得那歌声婉转悠扬，不失激情，更近于人情。

一曲歌罢，导游问那位老人：“您苗歌唱的是啥意思？”她说了一通，大意是欢迎远方的客人到苗家做客。于是，导游就领着我们唱了一首叫《两只老虎》的儿歌，以此回谢她们。进入大门，她们摆出了苗家人精心酿造的糯米酒，免费招待，这酒看上去有点儿浑浊，但味道还不错，类似我们家乡的甜酒酿子，沁甜、醇和。

品尝了苗家人的美酒，我们用“拉尾”表达了谢意，她们朝我们挥着手，说了“牛肉干”。这个寨子的每一条石板道、各户自家门前，都成为小商品市场，各种农产品、刺绣织品，以及民族风格的手工艺品，琳琅满目，精巧玲珑。摊主都是原住的苗民，一眼望去，那些民族盛装五颜六色，绚丽多姿。徜徉其中，情趣连连。

我来到一家花花绿绿的苗家织品摊前，受团里一位女士的影响，花了15元钱买了一条刺绣花带，心里颇为得意。转过身来，一台老古董织布机吸引着我的目光，我痴痴地看了半天，操纵织布机的，是一个掉了牙齿的老妇，我伸手轻轻地抚摸了一下她织的布和那台沧桑的机子，我的心里充满了莫名的感动，生活，虽然只给她们留下一个年迈的身影，但她们依然在她们蜷缩的位置光鲜着，谈笑风生着。

石板路蜿蜒其间，印满了岁月痕迹的院子大门和石块垒砌的院墙，如黄永玉先生笔下一张张生动的民俗画，在古朴的阳光普照下显得那样亲切、祥和。

转累了的时候，我们随意在某一处休息，这家的苗民便拿出茶水和锅巴，让我们喝，让我们吃，又指引着我们中的一些人去“打茅丝”……我们一次一次表达了自己的“拉尾”心情。

苗寨天性自然，处处散发着人性温暖，如秋天的果子，丰盈饱满。

（原载2020年第12期湖南《旅游散文》、2016年第13期湘西《凤凰》）

往湘西去

车子从益阳出发，沿着杭瑞高速，一路向西。

窗外的风景，好似一本厚实的书，在东南风吹拂之下，依次翻开，盈亮于我们的视野。

车里的荧屏上播放的是三流小品，总有那么三四个人不屑于这些劣质的搞笑，他们渐近湘西的心情与他们热烈的话题很贴近。其中，包括老吴同志和我。

对于旅途见闻，老吴很是关切，一路上总是孜孜不倦地做笔记。我们从沈从文小说中的翠翠邂逅傩送谈到“边城”的风光秀丽人情质朴，又对设计了“酒鬼酒”包装的黄永玉先生赞叹了一回。老吴还把我讲的熊希龄的故事一一记录在本子上。熊希龄小时候应对塾师的那首对联，他反复念叨着：“栽数盆花，探春秋消息；凿一池水，窥天地盈虚。”

然后，老吴就感叹：“湘西出人才啊！”“是的，光绪皇帝都对熊希龄赞叹不已！”我附和道。老吴忙问怎么回事，又摊开本子把光绪皇帝在熊希龄殿试试卷上做的评点记录上。

与吴同志坐在一排的一位女士，没有参加议论，她在默默计数着汽车穿越的隧洞。直到吉首，她向大家通报：“我们的车子穿越了41个隧洞，经过了益阳、汉寿、桃源、沅陵、泸溪……”

沿途风景自然美不胜收。益阳、汉寿一带多为平坦地势，遍野成长的禾苗如绿色的地毯，满眼都是勃勃生机……一路向西，渐进渐奇险，进入湘西地段，山势巍峨，奇峰挺拔，或有雾霭缥缈，如幻如梦，缠绕着那些浓郁茂密的森林。

好似总有那么一条小河，跟着我们的脚踝走，怎么甩都甩不掉，小河抖动着清澈如玉的涟漪，闪烁玉兰一样的浪花，唱着歌谣，流淌成一幅画，被我们读成一截一截的情趣和享受。

一边是蜿蜒的河流，一边是黛绿多姿的山峰和收割了油菜的梯田……炊烟和薄雾将我们的目光笼罩在水车的转轮上、鸟儿的鸣叫里，以及苗家姑娘小伙的歌声中。在潮润的气息里，微风给我们送来的是花香，是混着青草泥土的味儿，那是久违了的乡村的气味，享受它们，甘之如饴。

揣着这样的美丽心情，六个多小时之后，我们的车子在凤凰城附近的一个苗寨停下来，我们开始近距离观赏湘西的景，了解湘西的人，感受湘西的种种神秘……

湘西的亲切和鬼祟，在五月的阳光里，浅笑嫣然地迎面走来。

（原载2021年第10期湖南《旅游散文》、2019年4月26日《益阳日报》副刊）

触摸长城的历史细节

这是七月的一个下午，火球一样的太阳在头顶蠕动着，明艳而耀眼。幸而有风吹来，让人在热浪之中感觉到几缕清爽。马路两旁的白杨树梢，被风翻卷着，好似开在艳阳中的白花。远处有白云朵朵，悠悠飘忽，游移在那些崇山峻岭之间。

我们的汽车不断地向燕山山脉的纵深行进。隔窗眺望，漫山遍野的乔木、野草野花，渐次伸展，铺满双眸的尽是苍翠的绿，如浓郁的绿汤，恣肆地泼洒，一路晕染，蓊蓊郁郁地流向更远的山脊。

汽车转过一片叫“中韩友谊林”的山域，眼尖的同伴最先看到了在群山之中蜿蜒的长城，于其中非常陡峭的一段上，布满了彩色的旗子和各色太阳帽。原来是游人，与我们一样，也是爬城的好汉。导游说，这里还不是八达岭，我们还得走。于是，车子继续在山坳里穿行，忽而上坡，忽而拐弯，多了些悬念，也多了些爬山的兴奋。

渐渐地，车子驶入了长城脚下的停车区。这里有一个免费参观的熊乐园，我们欣赏着熊，导游去买门票。爬八达岭长城有三种方式：索道、滑道和徒步。鉴于时间原因，我们选择坐滑车上去，上去后再徒步爬。三种方式各有不同的入口。

滑道口处是熙攘的人流，要排队。滑道不像索道，索道走空中，滑车走的是峡谷或隧道。只一溜烟儿，滑车穿越了峡谷之中的绿色长廊，我们升到了山顶。

远远向更高处望去，长城好似是登天的云梯，一节一节地带着游客盘旋而上，抬头观天，伸手就是白云，仿佛就能摘下一朵来。“会当凌绝顶，一览众山小”。俯瞰山下，极目之处，群峰四起，簇拥着朵朵云块，山峰把它们或绕在脖间，或围在腰际，几只大鸟在云中翩翩起舞……长城就在那些叠岭层峦上迂回蜿蜒，像游走的一条巨龙，首尾遥不可见。山谷之间，道路细如羊肠，游人似蚁……

此刻此景，怎能不激起人大抒胸臆！

有谁，能挥动如椽大笔，描画出如此旷世奇景？

又有谁，马踏飞燕，呼啸山野，能重塑当年不屈的边塞雄魂？

血色黄昏，一缕缕硝烟把谁的目光凝定？

惊天鼓角，一声声炮响把谁的热血沸腾？

我一边爬城，一边触摸着身边这些巨大条石和城砖，心里头惊叹不已。

长城的厚重与坚实，博大与宽容，深深地震撼了我！

城墙高达6—9米不等，平面呈梯形，底宽约7米，顶宽近6米，大部分地方墙顶平面宽阔平坦，可以五马并骑或十人并行。墙两侧用花岗岩石条包砌，最重的石头，据介绍差不多有两吨重。无论陡峭山坡，还是平缓地段，石条是逐层水平垒砌，纵横交错，横架竖垒，咬合成一体，以灰浆合缝，丝丝入扣。

石条之上，再砌城砖三四层，每块砖重30斤。在坡度较大的陡峭地段，墙顶表面筑成梯道，便于上下，城墙内部填充的是用夯砸实的泥土和石块。墙上面两边再加高，成砖砌矮墙，外侧的叫雉堞或垛墙，内侧的叫宇墙或女儿墙，构造各不相同。垛墙为迎敌面，墙高约两米，便于掩护人体，砌有成排的垛口，垛口与垛口间距约一米。垛口的砖是特制的，一边为斜，码在口上，呈扇面状，外宽内窄，如此设计非常科学，其观察面大。挡垛上部设有瞭望孔，下部射击孔，令人惊奇的是，部分射击孔和瞭望孔的砖面还雕有图案花纹。内侧宇墙高约一米，墙顶是一层脊砖。

我仔细观察着，在两边墙根还砌有小槽，积水沿水槽流到较低处的宇墙下部，经出水孔把水引至墙外的吐水嘴上，从而流泻到城墙外，吐水口是一米多长的麻石槽，经此，水流到墙外，城墙底下也是一个麻石槽接着流下来的水，以免水侵蚀着墙根。

城墙经过的地方，有些是绝壁，建造者就以此天险代替城墙，依墙一直走有时是走不通的。所以，在内侧一边，每隔一定的距离，城墙下即开有一个登城口，为券门洞，由石级通向城墙顶上。

长城上面的建筑，还有城台、烽火台、敌楼等。

城台每隔三五百米就有一座，是四周砌有堞墙、垛口、射洞等的平台型建筑，为屯兵放哨、避寒之所。我们爬过的几个城台，里面都站满了歇凉的游客。

烽火台高5丈，遇有敌情，在此燃烽火报警，白天放烟，夜间举火，逐一传递信息，军情就能够飞速传到皇宫大内。

据介绍，八达岭长城段上共有敌楼43座，敌楼分上下两层，上层周围设垛口和射孔；下层为士兵住宿和存放物资的房舍，由“回”“井”字形的建筑组成。

此外，还有战台，为碉堡式建筑，有三层，内储兵器、弹药及其他战略物资，作用大于敌楼，建在交通要道或地势险要之处。

如此高大坚固的工程，竟然从山海关延伸到嘉峪关，连绵了一万三千多多里，真是古今一大奇观！

不说别的，单是脚下这数不清的条石，每块重达两三千斤，那时没有火车、汽车，没有起重设备。要把它们抬到这荒郊野外，运上陡峭的山岭，靠的是什么，靠的是无数的双手和无数的肩膀啊！

导游讲了两个修长城的传说故事：

一是燕国人修长城的时候，原是用泥来抹砖缝的，但冬天，和泥得用热水，于是，民夫们就把大铁锅抬到了工地，用大铁锅烧水。天长日久，铁锅就被烧坏了，开水就把垒锅的几块石块炸开了，民夫们把炸出来的那些白粉用水和和，来代替稀泥，发现比泥还有黏性，用起来很滋润。于是，秦始皇统一六国之后，燕国人就承担了烧石灰的任务。

另一个故事是山羊驮砖。说修嘉峪关城时，用砖数量很大，所用砖全靠牛车拉到关城之下，再人工往上背。由于城墙高，唯一上下的马道坡度大，上下非常困难，尽管背砖的人多，但仍供不应求，工程进度大受影响。有一天，一个放羊娃来到这里放羊玩耍，看到这个情景，灵机一动，解下腰带，两头各捆上一块砖，搭在山羊身上，然后，用手拍一下羊背，身子轻巧的山羊，驮着砖一溜小跑就爬上了城墙。民夫看了又惊又喜，纷纷仿效，这样，运砖的困难解决了。

听着故事，感觉修长城是多么的艰辛！

长城只走山岭，除非万不得已要过山谷，非经山谷的地方，就修筑关城隘口。所以，长城哪怕绕一段很长的弯路，再辗转回到对面的山头，它都无怨无悔。它不低头，不潜藏躲避，它就是勇往直前在高处奔腾的一条龙，它把一身的勇气、豪气和霸气，淋漓尽致地展现出来！

长城经受了战火的考验。那不断抵御外族侵略的光荣历史，那千百年以来堆积而成的厚重和沧桑，仿佛就在眼前，一一凝聚在脚下一块块的城砖里。

70多年以前，在那个攸关中华民族生死存亡的危难时刻，多少身着土布衣裤、手持破旧步枪的中国军人，他们坚守在长城上，用自己的血肉之躯和简单装备顽强抵抗着武装到了牙齿的侵略者……

摊开长城画卷，尽管在今天，它长满了纵横的人流和杂草树木，但历史依旧在我们的脚下痉挛。季节的风，像坐滑车一样，总是把我们送达明、唐、汉武和秦皇，让我们感受到岁月的阵痛。

我触摸着这些垛口、这四周的砖，面色凝重，感情凝重。有些青砖，有着很明显的磨痕，那一定是被战车和枪箭磨去的；烽火台上那些发黑的青砖，不用说，是狼烟熏成的痕迹……那被风雨剥蚀得日渐羸老的一截截城墙，依然像一副副坚实的铠甲，忠实地护卫着这一片青山和蓝天。

长城与它脚下的土地就这样相依相伴，阅尽沧桑。

硝烟远去了，但边塞烈风依然在耳。长城，永远高昂着不屈的头颅。

（原载2013年第4期江苏《全国优秀作文选》）

卷二 情系弦歌

没有你的日子
我懒得梳妆　我无心掀帘
让我抚摸着你的名字入眠
万千的心事如何不是蚱蜢舟上
载不动的忧愁
那些写给你的词篇
泡着泪水
一任它们在《漱玉集》里
弹拨着一根叫相思的琴弦

——《武陵春》

温馨青石板

每每触摸青石板的故事情节，我的心里莫名地荡起阵阵温馨。

大二那一年，我给一个高二女生辅导功课。女生所在的小镇距我读书的城市40华里左右，我每周有4个小时的辅导，就在周六周日两个下午车来车往。

女孩其实很聪明，她娴静、勤奋。她是因一场大病落下课程的。

上课之余，女孩常带我在小镇的四周看看、走走。凭感觉，这是一个人文底蕴深厚的地方。

小镇靠一条大河，从河码头延伸而上，至小镇的一条街道，是青石板路，约莫两里长。多数石板平整、光洁，偶尔有些地方凸显一些窝窝点点。石板罩着一层蒙蒙的青灰，让人隐约地闻到大山的缕缕清气和小草的缕缕清香。徜徉在这古典幽婉的石板街上，我觉得自己心情特别闲适，一路上可以捡拾到小巷里流泻的那些平平仄仄的诗歌……

一群红脸蛋儿黑脸蛋儿的孩子，在巷子里穿来荡去，夕阳把他们的身影染得金黄；一棵几百年沧桑的古枫树，挺拔在小巷的尽头，枝头依然泛出许多嫩绿的叶子来；挑水的大婶，扭着很好看的腰肢，扁担被压得“吱扭吱扭”响，桶里荡漾着引人遐思的涟漪；慵懒阳光下的大黄狗连连朝天打着哈欠……那哗哗流淌的河水，仿佛就是小镇的眼睛，把小镇这张古老的名片擦拭一新。

这条青石板路，让我彻悟历史文化的种种生动细节。散步中，女孩仰头问我："老师，您说世上真有桃花源吗？"

我反问她："你觉得桃花源现在离你很远吗？"

这个小镇就是桃花源啊！你看，绵延起伏的青山，绕在古镇四周，让这里更清幽，眼前的大树、木板门店铺、老招牌、吊脚楼，都是小镇入得画的风景！还有这脚下的青石板路……它们都是小镇的脉搏、小镇的灵魂啊！小镇本身就是一篇《桃花源记》，这些景致都是"桃花源"里参差错落的优美句子……

女孩点头表示明白。

后来，我给她找来沈从文的《边城》，让她坐到河边的青石板台阶上去读，感受边城里的瓣瓣梦痕和浓浓故事情节……女孩的成绩提高很快，尤其是语文，她的语文老师在她的作文批语里说她"很有灵气"。

女孩长进之后，显得很激动。我说："你的灵气是在青石板上擦拭出来的。"

有一次，我们又走在青石板街上。途经一家书店时，女孩突然跟我说："老师，我要到书店去看看那本参考书来了没有，您帮我拿着这个袋子在门口等我……"说完，把那个塑料袋子往我手里一塞，转过身朝那家书店走去。临进门时，还调头朝我咧嘴一笑，说："您可不要翻看我袋子里面的笔记本哦……"我站在店门口，手里晃着袋子，心想："是什么东西这么神秘？还看不得？我偏要看看……"掏出那本硬皮笔记，我翻开第一面，上面只写着几个字，很大的字体："我不寂寞，我有文学，有青春，还有你！"

看着，我知道这些明媚文字里一定闪耀着女孩最华丽的青春年华！我想，我还是不能再继续翻看下去的。我把笔记本合上，呆望着远处，远方的天空被蒙上了一层水雾，模糊着我的视线。过了一会儿，书店门口闪现出女孩的身影，她穿的那件粉红色T恤衫、那条浅白色牛仔裤，还有那双最新款式的运动鞋，特别耀眼。出来后，女孩朝我一笑，问道："老师，你没看吧？""没呢……"我喃喃答道。

通过那个学期的家庭辅导，女孩补上了被落下的课程，期末考试，她在班上名列前茅。

以后，女孩也就不需要家教了。我也忙着毕业考试和论文答辩……

记得女孩考上大学的那时候，她给我来过一封信，并附有小镇的照片。

照片上的青石板依旧那般光滑，宛若一面面远古时代的青铜宝镜，在阳光下折射着耀人眼目的光芒……女孩说："老师，您什么时候再来看看小镇风光，再来走一走青石板路？"

我没有再去，我当然忘不了那条石板路的气息，也能想象出那条长长的河水仍如当年一样碧波荡漾。

每每微风吹拂的日子，总有门帘上不歇的风铃响着，让我想起那些久远而亲切的足音。

后来，我在一本我最爱读的散文杂志上，读到了一篇情真意切的优美散文，题目是《温馨青石板》，讲的故事跟我的完全一样，作者是当年那女孩。

（原载2018年8月10日《益阳日报》副刊）

从春雨到秋雨

那时，我总喜欢揣着席慕蓉撒落的风情，与室友们一起喝酒、一起写情诗、一起漫步在悠长的雨巷……游离的灵魂总觉得是那般温暖而有归依感，一切纷乱的人生场景都变得诗意和盈满。

春季里的一个星期天的下午，我走在河西沿江大道上，从街上往学校赶。雨是猝不及防下起来的，晶莹的水珠从遥远的天际飘飘忽忽地往下掷，马路两旁的绿叶儿被打得啪啪直响，我只能折进路旁一家店子的屋檐下避雨。就在我一筹莫展的时候，我望见了悠长雨巷里的那把伞。一把蓝花伞，晃晃悠悠，在街道的拐角处姗姗而来。我看不见伞下走的人，便急忙把嘴张成喇叭状，朝那方向呼叫道："喂——'雷锋同志'——"

"是叫我吗？"那伞一偏，露出一张带问号的脸。

"是的！能共用一把伞吗？"

"来吧……"

我傻乎乎地一笑，闪身钻进伞里，发现原来还是一个俊俏女孩。伞的世界里，乌黑乌黑的头发，春风轻轻撩起的红色衣襟，像一幅飘逸的画。凭感觉，我断定她是我的校友，便问："你是哪个系的？"她答："数学系的。"我开了一句动听的玩笑："真想不到数学系还藏娇卧美！"她呵呵一笑："出乎意料吗？谁不知道你们男孩最关注的是英语系。"一语中的，英语系美女如云，那真是灼痛目光的地方。

拐进那条小巷，伞柄转到了我手中。女孩好像轻松多了，话也多起来了。她说中文系的人真浪漫，求助一个人可以不喊名字，只需叫“雷锋”。我似有所悟，连忙问她：“你学了雷锋，我还不知道你的芳名呢？”她俏皮地反问我：“问了名字，准备登门来找我吗？”我连忙摇头表示不敢不敢。她说：“有什么不敢的，我叫阿晴，住28栋207室……”

我用双手把伞旋了一圈，伞面上的雨花四射开来，呈好看的圆圈状。我说：“阿晴——真是好名字！悠长的雨巷，一柄蓝雨伞，撑开来，就是一个亮丽的晴。”

她说：“出口就是诗呀！我们学数学的，就只知道枯燥的$x+y$……”

我说：“是你的名字美呀！晴和伞本身就是绝妙的搭配，加上这精灵的雨……”

“这雨多好……”她喃喃地说。

春天的雨情趣绵绵。亮亮的水珠一串串从伞的角尖流下，像珍珠串子，脚下水花遍地绽放，白白的一片一片，人仿佛置身在梦境，万物都被蒙上了一层神秘面纱似的。那些滴在树叶上的水珠，发出来爽朗清越的脆响，营造了“大珠小珠落玉盘”的意境。勤劳的雨点儿并不满足，滚落到地上时又激起朵朵涟漪……

走到校门口时，雨刚好停了。室友阿刘知道我上街未回，拿了雨伞来接我。刚出校门，碰巧看到我从一靓妹的伞里钻出来，他突然发出一阵哇哇的怪叫声来。

阿晴看到这种情形，有些手足无措，半晌怔在那儿。我说：“别见怪，这是诗人，诗人一旦酝酿着要写诗了，往往便是这样。”

别了阿晴，我与阿刘一起回到了寝室。

我没有再去找阿晴。但在那年的下学期，在偌大的校园里，我与阿晴又一次不期而遇。

那个秋天的夜晚，我从图书馆看书出来，天突然下起了大雨。我在台阶上踯躅着，台阶前的路灯把我的身影晃得零零落落的。

无奈之时，一个身影从侧面踱过来，说了一句“走吧”，就在我的头上，蓦地撑开一片小小的天空。我转头一看，是阿晴！

阿晴笑道：“真是冤家路窄，又碰到了你。我发现你有两大不可饶恕的缺点……”

我迷惑不解。“一是不晓得随时带雨伞；二是不敢串门找人……”

不带伞是真的。我原来是带伞的，几次丢伞之后，便索性不带了。

不敢去女生宿舍也是真的。走在图书馆外面这条馨香缭绕的路上，我心有余悸地向阿晴叙说了其中的原因：有一段时间，我负责领取和分发班上的餐票，记得第一次去女生楼发餐票时，那个管理员阿姨把我审视了半天之后，便要我填一张表，在填“与被访人关系”一栏时，她一本正经地告诫我，“不要填什么‘尚无关系’啊，你们这些人就是主意多”。大概是以前有人填过“尚无关系”调侃过她，她及时地给我打预防针。她被我逗笑了，说：“就填‘班上发餐票’。”

到了那些寝室，碰上自己班上的人还好，碰上别的班的，她们要围上来，一边嘻嘻哈哈，一边故作正经地问我要找哪个好友，离去几步之后，少不了又发一通议论，把你大肆评头论足一番……如此，我还敢串门吗？以后，发餐票之事，我尽量在教室发，决不去招惹是非。

阿晴听后，“咯咯咯”地笑了。

她把我送到我们宿舍门口，默默地看了我一眼，便消失在黑黑的雨幕之中。

后来，我在学校的校刊上，给阿晴写了一首诗。诗的开头是这样的：那一页潇潇春雨/一把蓝花伞/从雨巷蜿蜒地走来/长发红衫的风情/从春飘逸到秋/在桂花香里/你迷离的眼神/是最美最近的星星

阿晴把这首诗从杂志上剪下来，保存在她的记忆里。这是我后来知道的。

毕业前夕，她从我班女生手中，拿到了我的留言册，在上面，学理科

的她，也给我写了一首诗，清丽柔婉的风格：我多想在小巷的雨里/化作翩翩雨燕/迎风飞扬……/只可惜哟/你是遥远的一棵树/我不可能自由地栖息抵达

读着阿晴的诗，我一颗羽化的心仿佛谛听到了雪落的声音。

（原载2019年3月15日《益阳日报》副刊）

蝴　蝶

暮春的黄昏，风儿吹拂，花树们摇摆着身子，撒落一片片浅粉花瓣儿，如下了一场七彩微雨。

这个周末，女孩又推着那台轮椅出现在小镇的公园里。女孩的出现，让这个春天的夕阳更加炫目。

女孩眉宇清秀，目光温和，梳着学生头，身穿一件印有“某某镇初级中学”字样的校服。夕阳的余晖斜射在缓缓移动着的轮椅，轮椅上坐着一个女人，四五十岁的年纪，手里拿着一束花枝不停地晃动着，口中念念有词，不知道在说些什么。仔细看这半身不遂的女人，她的目光是呆滞的。

每个周末的下午，只要不刮大风，不下雨下雪，女孩都要推着女人出来。天气凉快时，女人的身上会搭上一件小毯子。在公园里散步的人，每每看到此情此景，都会朝女人投来羡慕的目光。女孩和女人，成为夕阳里最温馨的一幕。

女孩推着女人，在公园转悠，走走停停。路过一树好看的花，或者看见枝头上唱歌的鸟，女孩都要停下来低头轻声地跟女人说些什么，很温柔地，耐心地。

女人其实是听不懂的，女人看样子神智已不大清醒了。但女孩依然给她讲述着美丽的花朵、清越悠扬的鸟叫声，以及公园里其他好看的风景。女孩讲的时候，总是微笑着，女孩的微笑绚丽了这个温暖的季节。

来往的人，经过她们身边时，都要驻足片刻，深情地注视她们：多么亲密的一对母女！亲情呀，亲情的长绿树不会因母亲不健康的身体和不健全的头脑而褪色！

有时，也有人问女孩："你妈妈怎么啦？"女孩没有半点儿埋怨。她说："妈妈原来不是这样的。妈妈漂亮又聪明，她爱爸爸，也爱我。妈妈是在一年以前突然患病的，后来就站不起来了，思维也不清晰了……"

女人思维是不清晰了，总是絮絮叨叨，似乎在念着一个叫"蝴蝶"的词。她断断续续地呼唤着"蝴蝶"，她的潜意识里，对这个"蝴蝶"充满着深情渴望。

在公园的进出口，常有一些卖零食的小商贩。每当女人出入公园口时，总要大声张嘴喊着"蝴蝶，蝴蝶"，混乱而爱怜的口吻。女孩连忙停下来，她知道妈妈要干什么了。如果是卖烤红薯的，女人就用手指着烤红薯。女孩掏钱买一个回来，女人接在手里，乐得嘴角窃窃地笑着。然后，用一种神速又慌张的目光，左右两边各瞟几眼，好似在提防着别人，在确定没有人注视到她时，她便快速地把烤红薯塞进女孩的口袋里，再给女孩抻抻衣服，拍拍她的口袋，又含糊不清地叫两声"蝴蝶"。

女孩并不觉得难为情，她总是微笑着怜爱地看着妈妈，好像轮椅里坐着的是一个顽皮的小孩，而她自己是大人一样。

路人笑着问女孩："你有一个很好听的名字叫"蝴蝶"呀？"女孩摇了摇头："我不叫'蝴蝶'，'蝴蝶'是我继母先前那家的那个女孩的乳名，她因为在楼顶上捉蝴蝶，从楼上摔下来，死了……我继母就受了刺激……"

原来女人是女孩的继母！

女孩说完之后，便俯下身子，在女人的耳边柔柔地说："妈妈，我就是你的'蝴蝶'！"

抬起头来，女孩的眼眶里噙满了两泓汪汪的泪水。

（原载2019年第4期陕西《精短小说》、2010年5月16日北京《语文导报》、2010年第7·8合期陕西《少年月刊》、2020年6月10日安徽《巢湖晨刊》副刊）

雪

奶奶找到学校的那天上午，雪可大啦！校门口的南竹被压得“嘎嘎”直叫，屋檐上还悬着硬邦邦的冰凌棍。奶奶裹着一件旧棉衣，一连找了好几个教室，才找到她的孙子——嘎宝。

是同村的狗剩告诉嘎宝的，那时刚好下课，噶宝却仍在埋头做作业，狗剩戳了他一下：“瞧，你奶奶来了。”

“奶奶！”嘎宝奔出教室，扯起了奶奶的手，奶奶拄着拐杖，臂弯里挂着一只竹篮，篮子上盖了块印花布，布上落了一层洁白的雪。奶奶的脚成了两个雪团，她跺了跺脚，嘎宝这才注意到奶奶穿的是爸爸的那双旧靴子，靴子中间还紧绑着两根稻草绳子。奶奶多像一个叫花子，嘎宝直想哭。

嘎宝说：“奶奶，您来干吗？”

奶奶说：“我还能来干吗？”

嘎宝说：“天下着雪呢。”

奶奶说：“走发了就不会冷了。”

嘎宝瞧见奶奶头顶落上了厚厚的一层雪花，怪白的，嘎宝帮奶奶拭去了雪。这时，奶奶问他这个星期带的咸菜还剩多少，饭够不够吃，还问他学校里有没有热水洗澡……嘎宝说还可以，奶奶不满意孙子说还可以。

她把孙子领下楼，来到大礼堂，抖抖索索地从篮子里端出一只瓷碗，碗里有四个金黄金黄的荷包蛋。她用筷子夹起一个，递到孙子的嘴边说：“还有点热，你先吃一个……”

嘎宝迟疑了一下，问："奶奶，你吃了没有？"

奶奶一唬脸，说："你吃你的！"

嘎宝真有点饿，一口就咬下一大半，腮帮子鼓出一个圆圆的包……

这时候，奶奶让他蹲下吃，细细地嚼，不要吃得太快了，别噎着……

嘎宝眼眶湿润了。

"唉……要是你爹娘在世就好了……"

"奶奶……"嘎宝喊不出声来。

奶奶把孙子脖子下那颗纽扣扣上了，又捏了捏他的棉衣，"明年要做一件厚实点儿的了。"说罢又叮嘱道："晚上睡觉时要把棉衣盖在被子上。"然后从怀里窸窸窣窣地摸出一块巴掌大的折叠手帕来，摊在地上，揭去三四层，右拇指蘸了一点儿口水，数出一沓零碎票儿来，交给孙子说："这几块钱你要买点儿新鲜菜吃。"随后拿起拐杖，回头望了孙子一眼，又望了一眼，走了……

嘎宝呆立着，他望着奶奶的背影，他不知道奶奶一早从山上蹒跚下来给他送菜到现在还空着肚子。他看到外面的雪花还在放肆地飘，不一会儿，雪花落满了奶奶的头顶，奶奶的头顶本来就是如霜白发，这下雪与白发交集在一起，越发显得晶莹耀眼了……

（原载1996年第12期江苏《少年文艺》，1997年第3期河南《小小说选刊》转载，入选《桃江历史文化丛书·文学艺术卷》）

摘了一朵鲜艳桃花

柳枝儿在微风里陶醉，婀娜着好看的舞姿，黄莺鸟翩翩展翅，欢乐在初升的暖阳里，那婉转流畅的歌声响满了天空。

这是唐贞元九年明媚的春天。

我的心情灰暗了这个美丽的季节。

在殿试的最后一场考试中，我居然考昏了头。面对考卷，我不能流畅地纵横策论治国之道，我只是空读了一些“关关雎鸠，在河之洲”之类的诗而已。我的心情沮丧到了极点。

想起来，真是愧对父母啊！

记得离家赶考的那一个清早，母亲就早早帮我收拾行李，还用锅铲给我压了几个饭菜团，嘱我别饿了身体，慈母心好似长长的线，细细密密地萦绕在对我的关怀里。上马的时候，父亲也赶来了。他说：“儿呀！此去科考，不能敷衍了事，别忘了你字号的含义啊！”

我跨上马背，拉了一下缰绳，颇有信心地回答老父：“记得！我又名‘殷功’，即多多用功！”

“记得就好！记得就好！”老父微笑着捋了捋他那把花白胡子。

可是，考试结果出来，我名落孙山，我真的没有好好用功读书，我有何脸面面对含辛茹苦送我赶考的父母亲啊！

我的心情很坏，我花了一点儿碎银在一家饭店灌了一顿愁闷酒。然后，信马由缰，出了长安中心，往都城南踽踽而来，放散着我的愁闷……

几里路程走过，前方出现了一个庄园，约一亩见方，门前有条溪水，蜿蜒流着，水声潺潺，院子里茂盛着桃树和其他一些翠木花草，那桃花姹紫嫣红，迎风怒放，似张张笑脸。我被眼前的景致所激动着。

我下马走进院里，轻轻敲了敲门，不见动静。我又用力敲着。好久好久，房门开了一条缝，露出来一张瓜子美人脸，纯真，俏丽，眉头却蹙着，呈狐疑状。

我半晌怔在那儿，这小小的庄户人家里竟有如此芬芳艳丽的春色！

那女子略显几分羞色，自门缝里打量着我，问道："公子何方人氏？请问尊姓大名？到此有何贵干？"

我连忙打躬作揖："鄙人河北博陵人，姓崔名护，自长安科考而返，一路寻春独步，适才酒醉，口渴求饮……"

那女子问清了原委，连忙打开门，搬来板凳，又用瓜瓢筛茶。之后，殷勤地立在一旁，不时用眼睛扫视着我。

见我咕噜咕噜地喝了一瓢茶，又问："还要否？"

我抹了一把嘴巴，这才仔细打量着面前的女子，果然风姿绰约，仪态万方，特别是那眼睛那眉梢，无处不青春，无处不充满活力。我连忙说："还喝！还喝！"女子朝我粲然一笑，又迈着碎步为我去舀茶。

我问女子这是什么地方，她告诉我这里是都城南庄，这里土地肥沃，粮草丰茂，不仅有优美风景，还有优美故事。我说怪不得这里桃花鲜艳，山清水秀，我还遇到了美丽南庄美丽故事中的美丽主人公！女子又被我逗笑了。

我感受到了这个春天的殷殷暖意在朝我不断袭来……

第二年清明节，我牵挂着都城南庄，我没有理由不故地重访。我又来到了都城南庄。

桃花依旧，烁烁照人，流水欢唱，宛若一曲缠绵的歌。走进那个庄园，我叩着院门，但无人来开门，门上挂着一把硕大的牛尾锁！

我感到异常失落：主人搬走了？出意外了？外出锄土播种了？我不得而

知，惆怅之意蓦然在脑际升起，我连忙拿出笔墨和砚池，从溪水里捧上来一点儿水，放到砚池里，磨着墨，之后，提笔在门上"刷刷刷"挥洒起来：

去年今日此门中，人面桃花相映红。人面不知何处去？桃花依旧笑春风。

《诗经·召南·草虫》说："未见君子，忧心忡忡。"此刻，我也如《草虫》里的那位女子一样，未见到我所期待的人，也忧心忡忡。我索然寡味地离开了都城南庄。

生活原本是风平浪静的一幅画，没有都城南庄在我视野里出现，这幅画也许只会永远悬在我平庸的日子里。

回到博陵，我再也写不出一句诗来，我常伴着烧酒度日，生活乏味得像一杯白开水，这一片天空之下的风景，也好像暗淡无光，似乎就少了那么一束亮丽于视野中的桃花。

大约在一个月之后的一天，我又走出了家门。我朝都城南庄而来。

女子的父亲接待了我。他说："你来得好，我女儿有救了！"

我大吃一惊，忙问是怎么回事。

老伯告诉我，自从他女儿看到了我在她家门上题写的诗之后，便心有同感，忧思成疾，遂一病不起。他说："你来了就好，你就是一剂治愈我女儿心病的良药。"

处在昏迷中的女子，听到了我的声音，睁开了眼睛，费力地靠着床头挡板坐起来了。

女子虽然憔悴了不少，但美丽的容颜依然像院子里缤纷撒落的桃花一样，焕发着灼灼光华。女子见到我，她的病好像好了一大半。或许这是一种感应，我想。

没有激动的相拥，没有缠绵的牵手，我们只是互相看了看，眼睛里，有溪水流过，有桃花开着。她望着我，莞尔一笑，露出整齐洁白的牙齿来……

她忽然从床头鼓捣出一个竹筒来。她慢慢地旋开竹筒的盖子，在我面前，陡地倒出一筒子桃花来，是红纸剪出来的桃花！

我一朵一朵地从床上捡起来，一朵一朵地数着，数着数着，我们的眼睛偶尔对视一下，她无声地笑着。

我数了很久很久，一共是三百九十九朵。我在心里默念着这个数字，三百九十九，正好是从我与她邂逅开始至如今这段日子的天数！

那一朵又一朵的桃花，何尝不是她思念的心？三百九十九朵桃花，三百九十九天的思念！

我的心被强烈地震撼着！我深知，只有发奋攻读，不断进取，才是对这一朵朵桃花最好的报答。

她重新把桃花放进竹筒。她说："等你中了进士以后，这些桃花就送给你。我依然每天为你积攒一朵，直到你功成名就的那一天……"

我暗暗憋足了劲儿，我不能再虚度光阴了。我深信都城南庄的桃花永远盛开在我前行的征途。

过了秋天。又过了冬天。唐贞元十二年春，大唐昭示天下的进士榜上，赫然排列着"崔护"二字。之后，我在赴岭南节度使的官任上，就收获了那几百朵鲜红艳丽的桃花，其中，我自然摘到了开得特别光彩夺目的那一朵。

（原载2007年第8期河南《躬耕》）

诗化的贾师

贾师是种精致而典雅的人。三年前他分到这条山沟里来教书的时候，师生们都不免一怔，觉得走来了司汤达尔笔下的人物，抑或是琼瑶造就出来的男主人公。他脸上总是洋溢着微笑，身板修长如一枚箬叶，走起路来如微风拂过琴弦，落花漂在水上，诗人一般。

的确，贾师给他的学生带来了温馨的诗气，在这辍学、打工、电游、染黄头发等充斥的社会里，贾师只要往讲台上一站，他的形象就为迷茫的学生们做着极好的诠释。

贾师的成名自然是他的写诗。讲学之余，贾师经不住席慕容、舒婷等诗人的诱惑，禁不住提笔给晚报副刊部写些小诗，诸如，“在我把春茶泡进诗歌的当口，就觉得应该有一只信鸽传送一个幸运的消息”，或者“银杏树在五月开花，我的生日就有了五千年的花香”，还有“第一个走出聊斋去寻找梳子的人，是你，月亮的面孔……”

飘逸的诗句，诗化的贾师，贾师在学生的心中便是一首严谨的格律诗，也可以说是一首自由奔放的新诗。

由于贾师写的诗多，也有一些被编辑部慧眼识珠，发了出来。比如，有一首叫作《在暗夜的眼睛里播种月光》，就曾切切实实地打动了一名读者的心，那封读者来信说：“哦月光，月光如水，向你漾来，悄悄地，比纯黑稍淡的月光多想……多想跋山涉水不远千里攀登——到那遥远孤高的危楼……”

贾师读到这封信，明显地感动了。在物欲横流的今天，想不到还有与他志趣如此相投的诗友高举诗歌的火把横穿广场！贾师太激动了，他反复看了这封细腻的信，觉得其人不是平凡的人，那些蜿蜒的句子曲曲折折、朦胧含蓄，既领略了他的诗的妙处，又似乎在倾诉着一个美好的故事。贾师觉得读这样的信，简直是宴席末尾的一道水果拼盘，清爽可口，只可惜没有同伴与他来共享，又不好拿到课堂上去宣读，鉴赏之余，贾师突发奇想，要与这个诗友联系，一来诗友谈诗；二来联络感情。他认为，要善于及时捕捉那些有用的信号，也许能加工演绎成一首好诗。

说联系就联系，根据来信，那读者是省城里一个叫甄蜜的人，甄蜜甄蜜，这名字真有诗意！

贾师便写回信，并且信中还夹了些诗歌。他写道，“你梦着又醒着，宛如没有染过一粒红尘的纳克素斯”，又写了些诸如“雁啊雁啊飞一字，雁啊雁啊飞长长”之类的诗。到后来，也就是三四次通信之后，发展到“山沟里的风剪不断我的目光”。

甄蜜的来信也如频飞的南翔雁，后来，干脆就来函来电，双管齐下。甄蜜说：“你的大作我拜读过了，它们正好配合了我的情绪。”电话那头是鸣蝉般动听的女声，特清亮特清亮，贾师心里被撩拨了一下，听见对方又说：“‘月亮喑哑在白天，响彻午夜’‘晕了的船驶向大海，它击毁了狂欢的风暴’，这些词句都可以配曲歌唱。”贾师说：“别在电话里把我说感动了，难道你就舍不得当面说我的好话？”甄蜜笑着说：“你是不是想请我到贵府来玩？”一句话激励了贾师：“好！就等你这句话，我把火车时刻表给你寄过来！”贾师的快乐便从心底蹿到了嘴里，那边甄蜜稍微沉吟了一下，便在“好，再见”中搁下了电话。

在甄蜜要到来的那段日子里，贾师像浇了肥料的箬竹叶一般，挺拔昂扬地在教室里走来走去。授课时，他站在讲台上翻开讲义，却从来不看，径自娓娓道来，不时插些“我们应该一起举起酒杯，为幸福生活而歌”的智慧火花，学生们发现，贾师比以往任何时候都要神采飞扬，是什么神剂滋润着他呢？学生们就去问其他老师，证实了原来是浪漫的故事。

甄蜜来的那天早晨，天很冷，漫天飞舞的雪花给贾师所在的山村中学抹上了一层浪漫。贾师当时还躺在床上在精心构筑诗的大厦，一连串的细碎的声音穿透了他厚实的幸福感："贾……贾老师……"

"你……你是甄？"贾师霍然翻身坐起，甄蜜披一身的雪，脸上的雪花开始融化，变成一颗颗晶亮的珠子。

"你看，我给你带来了什么……"甄蜜边说边从包里拿出一本本书，有《雪莱诗集》《拜伦诗集》《飞鸟集》《明月集》，等等，甄蜜嘟噜着不甚灵便的嘴，冻僵了的脸上，点点微笑蓄养在黑亮亮的眼眸中。

贾师仔细打量着这位与他写过信、通过话的诗友，心里泛起阵阵暖意，他想不到诗歌原本这般美好！

谈话的氛围自然好。到后来，贾师不无感动地说："苦了你，这么早，翻山越岭赶到我这儿……"

"苦了的应该还是你，你这儿山高路远，交通不便，出入一趟县城都要七弯八拐……你打算在这条山沟沟里待多久？"甄蜜扬了扬眉，关切地问，那一种少女的情怀像城市里的霓虹灯一样恣意蓬勃。

贾师的目光忽然在墙上那幅《向日葵》的画上停留住了。"向日葵，花儿黄，朵朵葵花向太阳……"贾师的诗情在心里荡着。贾师连忙岔开了话题，"来，先喝杯开水，再，再弄饭吃……"

甄蜜是在两天之后离开的，甄蜜离开学校的时候，好像与贾师闹了不愉快，教室里那些"向日葵"们都感觉到了，他们听到了台阶下甄蜜的最后一句话："你的风只能在山沟里呜咽一辈子。"贾师回答说："园里的葵花开得好，我的诗也就会茂盛起来，你一路走好……"

满教室的学生合上书本在倾听，后来，他们纷纷站起来，泪眼婆娑地望着门外的贾师，贾师呆愣了片刻，然后大步踏着憔悴的雪花走进了教室。

学生们重新打开书本，他们又开始高声朗读一首精致而典雅的诗……

（原载2002年第5期山西《粉红》）

一只兰花碗

校园里的玉兰花舒展笑脸的时候，我来到麻山中学进行教育实习。

暖暖的风摇动着午后明晃晃的阳光，阳光下的孩子们列队拍着手，我们实习小组受到了隆重的欢迎。

我被安排执教初一（3）班的语文。根据学校统一安排，每个学生配发一本《现代汉语小词典》，按原调价给学生，语文老师负责收取现金。当书发到一个叫赵花花的女同学时，她站起来，怯怯而细声地问："老师，我不要行吗？"

"你怎么可以不要呢？这是学语文的必备工具书，你是在乎这十二块五毛钱吗？"

"我……"女孩的声音抖着。她周围的同学替她回答说："她妈妈病了，她爸爸死了……"

我心头一震，抬眼望去，赵花花乌黑的眼睛里早已盈满了泪水，她瘦弱的身体战栗了一下，她竭力用上齿压抑着哆嗦不止的嘴唇，站在那儿，显得多么孤零无助……

我的心头蓦地升起一股怜爱，我连忙举起那本词典，走到她跟前，说："孩子，老师把这本词典送给你……送给你，你不用交钱……"

赵花花扬起长长的睫毛，她用感激的眼神望了我一眼。她的眼睛大而明亮，似湖水一样清澈。

星期天，太阳在西边绚丽着，我踏着落日的余晖，去赵花花家进行家访。我给赵花花买了两本励志的名著与几本童话杂志。

赵花花家距学校不远。她家院子里点缀着一些不知名的小白花，细细的叶，寂寞的花瓣。斜阳外，土泥砖的房子呈现一片苍黄。赵花花坐在一条小板凳上，她正靠在堂屋门边洗衣服，盛衣的木盆外边泛着一圈绿绿的苔痕。赵花花瘦小的肩膀随着手在洗衣板上的搓动而晃动着，她不时停下来，捋捋额前飘散的几缕头发。见此情景，我一阵心酸，连忙蹲下来，轻轻叫了声："赵花花，老师来帮你！"

赵花花掉转头来，一见是我，慌得不知说什么才好，她把沾了泡沫的手往裤腿上一抹，便朝屋子里面喊道："妈……妈……老师……我老师来了。"

赵花花的妈妈果真一副病态恹恹的样子，她蹒跚着步履从里间走出来，朝我咧嘴一笑："噢，老师您，您请进屋坐……"

我一边帮赵花花从井里压水洗衣，一边与她妈妈拉开了家常……

赵花花是一个不幸的孩子。她妈妈几种慢性疾病缠身，一直是一个"药罐子"，家里本来靠着父亲这棵大树支撑着的，但屋漏偏遭连夜雨，前年父亲在给村里人起屋帮工时，不幸从脚手架上摔下来，人送到医院不久，便已撒手西去……

赵花花稚嫩的肩膀上过早地被压上了家庭的重担……

我的心狠狠地痛了起来。赵花花这时已从菜园里摘了菜，娘儿俩热情地忙乎着，我被盛情相留吃晚餐。

吃饭时，赵花花向我提出来想退学，我放下饭碗问："赵花花，你读书不是读得蛮好吗？"

赵花花说："我怕累了家里的妈妈，还有，我怕同学们的那些目光……"之后，赵花花敛束着眼光，她怕看着我，她那一帘长长的睫毛，似华丽而忧伤的布拉格殿堂。

我重新端起饭碗，目光凝视着手里的碗，那是一只古色古香的兰花碗，淡淡的灯影下，兰花碗泛着亮亮的光。我用手心托着碗，开导并鼓舞着赵花花："你看这只兰花碗，它的制作虽不是很精细，但是美观耐看；它还有很多用途，能盛饭，能用来喝水；更有价值的是，它还有文化品位，你看它上面还有一条毛主席语录呢……"我又补充："说不定，今后这只碗还是文物，要升值呢，你就做一只这样普通而又不平凡的碗吧……"

赵花花闪动着长长的睫毛，她忧郁的眉宇间慢慢地铺展开一片明媚的春色。她点着头说："老师，我听你的……"

期中考试打上了一个圆圆的句号。赵花花不负老师和妈妈的期望，她的名次进入了全校初一年级前十名。总结表彰大会如期进行，那天的大礼堂里挤满了人，气氛空前高涨，大片的阳光经过树叶的过滤从窗口倾泻下来，照在孩子们的脸上，亮晶晶的。

赵花花站到了领奖台上，她朝坐在前排的我扬了扬手，我回了她一个微笑。校长授奖，办公室主任一一为那些优秀的学生拍了照。程序一个一个渐近尾声时，校长站起身来，说："现在，我要求每位领奖者说两句话，谈一谈自己的理想……"

学生们感到有一点突然，但一个个还是说得很响亮。有的说："我的理想是当一名科学家，去设计宇宙飞船。"有的说："我的理想是成为中国文坛的鲁迅第二，再写出一部震撼中国的小说来。"还有要当画家的、当导演的，等等。轮到赵花花了，她拿起话筒，缓缓地说："我要当一名护士！"

我的嘴巴张成了"O"形，我十分惊讶：这个理想太简单了！

全场也一片哗然。

赵花花一时无措，愣在那儿，她撸了撸垂在肩上的小辫子，抹了一把汗湿的额头，她实在不知自己到底出了什么问题。校长从主席台侧面的座位上站起来，问："赵花花，你为什么要当护士？"

全场静下来。赵花花嗫嚅着说："我当了护士，就能天天给妈妈打针、熬药，妈妈就不会那么痛苦了……"

空气寂静得仿佛四周都停止了呼吸。须臾，从右侧方向传来轻微的啜泣声，我扭转头，往礼堂门口一看：赵花花的妈妈来了，是她在低声哭泣！

原来，她妈妈先天就从赵花花嘴里得知了今天举行表彰大会的消息，她特意赶来了。

校长离开座位，走近赵花花，他张开臂膀，给了赵花花一个热烈的拥抱。他说："孩子，你有一个全世界最美好的理想，学校为你感到骄傲！"

雷鸣般的掌声顷刻响彻了整个大礼堂。赵花花那张充满稚气的小脸，在柔和的灯光下，宛若一片沐浴着阳光雨露的嫩叶，洋溢着幸福的微笑。我的心也如春风拂煦下的一朵花蕾，也在一瓣一瓣地绽放着。

实习结束的这一天，我收到了一把又一把娇艳的野花，鲜嫩的花朵在微风中散发着醉人的香甜。望着孩子们的张张笑脸，我心中一阵感叹：这是一群多么可爱的"鲜花"啊！

临上车时，赵花花气喘吁吁地赶来，她从书包里摸出一只碗，正是我那天晚上在她家见过的那种兰花碗！她说："老师，我没有别的东西送你，你收下这只碗吧！"

我满是惊讶，连忙双手接过这只沉甸甸的碗，看着赵花花扑闪扑闪的大眼睛，我真诚地说："谢谢你！这碗真漂亮！老师肯定喜欢这只碗！"

赵花花笑了。

"好好学习，就像这碗一样，发挥自己的价值吧……"我朝她挥了挥手。

赵花花呆呆地立在那儿，汽车渐行渐远，我看到了她眼中闪烁的亮亮光点……

（原载2010年暑假版北京《新课程报·语文导刊》）

无缘也是一首诗

今晚无月。

无月之夜的两相无言，将无奈双眸的注释都积淀在汽笛的一声长鸣里。

分别了，已不再魂牵梦萦。那些踏着夏虫的啾鸣去探寻9月相思菊的故事，那些无垠的雪野与如水月光相辉相衬所盈托出来的有关播种的梦呓，已随着此起彼伏的列车汽笛声渐渐地抛向窗外。

无月的今夜，舌头已被窗外的风景烘干。无须表达什么，那个崇高而羞涩的字眼，已被时代的烽火、窗外的霓虹装饰成人类最伟大的镀金的谎言，我们的季节之梦搁置天涯。

很多美好的梦只能当作幻景，埋在年少的憧憬里。你永远不要等待月亮落在你的怀抱里。

然而，在人生的皱褶里，那些耐人寻味的、闪烁着情节的乐章，却时时奏起，在我优美抒情的意境里，我依然喜欢高声朗诵每一首至真至纯的诗。

无缘，也是一首诗。

（原载2003年第1期河北《青少年文学·写作与辅导》）

青梅雨

一

我从20世纪的台阶上跳下来。

我爬满青藤的心弦，在你的故事里，轰鸣不止。

你用眼睛说话。你的长发弹拨着花蕾绽放时的乐曲，你那银铃般的声音与跳跃活泼的双唇，张合如青春热血澎湃不止的涌动，在我心中荡漾。你于智慧的光中洞穿我一度荒芜的胸膛，从冬天到夏天，你手执一把春天的青梅雨，如散花的天使，滋润我积压已久的火山……

从此，我成了一个最基本的人。我没有任何装扮，赤裸着情感，雨季剥光了我的外衣，我不再需要任何掩饰，朴素地走向你那里，摊开双手交出我全部的体温和血液……

二

春天记得：每时每刻，我独卧一座楼的底层在遥想。

窗帘依旧翠绿。翠绿色的外面，成了与我毫不相干的风景。

翠绿色窗帘挂严的白天，我卧成一棵痴木。身边的落寞，是支思念长笛，在这个多雨季节的细雨纷纷里，悠悠扬扬……

真心痴想，春天的天空，只有歌，只有甜美嘹亮的歌。而我只是无奈地独卧楼头。一次次描绘你，一次次切割我自己。

三

思念弯曲如我此刻的身形。你频频造访我的梦境，不知在天空湛蓝如许的时候，你会不会还是那一片轻巧的云，在我的胸腔里优美地翩翩起舞？

我仍然能想象你卓尔不凡的风姿，仍然喜欢你挥毫题诗，喜欢天空深处传来你缥渺的歌声，我在诗与歌中沉醉。

泪花以熠熠的光彩复制你的笑容，你的笑容被我珍藏在忧伤的诗句中。

我向你倾诉，告诉你我怎样形销骨立，怎样一遍又一遍地咀嚼你流畅的名字，怎样在泪与笑，梦与醒，山与水，清风与尘土中为你歌唱。你是否听得见我的歌声呢？

四

发现了这个字，是幸福，还是灾难？

这个字，劫夺过每一个动物的心腑。

我忘记了不可推却而存在的世界，甚至忘却了彼此相牵连的那些人和事。只幻觉在思念之乳中沐浴……

你明媚的双眸里流着亮光，光里泛滥着我无数跌落的神思；你圆润的肩头，流沥着我片片飞翔的遐想；而你亭亭玉立的款款步履，却使每一个朝圣者幸福地胆战……

就当我是一阵失控的风吧！我要把你高高地举起而又轻轻地抛下……

五

昨夜青梅雨淅淅沥沥地絮叨，撩醒了我潮湿的梦，这个早晨我肯定会孤独地，怀想。

十分熟悉的慵散疲乏的感觉，开始抚摸我脊梁的每一颗关节，我怕这么早醒来，会着凉了我昨天晚上的梦。梦中的你突然到来，我因惊慌失措而未能及时伸出双手接待你而懊怅不已。梦中的你大方地挥霍着水蜜桃般灿烂的笑脸，那是阳光明媚的天空。

有雨的早晨，我就这样慵散地躺在床上，胡乱地返想，想你给予我的那些微笑，想你倾诉于我的那些呢喃……我不起床，这证明我的惰性存在，还有呢？还有在这个世界上最洁净的一个早晨，我在怀想一个人……

有雨的早晨，我就这样慵散地躺在床上，起床并不重要；重要的是，一个人曾真切地割舍过一次，就足以辉煌他的全部回忆……

六

如果你不沿着那闪亮的磨光台阶拾级而上，或许青梅雨不会笼罩在我的头上。

整个的风景在静中等待，整个的风景在接受我目光的洗礼，在这种氛围中，我就预计到有一种思潮会诞生。

为什么花的芬芳竟飘不出低低的巷壁，就像《诗经》中的那支歌，能越过两千年幽幽古风，能越过九万里茫茫的隧道，却总被青梅雨淋得湿漉漉的？

两千多年前的故事在上演，我在台沿观看，看得很有情绪，我把想象藏在贴身的口袋里，怕那两弯浅水淹没了台上泣诉的故事……

我的呼唤伫起一方小岛，在静默中，等待你无桨的小舟。

七

夕阳的余晖放射着，我踏上那条童话一样的大道，趁太阳还没有落山，我要把你远远的、近近的笑意，刻在我办公室的玻璃窗上，让你柔和的光晕伴太阳一起辉映过来，不断地轻拂我……

然后，我把你的名字夹进我随身携带的电话卡片中，叠进我的心里，让它在我的心中活跃，就像温顺的洁白的羊羔在丰美的水草间跳来跳去一样。

走在这条充溢着童话的道上，茁壮的花朵在等待午夜的露珠炫耀枝头，不知不觉中，我那朵最娇嫩的月，竟躲到云层里去了，不！她已经泊在我潮水浪漫的港湾……

这个季节的晚上，有人在喧嚣的街头，舞亮一朵又一朵红玫瑰；也有人放开暗哑的喉咙，演绎一首又一首缠绵的歌；更有人动情地敲起那些钻石中串起来的流光溢彩的誓言，去叩响一扇又一扇的大门……

我只是两手空空，这样的时刻，除了手中的一支笔，还有什么比这支笔更深邃的？除了一个人在房间里的清愁，还有什么比此情此景更寂寞的？我独坐在无边的黑暗里，暂不开灯，握着这支管子里灌满了丰富感情的笔，来寻找你……

如今的世界，恐怕没有几个人再能收到我这样的礼物了：一个消瘦的人，在青梅雨放肆的晚上，为你写诗……

白天的时候，我只是喝了一瓶啤酒，还有一杯清冽可口的茶，我就开始构思了。你坐在我对面，我盯着你的眼睛抒写出了第一句诗，我知道那是啤酒给我壮的胆，那句诗有点唐突，但跟茶的幽香一样悠久绵远……

你抿饮的姿态很精致。我望你，感觉如同你杯中的草莓，甜甜的，酸酸的……

这个季节的晚上，我想接着构思我熟稔的意象，我的诗，试求与心律合拍、且押韵。

八

雨季好漫长，好无奈，我依然默默地抒情生活。忽然有一天，我在书本里又看见了你的身影，你诗情画意的故事，飘然走进了我的眼帘……

你的身影把我的目光拉得好长好长，你似一朵飘动的花，扰乱了我的视线。我常常一个人双手托腮，情不自禁地打量这个缠绵的雨季，我试图乘着雨季里的潮水逐浪江湖……

你依然如花，明眸皓齿，笑的时候右脸颊上盛开一朵笑靥。我有点放歌的冲动，感觉有一支浪漫的吉他曲在我的肌肤上来来回回地奔跑，心灵浸泡在这虚构而真实的音乐声里，早已忘却了这个雨季的潮湿和闷热、大雨临倾时黑色笼罩的压抑。

面对盛开的花，蓦然地，那些衬托花朵的欢乐树叶，飘至我掌心。托住这片片姗姗飞落的叶子，我感到一种深刻的体验，我圣洁的情怀里，正流淌着一江春水……

卧听黄昏，让花叶美丽我今晚荒凉的梦。

（获2005年“培英杯”全国校园文学作品大赛一等奖，入选中国文联出版社出版《荷花初开的季节》一书）

八九点钟的太阳

离别的这一天，下起了蒙蒙细雨，初夏的天空湿漉漉的。从市五中到火车站这一段不长也不短的路程，我们不急不缓地走着，沐浴在蒙胧水雾里。因是星期四，学校要上课，高二（248）班的原任班主任只派了张磊和韩旭负责送我上火车。

临上火车时，韩旭递给我一个塑料袋，沉甸甸的。她说："老师，这是一瓶米酒，是您火车上寂寞的伙伴。"我接过酒后，她又伸过手来，望着我。我紧握住她的手，注视着她的目光，她的眼里已噙满泪水……张磊在帮我往火车上搬行李，动作干脆利落，忙碌的身影是那般洒脱和靓丽。汽笛鸣叫，我的肩头冷不防地被咬了一口，我来不及感觉，一回头，张磊擦肩而去，她轻盈地跳下了火车，回眸的一瞬，她也泪花闪闪……

北上的火车启动了，窗外掠过最美丽的江南丘陵，我坐在座位上，感怀着窗外那一份如天空般同样湿漉漉的牵挂……

这年的春季，我在Y市第五中学进行教育实习。

张磊和韩旭是我接任的高二（248）班的学生，均系班干部，张磊还是学生会文娱部长。三个月的实习，我在这里度过了春光明媚的季节。

第一堂语文课。我踌躇满志地步上讲台，把笑容洒满教室的每一个角落：同学们，这节课，我们来学习《阿Q正传》，大家先快速阅读课文，然后思考黑板上面的问题，我们再来讨论，大家看这样熊（行）不熊（行）？

熊吧！——教室里有人在嬉笑。我知道自己的普通话水平也只能到这个地位了。我用眼角的余光扫视了一下教室，只见一个嬉皮笑脸的家伙根本就不把我当成一回事，她悄悄地把一本琼瑶的什么《雁儿在林梢》从抽屉里掏出来，慢慢地把它压在课本下，然后她斜一眼在黑板跟前踱步的我，就偷偷地看了起来。我只装作没看见，瞟了一眼她的坐标，与贴在讲桌上的座次表一对照，我便记下了这个叫“张磊”的女孩！

二十分钟之后，我叫“停下来”。我喊一声“张磊”，随着喊声，张磊如同弹簧蹦了起来，她发现我狠狠地盯了几眼她的桌面上。

“你来回答问题。”

“报告老师，我正在、在思考……

“一边思考，一边回答。

“第一题，关于‘假洋鬼子’，我想……我想他真的很假，辫子剪掉了就剪掉了，回到未庄之后，却又装起假辫子来……还……还有，他总是说‘NO——这是洋话，你们不懂的。’明明晓得赵白眼他们不懂，又何必……何必说呢？他还说，别人再三再四地请他上湖北，他还没有肯，谁愿意在那小县城里做事情……真是假到了极致……

“第二题，‘吴妈……’，吴妈是一个寡妇，在赵太爷家帮佣，据说，她风韵犹存，看上去还整齐，虽不一定漂亮。她对阿Q先生，平时并无大恶感，一边在灶间煮饭，一边同老Q谈天……可是，当阿Q春心大动，用过于鲁直的话向她表示爱情的时候，她却恼了，还向赵太爷打‘小报告’，仿佛真的被阿Q玷污了一般……我想，阿Q也是赵府的雇工，他们属于同类，尽管阿Q有癞疮疤，但他向往‘革命’，他们可是黄疸配憨包，一套配一套呢！”

哈哈哈……张磊的回答，引起了哄堂大笑。她坐下来，脸上红扑扑的。我没有笑，径直走到她眼前，对这个很特别的学生说：“你很有灵气，继续读你的琼瑶吧！”

“继续读琼瑶？”张磊如丈二和尚摸不着头脑一般，她激动得不知今夕何夕，突然冒出了一句不受大脑支配的话："报告老师，您真可爱！"

课堂上爆发了比前一阵还响的笑声。

我盯着她，只说了一句："你小子真熊（行）……"

可是，老师您是在批我"熊"呢？还是在夸我"行"呢？——后来，张磊找到我，要我做选择回答。我只好含糊其词地说，真熊（行）呀！二者兼而有之吧。张磊说，《阿Q正传》她在初中就已经熟读过了，里面的任何一个人物，她都可以写出上千言甚至洋洋万言的文章来……

由此看来，张磊这小子果真行！

张磊在后来的一次"作文事件"中的表现，也证实了这一点。

那次事件，是从韩旭的作文本里牵扯出来的。

韩旭是一个文静的女孩，她的文章跟她的人一样秀气美丽。她善于抒情，她是那种绽开灿烂笑脸去聆听花开的声音，或者在淡淡的雨季伤感地与小燕子说"再见吧"的女孩子。总之，凭借她深深浅浅的情感抒情，韩旭是校园文学社才女中的一个亮点。

我特别垂青于韩旭的文风，她的每次作文我总要给她批上那么一大段。但有一次，我在她的作文本里居然发现了她的反常之举，她除了写完所布置的那一篇外，还在里面夹着几张散页笔记，笔记是这样写的：

在你的笑颜如4月的阳光纷纷扬扬飘洒的时候，你可曾听见我心底升起的那一声声的呼唤？

你的身影沿着我的视线，在教室里，在走廊上，在食堂里，划出优雅挺拔的线条，只有4月的阳光暖暖地看我深情伫立欣赏。

每个白天，你在热闹、充实的校园里抖落那些寂寞，显出热情和坚强的面孔，你亮亮的眸子里可否能收容我那疲惫的灵魂？

多少次潮起潮落，多少次月升月落，我多想融入你身边那一片柔柔暖暖的阳光之中，化为泡沫，化为烟云，化为你茶杯中的一滴水，化为你酒盅里的一滴酒，你柔和的目光，似乎总在昭示着我：你属于另一面霜天！

于是，我只能默然在4月的阳光中，如一株永不言语的树。

文采斐然，洋洋洒洒，好美的文字！

这是什么来由呢？我决定把韩旭找来问一个究竟。

“老师，您找我……？”是韩旭怯怯的声音。

“你在作文本里还夹来这一段美丽抒情呀？”我扬了扬手中的文稿。

“没有！我没有夹什么呀……！”

“这是不是你写的，你拿着看看，你的心思还放在学习上吗？”

韩旭接过我递给她的文稿，眼睛睁得大大的，看着看着，额头上渐渐冒出来密密的汗珠，最后，脸上又泛起了两朵红云……

韩旭盯着文稿，喘着气，喃喃道：“是我写的，但我没有夹进作文本里交给您看。”

“你为什么要写这些呢？你写这些还能搞好学习吗？”

韩旭急了，泪水在眼眶里打着转转：“老师，这是我写在日记本里的隐私，是自己写给自己看的，再说文章里也没有点出哪个的名字来，不晓得是哪一个人搞的恶作剧……”

“好了，老师暂不追究你，尊重你的隐私。你说该是哪个人偷偷撕了你的日记，把它夹进来的？”

“是谁呢？我的日记本通常放在枕头下，只有张磊知道……”

张磊被我叫到了办公室。

办公室的其他老师上课去了，此时正是借机教育张磊的大好时机。我深知，对张磊这样调皮而聪明的学生，绝不能跟她摆什么威风，那只会激化矛盾。

“老师您好。”张磊往我办公桌前一站，笑意盈盈地看着我，宛如一株亭亭玉立的荷花，我感觉到了她逼人的青春气息，我连忙请她在对面坐下。

“最近还在看琼瑶吗？”

“在看。”

“琼瑶笔下的人物如何？”

“男主人个个英俊潇洒，女主人个个温柔漂亮，在经过若干次曲折若干次磨难之后，有情人终成眷属，挺感人的。”

“琼瑶的第一篇小说叫什么来着？”

“《窗外》。”

“《窗外》写的是什么呀？”

“写的是女主人公与她的男老师的故事。”

我佯装惊异地“哦”了一声。这篇小说我在高中也读过，当时还对此唏嘘不已。

张磊来了精神，探过身子来小声地对我说：“老师，我有一个秘密想告诉你，你可得替我保密。”

“你说，我一定替你保密。”

“高中阶段我绝对不会谈男朋友，要谈……”

“要谈啥的？”

“……只和你谈！”

“乱弹琴！有这样谈的吗？”

张磊被我唬得一怔，马上收敛了那副玩世不恭的神态。

她说：“老师，一个人的想法是无罪的，并且说出这种想法来也比憋在心里头要好，包括我，还有韩旭。其实，我早就知道您今天找我来是怎么一回事。”

我咧了咧嘴。面对这个伶牙俐齿的家伙，真是轻不得重不得。

我“单刀直入”：“你为什么撕韩旭的日记，把它夹到作文本里来？”

张磊说：“每天晚上，我看到韩旭写呀写的，她好像写得很痛苦，是那种憋在心里的痛苦，我只想帮一帮她，帮她把这个思念的信息传达出来……”

沉默。我打开办公室的一扇窗子，阳光带着浓浓的暖意扑面而来。

转过身来，我来了一个大转弯："好啦！我很感谢你们两位对我的关注！这样吧，明天是周末，明天下午你去叫上韩旭，我们去校门口那间'半日闲'小餐馆改善生活。"

"哇！"张磊高兴得手舞足蹈。

我是"半日闲"的老主顾，老板见了我，老远就笑开了："老师，还是老规矩，一盆辣椒炒肉丝加一碟花生米吗？"

"再加一样粉煮牛肉，麻辣豆腐和嗦螺各一盆，你看我身边这两个丫头，就爱吃这些。"

我要了一点儿米酒，很深沉地品着。瞧她们，都吃得欢，此间她们还搞了一个吸嗦螺比赛，弄得满手的油腻、满嘴的麻辣。我是不吸嗦螺的。喝完酒，我两手十指交叉地握住拳头，立于桌面，半边脸藏在拳头后面，窥视着她们。张磊说："老师，我很喜欢你这个动作，我认为这个动作体现了一个成熟男性的孤独和无助。"

吃完了饭，她们便去了我的宿舍，说要去喝茶。

我的房间有点凌乱。譬如，床头堆着厚厚的一叠书，书桌上耸立着一瓶"五粮液"酒，床下散落的是鞋袜之类的杂物。

张磊说要送我一副对联。我说你送吧。

张磊就讲："鞋臭袜臭；酒香书香。"

韩旭说："不雅，不如就叫：渴了，品液体面包；饿了，啃精神食粮。"

真拿她们没办法。

韩旭很细心，她在我的书桌上发现了一个小秘密，我的书桌上放着一个小小的相框，框子里是一个女子的半身照片：青春漂亮的面庞，瀑布一样的长发，一边肩头上还站着一只洁白的鸽子。

韩旭脸上闪现出一丝难以察觉的不快，她连忙暗示张磊，张磊接过相框，问："老师，这是你的女朋友吗？"

我早就会料到她们会提这个问题，我很认真地点了点头："是的，她是学新闻的，正在一家市级党报采访实习……噢，对了，我这里有一封给她的信，麻烦你们明天上街时顺便帮我发出去……”

张磊和韩旭好久都没有说话。她们是拖着沉重的步履离开我宿舍的。

第二天，我起得很迟，开门时，我看见门缝里有一张卡片，上面写道："我们好嫉妒！"下面的落款是两个英文字母，一个是H，一个是Z。H不是韩旭的韩的拼音缩写吗？Z不是张磊的张的拼音缩写吗？

其实，我哪有什么女朋友。那张照片，是我从《大众电影》杂志上剪下来的一幅电影剧照，上面的人是一名影坛新秀，叫什么名字我已记不清了；至于那封信，是我写给市报文艺副刊编辑的一封信，里面当然是我写给该报的一篇文学作品。

打开房门，一轮红日正从东方冉冉升起……这是一个充满无限生机的季节。这个年轻季节，正是我们年轻人学习知识、大干事业的时候！我们都是那八九点钟的太阳。

（原载2006年第12期广东《嘉应文学·太阳雨》）

娃他妈跟娃的通话记录

喂！303寝室吗？请让王小武接电话。小武吗？是妈哩！刚下晚自习？好，你问妈？妈还马马虎虎，身板好着哩！转到新学校里还习惯吗？食堂生活吃不吃得好？在适应啊？行！在伙食上不要亏了自己噢，听见没有？

咦？你们寝室里咋闹哄哄的？还没打就寝铃？嗯，你们莫不是又在“炸金花”“斗地主”？跟你讲了多少遍了，“金花”你炸得到吗？“地主”是你斗的吗？“金花”是毒花，“地主”害死人，它们会分散你的学习精力，会让你成绩下降、名次倒退……啊？没玩就好，妈就怕你玩上瘾了，好好学习，听老师的话，读自己的书……

你的声音怎么有点儿嘶哑？昨晚一夜没睡？溜出校门打电游了？没有？还嘴巴犟！告诉你，你们刘老师早就打电话告诉我了。你这个兔崽子，你晚上翻围墙出去，看不把你这几根狗骨头摔断才怪！你们学校早已明文规定：不准进“三室两厅”。电游室是在弄（骗）你的钱你知道吗？老板巴不得你夜夜去，他对你笑，那是假笑！他数着你的票子才是真笑哩！吃亏的是你自己，钱白花了，身体也拖垮了！

你在听吗？在听就好！家里不缺你花的钱，但钱要用在刀刃上，用在正道上，不准玩电脑游戏，只准买复习资料。你爸今年到了东莞，他还是干的老行当，就是收旧电器，对的！就是那些旧电视机、旧冰箱、旧洗衣机、旧电饭锅、旧空调，总之是那些别人用过的坏了的难修的电器，他收了只要往旧货店一送，一台能赚三五十元的。钱好赚？谁说的？你说的？你知道你爸磨破了多少鞋底？你知道你爸骑坏了多少旧单车？他要起早，要摸黑，经常日晒夜露，经常风里来雨里去，上门收货要跟人家磨嘴皮，出货也要跟人家磨嘴皮……容易吗？为了你读书，他把酒戒了，他只抽五块钱一包的盖白沙……唉！

你问我？我还是打豆腐。我赶的也是一个早，磨豆浆、烧水、压榨，一担豆腐要挑二三十里才能卖完。现在生意不好做了，黄豆贵了，豆腐销路不怎么好，卖价提不高。进货要到县城，每回要进得多，价格才优惠，家里又没帮手，全靠妈一个人，这是命啊！伢崽，你要发奋读书，今后考取大学，远走高飞去工作，不要像你爸妈一样，记住妈的话噢？好！好好读！

妈就吃了没读书的亏。妈记得初中时一次考语文，问“春秋三传”是哪三部书？你猜妈是怎样回答的，我想既然有一个《公羊传》，那就必定还会有一个《母牛传》，就答了这两个，另一个不知道了，结果闹出了笑话。正确答案是:《公羊传》《左传》《穀梁传》。还有一次，要把“东坡多髯”翻译成白话文，“髯”是“胡须”你知道吗？我又出了洋相，我说：“东面的山坡上长了很多树。”你看看，现在想起来，我都觉得很不好意思！

哎，小武，你就不要学妈的样。其实，你是一个聪明的孩子，至于其他人都不这么认为，那是他们不了解你，妈了解你。但在学习上，你还要往前赶，刘老师说你退步了，你从第25名落到了第35名，这是什么水平？是中下水平！如果你还在网吧、牌桌上发痴梦，那简直是堕落，是自己在毁自己！什么？你想睡觉了？我的话是唠叨？好啊，你这个家伙，星期五回家看我不收拾你？

（原载2009年第2期湖南《第二课堂》）

刘翠花的心事

刘翠花喜欢上那个穿白衬衫的男孩缘于她十五岁的生日晚会。

刘翠花的双亲在一次意外的车祸中双双离去，刘翠花与祖母相依为命。班主任罗老师也成为她学习和生活上最亲切的关怀者。

那个生日晚会，是罗老师授意学生会的几个干部组织的。刘翠花形单影只，行走在寂寞忧郁的花季之途，还有什么比一个隆重的烛光生日晚会更令她感动的呢?

男孩子是学生会主席，他身材高大，面容清瘦。那晚他穿着一件雪白的衬衫，特别醒目。他捧来一个大大的生日蛋糕。他以那浑厚的男中音，带头为刘翠花唱起了生日歌，同学们拍手的声音像欢快的泉水一样，流淌在刘翠花的心窝窝里。教室里的灯光被拉灭了，在静谧的夜色里，四周的蜡烛摇曳着活跃多姿的火苗。男孩要刘翠花闭上眼睛，许上一个美好心愿之后，再一口气吹灭那些插在蛋糕上的蜡烛。当十五支洋溢着青春火焰的光亮熄灭之后，雷鸣般的掌声便在教室上空回荡起来，经久不息。刘翠花感动极了！这么多人以这种方式为她送上生日祝福，这种感觉真是太好了！那浓郁的味道简直化都化不开，像有什么偷偷地在她身体里抽出了枝芽，在她身体里响着，那样欢快地响着，响到刘翠花以为是春天在身体里奔跑。

刘翠花开始有意无意地注意这个给她带来快乐的男孩子。

八节课后的黄昏，她被一阵呐喊声吸引到了球场，那里进行着一场扣人心弦的篮球赛。刘翠花一眼就注意到了那件漂亮的白衬衫，那个生龙活虎的身影，是打得最好的一个。每当他投中了一个篮，他的眼中便透出一抹邪邪的骄傲的笑意，那笑意又不失男孩的天真单纯，其潇洒优美的动作引来了一片女生的尖叫和男孩的惊叹。斜阳里，那高大的身影、那微风中不受羁绊而飘扬的头发，都让刘翠花有一种莫名的悸动。

这样，刘翠花便把自己的业余爱好打发在夕阳西下的球场上。渐渐地，她的心不再寂寞，她开始有了期盼，她的眸子也越发晶亮了起来。她站在球场边，她的目光随着他在球场上移动，她注视着他的每一个动作、每一种表情。看球的黄昏，成了她一天中最快乐的时光。他的每一处动人的细节，都成为她脸上睡觉前甜蜜的回忆。

几次装作不经意，在食堂往球场拐角处那棵古樟树下与夹着篮球的他相遇。这时，男孩大方地挥洒着笑容，跟她打招呼："刘翠花，你好！"刘翠花有一种从未有过的喜悦和满足，她喜欢上了这种令人心跳的巧遇。

多少回去教学楼时，刘翠花要绕道走在他们的寝室下，只为了抬头望一眼他的窗口，看窗台上是否飘荡着他滴水的球衣，看走廊上是否有他轻快的脚步声……

刘翠花的学习成绩被罗老师亮起了黄牌。

又一个黄昏之后，罗老师把刘翠花叫到了办公室。罗老师在刘翠花的肩膀上轻轻地拍了拍："刘翠花，你来看，这是谁的成绩通知单？"刘翠花把眼光扫过来，心里不由得咯噔一下：这不是那个男孩的成绩单吗？他的成绩门门都是90分以上！

罗老师微笑道："刘翠花，喜欢一个人不是坏事，但你能以此为动力，在学习上去比学赶超吗？"刘翠花愣在办公桌子边上了。她说，老师您早知道我的心思了？罗老师说，别忘了，我是你的班主任，我不了解你，谁了解你？

刘翠花不好意思地低下了头。她突然觉得面前的老师，既像聪慧敏锐的福尔摩斯，又像善良宽容的赦免法官。

（原载2009年第10期黑龙江《语文天地》、2009年12月上旬刊江西《初中生之友》、2009年10月10日北京《语文导报》）

一件红棉袄

街上流行三原色的那年，在燕燕姹紫嫣红的花季里，班主任贾老师送给她一件红棉袄。

红棉袄很红很艳，可它也只是一件极为普通的红棉袄。在式样繁多、五彩斑斓的新潮衣服中，它除了颜色鲜艳以外，再没有其他动人之处了。

那年读初三，父亲在深圳打工时被机器碾去一只手，同在深圳打工的母亲含着一把辛酸泪水，也只好辞工陪父亲住院。厂里赔的那点儿钱经不起折腾，在医院里早已被花得所剩无几。燕燕姐妹俩看着出院归来甩着一只空袖子的父亲，眼泪就像哗哗奔涌的溪水。

生活陷入了低谷，燕燕过早地挑起了生活重担。爱美的燕燕再也不敢奢侈地去打量衣店橱窗里那些五颜六色的漂亮衣裳了，哪怕只望一眼，燕燕的眼神都是怯怯的。

班主任贾老师出于关心，她给燕燕拿来一件红棉袄，说："燕燕，你凑合穿着，衣服虽然大了点儿，但我孩子只穿过一回，只洗了一回水，你就别讲究了。"怎么会讲究呢？燕燕久久地凝视着面前的红棉袄，红红的衣服有些炫目，像枫叶一般，不！就像一团火。

贾老师不忘又嘱托了一句："燕燕，别消沉，振作起来！"

回到家里，燕燕穿上了红棉袄。燕燕把手插进口袋里，手触处她感觉到了异样。燕燕惊讶，然后是感叹，她只是把异样告诉了自己的父母。

那个秋冬季节，红棉袄陪伴燕燕度过了很多快乐时光啊！红棉袄洋溢着青春活力。

冬去春来，几度寒暑之后，燕燕考上了心仪已久的一所大学。大一第一学期放寒假，燕燕回到母校看望贾老师。看到燕燕所取得的成绩，贾老师很高兴，她留燕燕吃饭。桌前，燕燕朝老师举起饮料杯子，说："老师，您还记得吗？您在给我的这件红棉袄兜里夹了两千元钱，您悄悄地资助我，我知道您当时是怕伤到我的自尊心，所以，您不露声色……"贾老师有那么一两秒钟，她的面部僵直着：那年她给自己女儿假期旅游的两千元钱找不着了，原来阴差阳错地被塞到了那件红棉袄里！贾老师没有点明事情的原委。她转而满面春风地回敬了燕燕一杯，说："那只是一点儿小小心意，你那时家里挺困难的。"

"有时，坏事是可以转化为好事的。"贾老师心想。

抬头望着燕燕，她穿的还是那件红棉袄，在这个雪花飘舞的背景里，红棉袄就是一朵红云，那么耀眼，那么朝气蓬勃，它飘扬在燕燕青春的天空里，是那么美丽。

因为，红棉袄凝聚了浓浓的情。因为，燕燕和贾老师都珍惜着同一份爱。

（原载2020年6月30日《巢湖晨刊》副刊、2021年上半年刊《益阳教育公益》）

我为同学牵红线

那年秋天，学校举办艺术节，新生中有个身姿轻盈的女孩，款款走上大礼堂舞台，闪耀在全校师生面前。她身穿纯白色长袖棉质衫，一头黑色垂眉的平刘海儿，面如满月，黑色的眸子似泉水一般清澈，气质非凡。

她落落大方地为观众奉献了一曲二胡《赛马》。“赛马”的场面被女孩演绎得激情豪迈，缤纷饱满，尤其是草原上那“嘚嘚嘚”的马蹄声，在观众的心头久久回旋着，挥之不去。女孩以她娴熟和细腻的表演获得了满堂的喝彩。

室友阿刘那时就坐在我的旁边，他目不转睛地盯着台上那个女孩，如痴如醉。谢幕以后，他还在喃喃自语：“太美妙了！太神奇了！”我能断定，阿刘的眼中已经出现了一道亮丽且令他为之向往的风景。

也许有其机缘。我与阿刘有一个雷打不动的习惯，我们每天晚餐后，必去学校附近的公园散步。后来，我们发现那拉二胡的女孩与她的一个伙伴，也经常结伴游公园，这让阿刘很兴奋。有一回，那两个女孩刚好就走在我们前面二三十米处，阿刘建议我们快步赶上她们。孰料，就在我们快要赶上她们时，她们却像小鹿一样，蹦蹦跳跳地小跑起来，我们慢下来，她们也慢下来，仿佛她们后面长了眼睛一样。此情此景更加激发了阿刘的斗志，他把胳膊一甩：“我就不信追不到她！”

踩着透过树荫隙缝洒下的细碎阳光，重演了好几回这样的情形。阿刘既感到有趣，又感到几分懊恼。

有一次，我与阿刘雨中漫步。眼前突然晃动的洁白令我们豁然一亮，只见二胡女孩撑着一把花伞，伫立在微雨中，仿佛是一抹鲜明的水彩。阿刘走到她跟前，双眸碰撞，浓情流转。她无话，只是在伞下微笑，唇红齿白。阿刘问了一句："你在雨中等啥呀？"她湖水般的眼眸迅速避开他灼热的眼神，说："等我那伙伴，约好了一起上街的，还不来。"声音婉转，仿佛南方秋天空气里晕染着桂花香的风，深深浅浅飘入耳鼓……

回到寝室，我提议他展开攻势，但不宜像在公园里一样死皮赖脸死缠烂打去追赶，应该采取迂回战术。他问："那咋办？"我说："你不是写诗的高手吗？就给她写情诗啊！当年戴望舒追女朋友是怎么追的？就是每天坚持给女朋友写一首诗！"

阿刘觉得这办法好，写诗是他的一大爱好。戴望舒的故事也一直激励着他在爱情的征途上奋勇前进。阿刘的小说、诗歌、散文频见报端，还是学校"校园之声"广播站的播音员，他那极富魅力的普通话，仿佛一股磁力，渗入到你的心肺，能让你产生共鸣。凭这些过硬的招牌，他曾赢得许多女孩的青睐，特别是那些需要播发新闻稿的通讯员，都想巴结他。但他选女朋友有自己的标准，除了温柔漂亮外，还要有文学艺术细胞。他眼镜片后面那双充满智慧的永不宁静的眼睛，总是泛着狡黠而灵敏的光。

记得那个周三傍晚，是他跟阿萱搭配播音的，阿萱暗恋他多时，但他一直佯装不懂。他提前进入播音室，阿萱也提前来了。阿萱知道他爱喝啤酒，特意提了三瓶啤酒到播音室。阿萱一边为他倒酒，一边与他聊天，几杯酒下肚，他的话就多了，谈话就成滔滔江水奔腾之势，止也止不住。这次喝酒聊天事件延误了他们的正常工作，播音被推迟了半个小时，直到要上晚自习了，才草草收场。

清醒之后，阿刘依然坚定着自己的爱情方向，他打听到那弹二胡的女孩来自新闻系某班级，叫阿瑜。便效仿戴望舒，每天为阿瑜写诗。

铺开稿纸，阿刘的心立刻像那娇羞的菊花，无限温柔下去。他把心底最细腻的一份情思，用诗歌形式悄无声息地写在纸上……诗写了厚厚一摞，当写到第21首时，他又苦恼了，这些诗怎样送给她呢？直接送去，似乎显得唐突，说不定会让对方觉得他像一个无赖；依托别人相送，又怕别人泄密，甚至还有怕别人顺手牵羊的顾虑。爱情的煎熬让他坐卧不安。

看到他衣带渐宽的憔悴模样，我说：“你把诗交给我吧，我来帮你圆了这个好梦。”

他将信将疑地把诗交给了我。我选了其中的第21首，帮他把信和这首诗装进一个信封，要他在上面写好收信人地址和姓名。然后，我在一个不上课的下午，搭渡船横过校门口这条江，直奔市中心邮电局帮他把诗稿和信邮寄了。

阿刘每天下课后，坐在寝室靠窗的座位上，怀里像揣了个小兔子一样，显得不安。他无比焦急地等待着二胡女孩的回应，他想，哪怕她只捎一个多情的眼神来，他都会义无反顾地将自己全身心地投入那浪漫之火中燃烧。

一周后的课间，兼管我班信箱钥匙的我，发现了来自新闻系给阿刘的一封信，手感告诉我，信封里厚厚的。大伙一阵欢呼，直嚷着要阿刘请客，并急切地等待着阿刘摘取甜蜜的爱情果实。

在教室外面的草坪，阿刘抑制不住紧张激动的心情，撕开信封口，开始享受他的甜蜜。阿刘拆出信来，上面是诗。大伙争相凑过去，一起赏读起来：《无言的冬天之21》。原来这首《无言的冬天之21》的诗还是阿刘寄出去的自己的诗，被对方退回来了。

继续看下去。至最后一页，回信很简单：“太迟了！我等你的信好久了，一直等不到。就在上个月，我已接受了别人的爱……”

看完之后，阿刘耷拉着脑袋，失魂落魄一样，然后“啊”的一声，一屁股坐在草地上起不来，阿刘的一颗心噼里啪啦，已碎得不成样子了。

我从他信中抽出那首诗，安慰他说：“从哪里跌倒，就从哪里爬起来。爱情之路，本是没有的，是靠坚韧不屈的力量开拓出来的！”又说：“这首诗，还是交给我吧。”

情花曾开，但错过了彼此的花期。阿刘被失恋的无情棒击得病倒在床，第二天傍晚的播音是请别人代的班。

第二天傍晚，我去广播室外面新闻稿件箱递送广播稿时，刚好碰到了暗恋阿刘的播音员阿萱。我把阿刘那首情诗送给了她，说：“这是阿刘送给你的。”阿萱接过诗，脸上霎时漾出红晕来，连连问：“真是他写来的？是他写给我的吗？”我说：“放心，百分之一百二是他的诗。”

阿萱坐在播音室书桌前，埋头看着，睫毛轻颤，笑意盈盈，读着读着，那些让人心猿意马的句子，仿佛晴空里的惊雷，击得她颤抖不止。下一周，阿刘与阿萱搭配播音回到寝室之后，我重新见到他笑得眯成一条缝的眼睛，我猜这才是这个时节应有的爱情表情。

六年前，阿刘一家子开车专程来我家做客。谈到当年的故事，他爱人阿萱当场把那首诗歌背了出来，爱情熟了，那首诗也烂熟于心了。

（原载2022年4月19日《巢湖晨刊》副刊）

阿爸婚礼花絮

年富力强的阿爸突遭一场婚变：阿妈跟别人跑了。这给阿爸的心灵带来了巨大的创伤。好在阿爸不久在朋友的撮合下，认识了一位擦皮鞋的大嫂，两人经过密切往来，彼此都中意，便决定择日举行婚礼。

我向班主任请假

婚礼那天一早，我去找班主任请假。

班主任问我请什么假，我说请婚假。班主任一听吓了一大跳："开什么玩笑？你还是初三学生。"我说："不是我结婚，是我爸！""你爸结婚你上两节课回去吃中餐，不就得了？"我跟老师解释说："我爸这个婚礼很重要，也很隆重，镇上还要来干部主持婚礼，并且新娘那边请了伴娘，老师，你猜伴娘是谁？""我怎么知道？""伴娘就是我后妈的女儿，也读初三，她的女儿给她做伴娘，我爸这边没有伴郎怎么行？老师您说这个伴郎我不当谁当？"我以守为攻地问班主任。班主任犹豫了一下，笑道："你个兔崽子，臭美了你不是？你去吧，但要来赶明天的早自习，下不为例噢！"我高兴得跳起来："我爸就只结这一回婚了，下次保证不请假！"

阿爸的发言

婚礼确实热闹，鼓点铿锵，唢呐悠扬，迎宾队奏起了欢乐的歌曲，各路宾客鱼贯而来。

按镇上高副镇长的安排，有一个婚礼仪式。高副镇长是主管招商引资和计划生育的，阿爸的生意理属在他的领导之下，他的到来，令婚礼的规格上升。仪式上，阿爸有一个发言，他的发言博得了全场阵阵掌声。

“我和甄银花女士原本不相识，是我们共同的皮鞋事业，把我们联系到了一起……

“爱情就好像穿皮鞋。大家知道，原先我穿过名牌皮鞋，很漂亮的名牌，我花了大代价，别人都说好，但穿着不太合脚，脚常常打起水泡来，很不舒服，那双皮鞋我没穿了。现在，甄银花女士，危难中送真情，这双皮鞋虽然不是上榜品牌，但穿着舒服，我喜欢……我想，我们会经常用刷子打理我们的皮鞋的，让它不生灰尘，让它永远锃光发亮……”

高镇长的总结报告

高镇长的总结发言，是压轴节目。在大家殷切关注的目光中，只见高镇长大步走上讲台，清了清嗓子，磕了磕麦克风，喇叭里便传来洪亮而有气派的声音……

“同志们，今天，这是一个隆重的结婚大会。首先，请允许我代表镇政府、镇招商引资办和镇计划生育办向贾大刚先生和甄银花女士的光临表示衷心的感谢！

“一年来，我镇形势一片大好，我们乘着新农村建设的强劲东风，圆满完成了上级交给我们的招商引资任务。特别是贾大刚先生的皮鞋厂，落户我镇，这是一朵金花，现在金花又招来了银花，真是锦上添花呀！

“同志们，让我们携起手来，开拓进取，不断创新，为把我镇各项工作跃上一个新台阶而努力奋斗吧！最后，我宣布，贾大刚先生和甄银花女士的婚礼圆满结束。谢谢！”

（原载2007年第5期黑龙江《语文天地》、2007年5月下旬刊湖北《语文教学与研究》、2007年5月12日浙江《中学语文报》、2008年2月号湖南《第二课堂》、2007年3月14日吉林《作文评点报》）

心中有棵常青树

去故园那山坡祭奠父亲的时候，我会闭上眼睛喃喃自语，虔诚地与长眠在地下的父亲交流。睁开眼睛，我搂住的是一棵常青树。

流年匆匆，人到了不能继续老下去的时候，总有一天会消失在暮色的树林里。父亲因心脏病恶化而英年早逝，他的生命年轮只转了56圈。

父亲病重期间，他对自己的后事有交代，表示要简单点儿，遗体火化，以不铺张浪费为原则。四个儿子默认了，也没有为父亲置办棺材。

父亲如东方那颗启明星，隐没在那一年初夏一缕升起的太阳光里。

父亲面色安详，我在他的脸上盖上一块手帕，握了握他的手，低声说了句“你老人家放心走吧”。

没有请乐队奏乐，没有请一班“师公”们来唱赞歌、画神符，也没有搭棚大摆筵席，只有地方亲戚自愿用锣鼓唢呐来欢送他。村上的主要领导来家里为他开了追悼会，致了一长篇悼词。父亲既不是国家公职人员，也不是地方干部，不知道当年村上为何以开追悼会的方式悼念他。也许因为父亲曾是为集体种棉花的积极分子。

第二天一大早，父亲被送去殡仪馆火化。母亲号啕大哭，拉着地方干部的手，不想让父亲火化，母亲说：“我要为孩子他爹留一个全身，不要烧成灰。我今后百年了，要与他爹埋在一起，生为伴，死相依，烧成了灰，我伴他还有什么想头……”做儿子的我们，无言以对母亲，那干部也不知怎么劝慰母亲好。

殡仪馆离家有上百里远。直到傍晚，父亲才回来。此时，他已经躲在了一个小小的瓷坛里面，由我的一位堂兄捧在胸前。

鞭炮声中，父亲被直接送往山里。夕阳把山的一边染得血红，远远望去，有一种不忍直视的痛苦。埋父亲的那个坑并不大，因为没有棺材，只挖了一个圆坑，却深达两米。父亲不是说要简单点儿吗？这个坑就不占多少地方，几乎没有浪费土地。下葬的时候，只需要一个人跪在坑边，慢慢把瓷坛移下去就行。红绸布把那个坛子裹得紧紧的，父亲整个人就钻进另一个漆黑的世界里了。

培上厚土，无边的黑暗涌来，我感觉周围像海水一样荡漾着孤独。我知道，今后，再也没有父亲向一个13岁的孩子散发脉脉温情了。

我从近处挖来一棵小油茶树，种在父亲的头上。这棵小油茶树既是一个标识，便于我今后好寻找父亲，也是我情感的寄托。

岁月远遁而去，许多东西和时间一起消磨掉了，但这棵常青树一直绿在我的心中，它一如父亲简单的人生。今天我主持编修族谱，特地在记录父亲信息的那栏里，添上了“火化”等字，以此告知后代：当年这个先人的后事是非常简约朴素的。

（原载2021年4月6日《巢湖晨刊》副刊，获2019年下半年宁夏银川市“文明城市创建”征文优秀奖）

妈妈的秋天

我用潮湿的眸子抚摸着又一个姗姗而来的秋天，我看见了秋天里妈妈满含深情的眼睛。

故园的秋天在一场大雨之后，如期而来，步子朴素而充盈。

菜园还是绿的，那些可爱的小丝瓜，正翠蛇似的，还在悄悄蜿蜒；那金黄弥漫的向日葵，像一盏又一盏点燃的灯，照耀在初秋的原野；池塘里荷叶挤挤挨挨，随秋的脉动而悄声低语，那圆阔的叶片是明净的窗户，蓄满了故园天空的色彩。故园的秋早已嵌进了妈妈那竹编的菜园门里，秋色在她的打理之下，温情四溢。

远远地，我依稀看见妈妈倚在门框上，正深情地等候着她的儿子归来。和暖的微风中，她忙碌着，迈着欢快的碎步，浆衣做饭，洗抹打扫；秋阳朗照里，她支起门板张罗着制作酸枣皮和红薯片，在鸟儿和南风一起舞蹈的时候，我似乎就听见一颗颗妈妈栽培的粮食在阳光下激情地滚动；在月明如霜的秋夜，我又看见妈妈的影子在水面颤抖，月色裹着秋的凉意，静静地流泻在石板上的那些湿漉漉的衣服上，妈妈正举起捣衣的棒槌在敲打着故乡那条沉寂的山沟……透过妈妈忙碌的身影，透过她满头银发和慈祥的眼睛，我预感到这个秋的收获一定是沉甸甸的。我的思念也是沉甸甸的。

我爱秋天，我爱故园的秋天，我爱浸润了妈妈之爱的秋天。在我丰满如蕉叶的人生旅途上，我无法走出母亲的秋天，无法走出这方温情依依的厚土。

妈妈的秋天是丰厚的秋天。在秋天，妈妈为我缝制书包，送我上学；妈妈教我挖土施肥，平整菜畦，播种萝卜白菜；妈妈在秋夜里给我讲故事、猜谜语……这个季节，我回到了童年时候玩耍的那块山枣树坪，枣树已被砍伐，坪上杂草丛生，一只微睡的八哥鸟正在一块石板上养神，一起打酸枣的伙伴们已各奔东西，那口山塘还在，塘堤下是一级又一级的梯田和红薯地……看到这些，我想起了妈妈，尽管变化不小，但妈妈当年秋天的痕迹还在，这块土地，如同妈妈那沧桑的脸庞。这个季节，我在老屋的遗址上久久停留，老屋毁于一场大雪，几间房子均已倒塌，但台阶的石缝里依然泛着绿，围绕火塘的青石条依然洋溢着温暖，那块妈妈用来捣衣的平整石头依然油光锃亮……这里是给予我生命、养育我智慧的发源地！

妈妈是在十多年前的秋季离世的。年年秋天，我为她烧些纸钱，在泪水里与她说些悄悄话，告诉她这个季节的美丽和这个季节里发生的一些故事。

每每走到秋天，就有一种恩泽如秋雨、温暖如秋阳的感觉，像妈妈一样地拥抱着我……

（原载2004年10月17日河北《读写天地》、2004年第8期黑龙江《学生之友》、2018年9月21日《益阳日报》副刊）

清明看母

溯岁月之水，穿过这个长长的雨季，我怀着湿漉漉的心情，来探望长眠在地下的母亲。

天好高，山野好静，无名的白花和幽幽回荡的山风，好似在提醒我眷眷亲情并没有远遁。

清明雨逐渐下成了茫茫森林，那些打湿翅膀的鸟儿寻不到栖落的枝头，已无巢可归。面对土包，面对遍地丛生的野草，我肃立在母亲的坟茔前，掏出预先写好的一篇怀念母亲的祭文，开始与母亲交谈。清明雨也在吞噬着我的灵魂，小小的雨伞怎么也撑不起这个季节浓浓的思念和痛楚……

母亲是一位平凡普通的劳动妇女。母亲平凡得像一枚粗糙的朴实无华的山石，默默地在山村铺着路；又普通得如地里的庄稼，无声无息地生活着，兢兢业业地奉献着。母亲奉献给家庭的是深情的爱抚，在母亲的爱抚里，儿孙们的日子才节节拔高，家庭的岁月才蓬蓬勃勃。

母亲遗给后人良好的家风：勤劳，俭朴，正直，善良，乐于助人。母亲给我上的人生第一课，是世间最正统的，也是最完美的。因此，我读书不敢贪玩，办事不敢马虎，待人不敢亏心，说话坚持诚实，为人做到正直。

曾几何时，故园的火炉烧得红红的，故园的亲情漾得暖暖的，袅袅炊烟总是罩着我故园遗存的那两间木屋，不离不弃。母亲每每看到我回来，就有一串笑容倚在门框，嵌在如画的夕阳里。曾几何时，母亲为儿打理行装，包裹食物，送儿去读书，千叮咛，万嘱咐。在儿的学习征程上，总是洒满着母亲炽热明朗的目光。

依然记得母亲教我读书写字的情景。母亲年轻时候，随父亲走南闯北，耳濡目染，学到了不少文化，接受了不少新知识。母亲告诉我，每天起床第一件事情就要读书，然后才是洗脸漱口。又教我如何以正确的姿势写字。我与文字结下的缘分是与母亲的指引分不开的。

母亲是在16年前匆匆启程去遥远天国的。母亲离开的前一刻还紧紧抓住我的手不放，我问母亲您是不舒服吗，母亲连连点头，她那时已说不出话来，也睁不开眼了，是晚期肝癌恶化夺去了母亲的生命，她的生命年轮只有77圈。

母与子，虽咫尺若天涯，倾诉着却无依傍。我为母亲燃起一卷纸钱，纸灰片片扬起，我的泪珠却不停地下落。在这个日子里，我与天空一道哭泣。

（原载2019年4月8日《巢湖晨刊》副刊，获2017年益阳市“清明节追思”征文大赛三等奖）

腊月回故园

春天的脚步还在雪花里飘游时，我们一家行进在回故园的乡村公路上。

故园的颜色每每潮水一般地弥漫在我的眼前，打湿我的心情。沿途总是碰到乡亲，车子走走停停，打不完的招呼，闻不够的故园气息。那气息犹如海洋深处的鲑鱼扫尾时带动的水纹，厚实，悠远，让人舒心。

自父母亲去世以来，我很少回故园。父母亲曾住过的那几间老屋已倒塌了两间，剩下的两间也在风雨中飘摇着。我是在老屋出生的，老屋里溢满了我童年的欢乐。

随着年龄的增长，我对故园的思念越发浓烈，就像笼罩在城市上空经久不散的雾和雨，我思念的雨经年如注。

腊月故园行，其实就是回老家拜早年。我们要去拜访几家亲友，还要去先人的坟茔地，为先人烧上一炷香。

中途，看望了我的两个堂婶娘，她们是我母亲的堂妯娌。礼物不多，却凝聚了一份绵绵不绝的亲情。那些堂兄弟们，一个个热情有加，嘘寒问暖，像春日里的阳光一样。

来到老屋，四下望去，满目萧然。但那缕缕潮湿的气息，却让故园的日子内敛而亲切。摸着黑黑的木壁，踏上老去的松木地板，我一眼瞥见了木排扇上挂着的那架纺车，我的眼前蓦然浮现出母亲纺棉的情景来……当年母亲把棉花搓成小棒槌一样的形状，然后在纺车上纺出一根根结实的棉线，她一手摇车，一手拉线，线轱辘逐渐丰满，母亲的脸上就露出丝丝棉线一样的微笑。仿佛当年那些亲切的日子都是从母亲纺车上纺出来的……

老屋的左右邻舍，都是我们要看望的。右舍是一家未出五服的堂叔堂婶，他们不在家，礼物只好托大兄转交了。左邻住着四奶奶一家，四奶奶与我祖母是堂妯娌，已90岁，因腿不灵便，半瘫痪在床上。我把为她买的荔枝、桂圆、蛋糕等一一放在她的手上。问道："四翁妈，您还好吗？"我的童年岁月里，就曾有过四奶奶的呵护，她慈眉善目，久久摩挲着我的手，连连点头……一边还擦拭着泪花……

从老屋转出来，我带着妻子和女儿去上坟凭吊先人，第一处在老屋右前方的一块平地上。上香，作揖，跪拜，记忆之中，让孩子体验这种祭拜先人的方式，是少有的。鞭炮响过之后，孩子问我："这里埋的是哪位先人？"我说："是你的高祖，一位当时颇有声望的慈善家。"清风拂过发际，残雪掩过脚踝，我们虔诚地拜着，这个画面一定凝练而素净。我的先人以慈善为本，为救助贫弱群体和资助公益事业，他捐钱捐谷，早有石碑和族谱记载着。做一个心地善良的人，懂得感恩，回报社会，我想，这样的人生是丰满安宁的！

渐近中午，我们来到孩子的大伯伯家。侄儿侄女和他们的孩子早在等候着。我给孩子们分发糖果和饼干，笑声四下荡漾开来。不久，二嫂一家和三兄都来了，一一拜年问候，奉上红包。嫂嫂们争相拉着我女儿的手，摸着她的头，讲她小时候的故事……

附近的乡亲来了，与乡亲握手寒暄，免不了谈些历史，那些故事于岁月深处暗流一般流淌出来，像水花一样晶莹闪亮……

生活的水潺潺而过，一些东西虽然和时间一起改变我的曾经，但面对故园这片生我育我的土地，还是有些经典的东西能长住在我的心里，一如亲情，一如感恩。

（原载2018年12月29日《益阳日报》副刊，2023年1月10日安徽《巢湖晨刊》副刊）

温情两女人

1950年，杨柳树婆娑起舞时节，老屋院子外面的石板台阶上，拾级而来一对年轻人。

男的一袭长衫，系着白色围巾，手提皮箱。举手投足间，显出几分书卷气息；女的穿着旗袍，挎一个包袱，一手还牵着孩子，女人举止娴静，笑容得体，她款款跨进院子大门，环佩相闻……

老屋有些年纪了，三排青瓦木屋呈倒“U”字形排布，有20间左右的房子。呈现在女人眼前的是黑黑的门窗，青石条砌就的台阶……环顾左右，青蔓的丝瓜藤爬上了屋檐，它们开着耳朵一样的花，显出悠闲调皮的味道，仿佛在谛听这里发生的故事和诸多细碎的幸福。

女人是第一次跟着男人回故乡而踏进婆家大门的。

两个男孩，小的三四岁，手上戴着手圈，脚上戴着脚圈，每个圈子上还系着一溜儿铜铃，走起路来，一路叮叮当当。大的六七岁，穿着时新衣装，戴着学生帽。

小的那个被迎接他的奶奶抢着抱在怀里，大的也被迎接他的爷爷揽到了跟前。老两口欢喜得不得了，命运像魔术似的，突然给他们送来了一个时髦的儿媳妇、两个可爱的孙子。

孩子爷爷教过私塾，在对大的那个男孩问长问短的时候，那孩子还能含糊不清地唱出几句歌来：

我们不怕任何战争威胁，

人民的意志强大无敌，

全世界赞美，

我们胜利！我们胜利！我们胜利！

后来考证，这是一首中苏友好的歌曲。老屋接纳了他们，老屋的每一扇门、每一扇窗，都因他们而张开了笑脸，并滋生出许多故事。

桃花开了又谢，谢了又开，屋檐下的燕子几度来回，总把春天的帷幕裁剪得诗情画意。

女人从此在老屋扎根下来。老屋春意盎然，朝气蓬勃，总与女人的贤良美德分不开。

至20世纪60年代初，同村有一尹姓中年人，家里突遭不测，其妻病故，留下一女两儿三个失去母爱的孩子，那女孩为大，当时只有十来岁，当尹氏又娶新欢的时候，这女孩子的眼里更是露出无助的神色。女人跟尹氏说："让你那个女孩跟着我生活吧，我亏不了她的。"

女人自己只有儿子没生育过女儿，她把那女孩子完全当作自己的亲生女儿看待。她教女孩怎样做针线活，她让大儿子教女孩学文化，她为女孩缝制棉布连衣裙……

流年匆匆，女孩子的天空又出现了璀璨的星光。

女人生下最后一个孩子后，是女孩照顾着月子里的女人，她为女人的宝宝洗尿片、喂糖水、逗宝宝笑……

女人那大儿子长到20岁的时候，有媒人登门来说亲，大儿子婉言谢绝了，说"还不急"。女人想，也不是很急，随儿子自己决定吧。

又过了一年，又有人来做媒，大儿子还是没允。这时，也有媒人为那女孩提亲，女孩也没有应允。女人先是纳闷，后经旁人提醒，"你儿子和你收留的这个女孩，怕不是彼此看上了吧？"女人才隐约觉得事情有些蹊跷。

女人私下问女孩是否愿意与她的大儿子处对象，女孩连连点头。

一年后的农历八月十五日前夕，女人想到了一个古老的法则来预测她儿子的婚事。一天夜晚，她在水缸里悄悄放下两只碗，让碗在盛满水的缸里自由漂浮，第二天一早，她迫不及待地走到缸边去看结果，结果令人大吃一惊："两只碗紧紧挨在一起！"女人开心地笑了。八月十五日，她为儿子和女孩办了订婚酒。

儿子22岁的时候，有情人终成眷属。女人为这一对两小无猜的年轻人操办了婚礼。女孩和儿子脸上满是幸福的笑容。

这对年轻人的婚礼是按传统仪式进行的。当主持人高声叫喊"夫妻对拜"的时候，女人那小儿子迈着踉跄的步子，走到他们中间，噘起小嘴大笑，直问"大呵呵你们在干什么"，小儿子正是蹒跚学步的年龄，连话都说不清楚说不完整……他把"大哥哥"说成了"大呵呵"，惹得满堂宾客大笑，之后，又牵起"大呵呵（哥哥）"的手，指着堂屋后面的那片小山说"鸟鸟——山，鸟鸟——山"。满堂宾客又是大笑不止，大家抬眼望去，只见树上一对喜鹊在叽叽喳喳地欢叫……

当年的女孩总喜欢回忆，这一幕幕往昔的情思，恍惚光彩熠熠的涟漪，在她眼前总是忽闪忽闪……

女人的大儿子和女孩成家立业以后，他们便从老屋迁移出去了。

后来，女人老了。弥留之际，她的大儿媳妇把她接到了自己家里，熬汤煎药，又为女人搔痒、驱蚊、浆洗衣服……

女人魂归青山的那天，大儿媳妇一边为女人抹洗身子换衣服，一边泪雨纷飞……她哭着说：娘的生命太短暂了，我还未完全尽孝……

老屋里女人的故事，自始至终荡漾着那些温馨的记忆。

两个女人，一个是笔者的母亲，一个是笔者的大嫂！笔者从当年那个在婚礼中捣乱的孩子长成大人，是靠这两个女人扶持着走过来的。

今天，那样的镜头再也无法重现，那样的故事却永远流传。

（原载2018年下半年刊湖南《夕阳文苑》）

母亲的甜酒

“好吃的甜酒，还有糯米粑粑……”声音从窗口传来。推窗望去，卖甜酒的大嫂开着小三轮车子姗姗而来，整条巷子都沉浸在甜酒的芳香里。

这个“甜酒”叫酒酿，是用糯米酿制的，并非真正意义上的“酒”，而是一种传统特色美食。

甜酒特别好吃。如今的甜酒一年四季都有卖的，随时随地想吃就有。三四十年以前想吃甜酒，还比较奢侈，只有在过年至正月十五这段时间才能喝上。

在城里过年的这些年，自然不乏精美的食品和热闹的氛围。但我依然不会忘记自己魂牵梦萦的故园，灵魂时不时往那个生我养我的老家飘飞，那个熟悉得不能再熟悉的乡野小山村，有我儿时浓浓的过年气氛和韵味。

回忆之弦拨动的都是爱歌。母亲酿造的甜酒，属于我浓浓思念和醇醇亲情的一部分。

腊月下旬，母亲开始清洗蒸饭的木甑，浸糯米、蒸糯米、倒饭、冷却、拌甜酒药，每次看母亲酿甜酒的过程是我少年时代的一大乐趣。糯米蒸熟之后，放在竹编篮盘里冷却，这时，母亲为我盛上一碗糯米饭，叫我趁热吃。我的目光被牵引着，先是很饱足而贪婪地嗅嗅这柔软的气息，然后慢慢地拿起筷子来，咀嚼这清香可口的糯米饭。母亲怜爱地看着我，母亲的目光中流出的都是温馨。

母亲把糯米饭冷却、拌上甜酒曲之后，便放进一个盆里，在盆子中心挖一个小眼，盖上盖子，四周围些旧棉衣之类，严实地裹着，把盆子重新放到灶上的大锅里，罩上大锅盖，灶膛里煨上一个树蔸，不产生明火，让灶膛保持一定的温度。

两三天以后，那锅里有缕缕酒香飘溢出来。母亲揭开层层保障，看见有清亮的蜜汁蓄满了盆中间那个小孔，一股芳香扑鼻而来。那甜酒已经熟了！我从母亲的眼睛里得到了答案。

母亲舀上一勺子，往我嘴里送，那蜜蜜的甜哪，沁到了我心底，让人在甜腻中沦陷。

腊月二十五六日，有时在二十九日，母亲开始炒一些豆子、苞谷、红薯片之类的茶食，谓之“碟子料”，是备新年来客喝甜酒时吃的。母亲说，二十七八那两天不能炒，“七炒（吵）八炒（吵）”，预兆来年会跟别人吵架，不吉利。

年的故事，大多都是从火塘边弥漫开来的。几个树蔸子在挂满腊味的厨房的火塘里熊熊燃烧着，把屋子照得火红透亮，噼里啪啦的木块柴火上方，一口大炉锅里冒着热腾腾香喷喷的热气，母亲很贤惠，左邻右舍来了，就烧甜酒。她把一大碗甜酒放进开水中之后，又敲进去两三个鸡蛋，用筷子均匀搅拌，锅里的美味便黄白相间地沸腾着，有时还切几个粑粑进去一起煮。邻舍或亲友们热热闹闹地围成一圈，喝着甜酒，嚼着红薯片，家长里短，一年的五谷收成、荣辱得失都在热气缭绕中轻轻带过，岁月静好在来年的话题里徐徐展开。

年便这样一个接一个“唰唰”地从眼前飘过去，岁月的流逝带走了许多美好。母亲站在地坪边缘那棵桃树下、倚着树杆殷殷地盼我从学校回来过年的情景，成为我永远难忘的镜头。母亲穿着黑色灯芯绒上衣、薄薄的深蓝色裤子和自己纳的平底布鞋，她把右手搭在眉间眺望远方，腊月的风吹着母亲的头发，有些乱。有一年年底，我参加了一个补课培训班，直到腊月下旬才回，母亲见我回来了，幸福得有些不知失措，只说了一句：“伢子，饿了吗？妈给你烧甜酒去！”母亲的声音温和得像一声燕子的呢喃。

如今，我远离故土，只能空空怀想我那九泉之下如泥土一般质朴的母亲了，娘的音容笑貌是否依旧如昨？但娘酿制的甜酒却一直在我的梦里飘香。

（原载2023年1月3日安徽《巢湖晨刊》副刊）

山村飘来米花香

风景总是在快乐时节踏着轻盈的脚步出现。

正月的喜气弥漫于乡野山村久久不散时，那位挑着黑罐担子的老大爷又进了我们小山村，闻到微风传送而来的芬芳气息，我们一群孩子欢呼雀跃，好像解放军打了胜仗一样。

老人是爆米花的。山村第一响从下边唐家大屋传来，我能够想象那炉罐在炭火上面错落有致地转动的情形。转动前大爷取适量的稻米，加一点点猪油和糖精一起放入炉罐内，封好顶盖，再把爆米罐放在火炉上不断转动使之均匀受热。炉火在风箱的一拉一送之中，“噗噗噗”地舔着炉罐表面，像在吟唱一曲动听的恋歌。炉罐一旦转到了一定的时间，那炉罐一端的仪表就提示操作者，老大爷便要开始放“炮”了。这时，他要停下转动的黑罐，从架上把它取下来，用一个麻袋套住一端，手脚并用，按下机关，只听见平地升起“嘭”的一声巨响，黑罐里头所有的稻米都变成了米花，被灌进了麻袋。浓郁的米花香味，随着风的吹向飘洒开来，久久回旋在山村上空。

来不及等老大爷转到我们家地坪爆米花，那“嘭”的声音早已诱惑得我口舌生津了。我对母亲说：“妈，给我舀半升米吧……”母亲就给我找一大袋子，装上半升米，又掏出两角钱，嘱咐我钱别丢了。我拎着袋子揣着钱一路小跑，像欢快的小兔子，朝下边唐家大屋跑去。

见到老大爷，看他一身的黑，看他的机器也是一身的黑，并不觉得难看，而是一种亲切。偶尔，我为他拉拉风箱，添添煤块，感觉很快乐。老大爷黑脸上绽出白牙齿来，他也乐意与孩子们打着哈哈。只有在他准备按动机关开始“爆”发时，我们才捂着耳朵，躲得远远的。响过之后，我们会兴奋得尖叫，看着白花花的米花流泻出来，那是我们最开心的时刻。

那个年代，小孩子吃上半升米爆成的米花，是令人格外高兴的美事了。城市人的米是凭票供应的，农村人的米也没有什么多余的，大家都节省着吃，能拿出一升半升米来爆米花的家庭是比较富裕的家庭。爆米花松脆易消化，可作为日常的可口零食。

不光大米可以爆，玉米也行。爆出来的玉米花好像裂开着嘴的花朵，酥脆可口，一颗一颗地送进嘴里，芳香四溢，很是享受。偶尔，我小裤兜里装一些玉米花去串门，一脸的喜悦感，脚步都是轻盈盈的，别的孩子看见我吃得满口的香，会投来羡慕的目光。那时，我会每人送几颗，放到他们的手心里。然后，我们在愉快友好的气氛中，开始做游戏。

中国爆米花的历史由来已久。南宋名臣、诗人范成大在《吴郡志·风俗》中说：“上元……爆糯谷于釜中，名孛娄，亦曰米花。每人自爆，以卜一年之休咎。”“孛娄”是一个拟声词，模拟爆谷时的响声。在新春来临之际宋人用爆米花来卜知一年的吉凶，姑娘们则以此卜问自己的终身大事。爆米花，还有如此丰富的内涵，它折射出中国饮食的丰富多彩和深层含义。清代学者赵翼在其《檐曝杂记》中有一首《爆孛娄诗》：“东入吴门十万家，家家爆谷卜年华。就锅排下黄金粟，转手翻成白玉花。红粉美人占喜事，白头老叟问生涯。晓来妆饰诸儿子，数片梅花插鬓斜。”诗人笔下的爆米花不仅写得很美，而且洋溢着生活的情趣。

洋溢着生活情趣的爆米花渐渐远去了，但那笨重的、黑乎乎的机器和爆米花老大爷的黑脸白齿是留在心头亲切美好的回忆。

（原载2023年1月19日安徽《巢湖晨刊》副刊）

杀年猪

母亲那年喂养大了一头猪，到年底准备杀年猪。

神态高傲的屠户被请到了家里。他在众人的簇拥之下，跨过门槛后，一声吆喝，指挥帮忙的人烧水的烧水，下门板的下门板。

屠户呼出的气挂在唇边的胡须上，闪闪发亮。他点燃一支烟，缓缓地吸几口。然后，拿出磨蚀得瘦削的刀子，一边用大拇指在刀刃上横试着。围观的人问用不用再磨一磨，屠户说："你还真爱操闲心。"

围观的人就打着哈哈，一个小伙子回答他："没有张屠户，怕只吃得连毛猪了。"

打趣声中，圈里那头猪不识时务地嗷嗷吵着要吃食，它还不明白即将到来的危险。直到被几个帮忙的后生仔七手八脚地摁倒在地，又被横拖竖拽地弄到地坪当中由两条长凳托起的门板上，才意识到事情不妙，不间歇地号啕起来。

看着刀进刀出这一血腥场面时，母亲终于忍不住，一扭身钻进屋里去了。

猪已被杀翻，屠户歇了口气，又点燃一支烟，喷出一溜儿烟圈。片刻后，他用小刀子在一只后猪脚上剖开一点儿皮，之后拿来一根铁棍，从猪脚那口子里插入，沿皮下而走，从后脚直到前脚分支两个方向游走去，又游到另一个后脚方向。我们孩子称那铁棍为"挺棍"。挺棍在皮下穿行过后，抽出来，然后，屠户用一瓢水洗过后脚口子开始用嘴对着那口子吹，那气流顺着挺棍穿行过的路线行进，不一会儿，原本瘪蔫的猪皮囊鼓胀起来了，屠户吩咐两个小伙子一边用竹木棍捶打猪身，让气流通畅猪的全身。那个戏说"怕只吃得连毛猪"的小伙子向屠户表示也想试试吹猪的滋味。屠户让出位置来，让那小子来试。小伙子弯下腰来，做接吻状，连吹几下，吹得满脸通红，吹得两颊鼓鼓的，就是不见气流在猪的皮下涌动。屠户咧嘴一笑："鸭公子都想吃鱼，那还要鸬鹚干什么？"

那小伙子感到不好意思，把头左右晃了两下，败下阵来。屠户接着吹了一番，一头肥猪被吹得鼓胀胀的，像一个大皮球。屠户一边指挥帮忙的开始往猪身上淋开水，一边去篮子里翻弄刮毛的工具。原来这样吹气，是为了刮毛方便。屠户对自己的杰作颇为满意，对众人尤其针对那个小伙子说："吹猪还是要有真吹的本领，不像吹牛，也不能吹牛……"

屠户当数久战沙场的老手，众人一边淋开水，他一边用刮毛器刮毛，几刮几削，一头白胖胖的肥猪顷刻便呈现在众人眼前。于是，他又指挥帮忙的支起那块门板，让门板竖立，门后面用长凳支撑着，屠户用铁钩钩住猪的尾脊骨，挂在门板上头，开始开膛破肚。

厨房里一直热气腾腾的，烧火的朝屠户吆喝道："先割一块肉来，好趁着大火煮熟。"屠户手起刀落，一边猪砍下来，往另一块平躺的门板上一扔，从后腿处剁下一块肉交给厨师："回锅肉要久煮一下，才有味道。"厨师提着那块肉，领命而去。

帮忙的很勤快，有人在大木盆里清理大肠小肠，有人在地坪边燃火烧猪头猪脚上面未曾刮净的毛……

母亲默默地用钱纸蘸些猪的鲜血，再把血纸钱糊在猪舍门柱上，以表达对这头忠心耿耿的猪的最后一点儿纪念。

年猪饭充满了欢乐。母亲喊来左邻右舍喝心肺汤，远一点儿不能来吃饭的邻居就在饭后给他端一碗煮熟了的猪血去，以示一份乡里乡亲之情谊。

在汉字"家"中，其宝盖头下的"豕"，代表的就是猪，无猪是不成家的。杀年猪，成为许多地方必不可少的过年重要环节。寒风瑟瑟中，乡亲们并不觉得冷，杀年猪的年味儿渐渐温暖着村庄。

（原载2023年1月17日安徽《巢湖晨刊》副刊）

卷三 梦回往事

把买到手的书读完，
读出精华，把它们织成锦缎，
那才没有浪费自己的钱和大好光阴。
于是，每每泡一壶黑茶，坐到窗边，
垒一小堆书，摊开其中一本，
过一个书卷味的下午，
那是我永不疲倦的选择。

——《买书那些事儿》

从书信到微信

那些年代，与亲戚、朋友联络，全靠提笔写信。“云中谁寄锦书来？雁字回时，月满西楼”，那写信者情感真挚的笔调、盼信者焦急渴望的神色，以及收到信后的喜悦心情，依稀就在眼前。但是，一封书信辗转相递，从东南沿海到大漠深处，最快也要半个月才能收到。谁能料想，近二三十年来通信事业的发展突飞猛进！

改革开放初期，邻居四奶奶有一个儿子在新疆当兵，总要我替她给儿子写信。从发信到收到回信，每一个来回需要一个月，四奶奶担心她儿子会上前线打仗，总是要我在信中问及此事。我告诉她，新疆暂时不会有情况，打仗在南边。在中国和越南之间，四奶奶搞不清方位，只有每次收到她儿子回信报平安的时候，才绽出舒心的笑容。

有急事就得拍电报，电报最快也需要一两天时间。与我相关的最后一封家庭电报拍于1992年4月29日，见证了我家曾经的通信历史。

“楼上楼下，电灯电话”，曾是多少人梦寐以求的生活目标。摇把子电话曾经长时间存在于我们的生活之中：在墙壁上安一个木板托架，上面放着一部带“摇把子”的话机，或者直接安放在办公桌上，电话机的旁边还要绑一对大个的干电池……这种落后的通信工具一直延续到20世纪80年代后期。20世纪90年代中期，程控电话成为时髦。

我家花2000元安装了第一部固定电话。装一部电话可真算是给家里添置了个大件，电话在当时是一种奢侈品，月租费也挺贵，那时候大多数家庭都没有电话，亲戚、朋友和同事，知道我家安装了电话，有事儿都来打电话，挺新鲜的感觉。我这台电话的号码尾数是1100，与“110”有点儿沾边，经常有报案的电话打来，你还没开口，那头就在滔滔不绝地陈述失窃过程，你只得认真听故事。如今，这部电话已经停机了，机子却保存着。

与此同时，身边一些朋友牛气起来，他们腰间别一个“BB机”或者“大哥大”，显示出不同凡响。

自1990年开始，传呼台在中国如雨后春笋般遍地开花，传呼市场繁荣，传呼机也就成为通信交际中的高贵物品。数字的、汉显的、长的、方的、彩色的，各种类型、各种档次的传呼机在人们的腰间演绎着别样的风情。谁要是有部传呼机，那是很叫人羡慕的，当时人们又叫它“寻呼机”、BB机、BP机，能拥有一部传呼机成为当时很多人的一大美好心愿。

横空出世的大哥大，把中国人的生活继续引向一个新境界。大哥大身躯庞大，使用它的人多是商界大哥级的人物，物随主贵，大哥大很快成为身份显赫的象征。那时你开一辆宝马车出门，别人会以为是公家车，远远不如大哥大那么耀眼。很多人以拥有大哥大为荣，他们整天手拿大哥大，吃饭喝茶谈判，往桌上一放，就像押上了一个富贵的筹码和权杖，偶尔拉出长长的天线来，花上一元一分钟的话费，喊上几句“喂！喂！你在哪里，你再说一遍”，便会引来无数惊羡的目光，立刻会获得更多的尊重，生意谈判也因此变得轻松。一时间，梳大背头、抹发胶、手持大哥大，成了不少男人向往的形象，也成为女性眼里倾慕的亮点。

到了21世纪的今天，通信工具经历了几次变革，电话、手机、电脑已成了我们生活中不可缺少的日常用品，网上视频聊天发短信已不再是一部分人的专利，互联网成为最广泛的沟通方式，整个地球都“变小”了。写信仿佛已成为一种记忆。

2001年，我花1900元购置了一部Tcl手机，这种翻盖手机排线不经用，换过两次，便忍痛割爱了。后来陆续更换了诺基亚、东信等，其中，东信手机是交话费时中的奖。2010年，因活动还获得过一台松下无绳电话机的奖品，一直未曾使用。三星机子用过两年之后，花近3000元买了一部OPPO，该款手机像素高，拍照清晰，发微信和分享朋友圈也很流畅。

从大上海到帕米尔高原，从海南岛到黑龙江，我的微信朋友已达1200人，微信群60余个，交流方式有互评作品、讨论时事热点、好文章彼此分享朋友圈、倾听朋友对生活的感悟、为朋友的微信平台写文章、参与报纸杂志社的征文和投稿，等等。事实证明，智能手机非常先进，功能齐全。我用它拍的照片、撰写的广告语、书写的文章获过大奖，我用它联络的朋友遍天下。

40年前，亲友间的主要联系方式靠写信；20多年前，能够使用上电话和电脑是一件很稀罕的事情；现在，手机放在裤袋里，耳朵上挂着蓝牙耳机，在厨房一边炒菜一边听音乐，或接听电话，都不新鲜。

手机已不再是新鲜玩意儿了，手机功能越来越扩展了，包括接电话、打电话、写短信、发微信、收图片、听音乐、看电影、拍照，等等，只要是能想到的，基本上都能实现了。

通信生活真是日新月异啊！

（原载2018年10月19日《益阳日报》副刊、2019年12月11日《益阳日报》获奖作品专栏，获2019年益阳市委宣传部“我和我的祖国”征文一等奖）

远去的情书

“我在春天播下爱的种子，我对你的思念像夏天的植物一样蓬勃生长，漫过绵绵秋雨和皑皑冬雪，我们相拥在这座城市……

“只有在熙熙攘攘的人群中，我才知道你是我的唯一。亲爱的，只有你，才能填满我碌碌无为的时光，你让我的思念走向悠久……”

当年火辣辣的情书是可以这样写的，只是时代不同了，写在纸上的情书渐渐远逝了。

“喜欢一个人，就是卑微到尘埃里，然后开出花来。”这是张爱玲说的。想起当年大师们写情书，多如张爱玲所说的一样，那远逝的时光里不时绽放出簇簇温馨的花朵来。

有一天，张兆和忽然接到一封薄薄的信，拆开来看，才知道是自己的老师沈从文写来的，信中只写了一句话：“我不知道为什么忽然爱上你？”沈从文以做张兆和的奴隶为己任，他说他只愿做张兆和的奴隶，最终打动了张兆和。

许广平曾说过：“爱情的滋生，是漠漠混混、不知不觉的。”她跟鲁迅也是不晓得怎么就彼此爱上了。

马克·吐温32岁时邂逅了美国实业家杰维斯·兰顿的女儿奥莉维亚，一见倾心。经过一年的猛烈追求，马克·吐温向奥莉维亚求婚，不料被拒。从此以后，马克·吐温就开始了情书攻势。在近两年时间里，他给奥莉维亚写了184封情书，最终抱得美人归。

一张信纸，几句情话，传递着爱恋季节的欢喜和悸动。

我上高中时，地方上一个小伙子经媒人介绍，认识了心仪的女朋友，他请我帮他写情书。我起初觉得不太好，毕竟各人思维不同，后在他的一再坚持之下答应了捉刀，便建议他："情书出来后你最好自己再誊写一遍，免得出问题。"他说那是，又要求我拣好话写，我答："没问题，帮你攻克了城堡要请我喝酒。"他说应该应该。

依稀记得当时写的几句："铺纸提笔，已是深夜十二点多钟了，寂静的夜往往可以给我爱的勇气。回想和你认识的这两个月，我无时无刻都生活在快乐和憧憬之中，从介绍人的殷勤牵线，到我们亲切牵手，到后来羞涩而深情地拥吻。是你，让我彻头彻尾地感受到了恋爱的甜蜜，你是蓬勃原野上万绿丛中一点红，你是晨曦仙女散彩霞，颜似露润月季花……"后面的赞美我是借用《林海雪原》中少剑波写给白茹的情诗，我那时刚刚看完《林海雪原》，也算是现炒现卖。一段时间后，小伙子激动地告诉我，说对方回信了，对方好感动的。又要我继续代写下一封，我又搜肠刮肚地组织了一些深情美好的句子砸过去。等到放寒假时，小伙子不无忧伤地向我诉说："没希望了，她的母亲到我这里暗访了，只说地方穷，我家里也穷，坚决阻止我们处对象。""女方的态度呢？""她捧着那几封信躺床上不吃不喝，抗议母亲干涉，有什么用……"我一个劲儿地安慰他："天涯何处无芳草……为了你的爱情，你找到下一个目标后，我继续帮你写……"

这个小伙子的下一个目标一气呵成了，没有费半封情书。倒是别的小伙子找上门来要我写，大概他们觉得我写的情书能打动女孩子的心。我又开始写些诸如"我爱你的秀发，一直爱到，你两鬓斑白"之类的情话，心里却笑道：好似自己在进行恋爱操练。

后来发现，许多恋爱中的男女们把情书事业经营得细致而温馨。一封信写好后，把它折过来折过去，细心穿插，成为寓意深深的心形或神剑状，然后严严实实地封好，贴上邮局里最漂亮的邮票。而收信人一接到信，也不是猴急地撕信口，她生怕把里头的信和外面的邮票撕烂了，会找来裁纸小刀，小心翼翼地剖开信封，然后躲到一个没人干扰的僻静处，闻着对方依附于信纸上的浪漫气息，慢慢地享受情书带给她的甜蜜、快乐。

岁月递进，情书已隐退，情书带来的含蓄、委婉和神秘也一并消失了，只留下微信和电话苍白无力的直白。情书中的男女永远不会老去，但情书本身却老去了。

（原载2021年12月20日《巢湖晨刊》副刊）

载着女友看场电影

男孩女孩，像包在一起的橘子瓣儿，暖暖地簇拥在电影院的座位上，看一场浪漫电影，那是最美妙的享受了。

表哥阿伍携上心爱人儿，袋子里装着零食，走进县电影院，甜蜜地滑入幸福的梦境，是在20世纪70年代中期。

阿伍那时刚从部队复员回家，一套的确良黄军服，让他精神焕发，英气勃勃，引来许多姑娘羡慕的眼神。有一段时间复员军人还有工作安排的，他就赶上了那趟机会，属于有工作安排而正候着的人。所以，家里一时上门提亲的媒婆络绎不绝，在爱情征途上踌躇满志的他经过几次见面之后，相中了一位高挑、模样儿俊俏的姑娘。

那时，姑娘也不是随便能捡到的，优秀姑娘们选择的对象要有比较好的职业，如，“四个轮子一把刀，革命红旗两边飘”。所谓“四个轮子”，是指驾驶员；“一把刀”是炊事员；“革命红旗两边飘”则是指革命军人。这些职业在当年最吃香，也最为姑娘们所垂青的了。革命军人出身的表哥也就成了姑娘们最为抢手的“香饽饽”。

于是，他们就开始恋爱起来。那时，公开谈恋爱似乎是见不得人的事情。有情有意的他们，常常被那种焦渴般的思念折磨着，但他们还是想方设法地找机会见面。当表哥弄到了一辆二手单车的时候，他就常常载着他的亲密女友出入，那女孩子羞涩得非常可爱，一见前面有同村的熟人，就老远赶紧下车，红着脸低着头，羞答答地穿过熟人的视线，然后再在下一处地点重新坐上单车。

骑着单车驮着女友到县城的电影院去看一场电影，一直是他们心里最甜蜜的奢望。

初夏季节的一天，他们预先托在县城的熟人买好了两张票，夜幕完全笼罩着大地的时候，他们已到达了县城。在熟人那里拿了电影票之后，时候尚早，表哥就决定去买两根冰棍来解渴。那时，冰棍是夏日里一道独特的风景，不像现在冰冷店一溜儿的大冰柜，买什么品种一目了然，也不需吆喝。他们买的冰棍，是放在木箱子里的，那箱子长、高不过三尺，外面漆着白油漆，看上去清亮干净，里面是用厚棉被捂着的，因为箱子不隔热，主人还一边要吆喝着“白糖冰棒三分，绿豆冰棒四分”，表哥问女友“要吃哪种”，女友喜欢绿豆冰那种红花绿叶的包装纸，就说“绿豆冰吧”。表哥便买了两根绿豆冰，他们一边舔着冰棍，一边看着街上的夜景，心里那个甜哪！

电影院门口是非常拥挤的，尤其售票处更像是汹涌的潮水。当里三层外三层的观众都在向里挤的时候，表哥他们也随着人潮拥入。表哥一手牵着他的女友，一手护着佩戴在胸前的毛主席像章，终于进去了。

那晚的片子是朝鲜故事片《卖花姑娘》，难得的外国片子，不是常看的样板戏。这部朝鲜电影以苏联色彩的歌曲和东方色彩的故事，尽情演绎，倾倒了在场这些处在文艺饥渴症时期的中国观众。电影通过主人公花妮及其一家的悲惨遭遇，刻画了丧国无权的民族在殖民地社会生不如死的悲惨状况，让许多经历过和没经历过那个悲惨时代的中国人为之动容。特别是它悠扬舒缓的主旋律、忧伤和企盼相济的卖花歌……让表哥尤其是他女友特别动情。那时刻，表哥的女友倾斜了身子，直往表哥这边靠，一只手从座位一边悄悄探过来，表哥不失时机地紧紧握住了女孩的手，他们低头相视一笑，彼此都能感觉心儿美妙地“怦怦”跳动。

出了电影院，表哥他们兴犹未尽，感觉这个晚上过得太美好了。他们又去大饭店，花了一毛钱，各吃了一碗标价5分的甜酒水。然后看时间，准备启程回家。一看手腕，糟了，手表没了！细想起来，可能是在进场的时候被拐子（扒手）拐了。那时，他只顾用手罩着胸前的毛主席像章和牵着女友往前蹚，而忘记了还要提防手表被拐。他苦笑了一下，愤愤然骂了两句不得好死的拐子。看毛主席像章还在，感觉女友还过得愉快，他把扫兴化为了对这个晚上的无比热爱。

从寄存处领回单车，他朝女友身边而来。路灯之下，女孩望着自己魁梧的男人推着单车朝她走来，她捋了一下自己额前飘忽着的一缕头发，脉脉含情地瞟了他两眼，表哥感受到了那份柔情蜜意，便热辣辣地接应着她的目光。看过去，女友一身格子衣，两根大辫子有意无意地晃着。女友望着表哥投来的热辣辣的目光，不由低头妩媚一笑，便将那两根又粗又长的辫子拉到胸前，低头抚弄着，面若桃花，双唇紧抿，双脚偶尔不自然地搓着地面……表哥看得心花怒放，蜜一样的情感涌上心头来，早把丢失手表的不快甩到九霄云外去了。

单车一路颠簸，身后是沙石路面与单车摩擦的沙沙声，女友十指紧紧抓着车后座，久而久之，指尖不免酸颤，她想伸出一只手去抱着表哥的后腰，却又感到有些羞赧，只得坚持着伸着脖子，以僵硬身子的姿态坐着，车轮偶尔在不平整的地面冲撞一下，她便趁势靠了上去，紧紧贴在表哥的后背。表哥那晚理了一个利落清爽的发型，还用清水抹了头发，卷曲晃眼，特别好看。贴在他的后背，看到这样的发型，嗅着衬衣上淡淡的肥皂芳香，女友幸福得泪水四溢，把表哥后面的衬衣都濡湿了……

温暖的抚慰，有意无意的依靠，他们在心里默默地给了彼此一个承诺。他们就这样一路晃呀晃的，在共同的憧憬里，他们驶向了幸福的爱情港湾。

似水流年里，在时光深处倾心相约的爱人，与爱人发生的种种浪漫美好故事，让阿伍的人生如此闪亮、丰富，每每回忆起曾经的那场电影时，就有清凉和安然的气息扑面而来……

（原载2018年6月15日《益阳日报》副刊）

看电影的记忆

“高！高！实在是高啊！”以此话称赞别人的人十有八九看过电影《地道战》,《地道战》中汤司令竖起大拇指，说此话时很是得意扬扬的样子。“多么卑鄙，卑鄙到了极点！有比这个更无耻的吗?”这是伟大导师列宁的台词。《列宁在1918》中的列宁仰起头，眉毛聚拢，眯起双眼，左手五指张开放在胸前，右手伸向前方，那情绪多么慷慨激昂，那声音多么铿锵有力!

这是电影的魅力。电影看多了，一些经典台词也就滚瓜烂熟了。

岁月会走远，许多看电影的记忆特别是童年时代看电影的记忆不会模糊。

“露天电影”无疑是一个鲜活美好的词。童年时期每每走进露天电影场，仿佛就有一股沁入心脾的稻草或茶叶芳香扑鼻而来，令人精神振奋。因为放映场地就是晒谷坪、学校操场或周围是茶树的大队部地坪。晚风吹来，空气里弥漫着清新香甜之气，阳光一点点地隐入山后的暮霭之中，啁啾的归鸟双双落入高树深草之中，调试发电机的声响不时传入耳鼓。

放映员嘴角叼着一支烟神气活现地来到地坪中心，他们成了翘首盼望的观众的情感主宰。他们指挥着协助放映的小伙子接电线，放喇叭，搬凳子。

当放映机开始“嗞嗞”地转动起来，就有一束强光照射在银幕上，强光一灭，便出现金光闪闪的五角星，五角星下面闪出“中国人民解放军八一电影制片厂”一行字。令人心醉沉迷的光影世界便展现在观众的眼前。

《打击侵略者》《南征北战》《英雄儿女》《激战无名川》等是那时常看的电影片子。其画面炮火连天，气势惊天动地。《渡江侦察记》中解放军某部李连长率侦察班探明敌人江防部署、与江南游击队接上关系的故事引人入胜。有几句台词是：“‘哪一部分的？’‘88师工兵营的。’‘干什么去？’‘砍树！’”这是敌军官在盘查化了装的解放军侦察员。情节惊险、扣人心弦的谍战剧让人久久不忘，《永不消逝的电波》就是一部表现我党地下斗争生活的影片。《冰山上的来客》《羊城暗哨》《保密局的枪声》……惊险紧张，步步牵心。儿童故事片伴随我们走过了精神生活单调的童年时代，像《闪闪的红星》《鸡毛信》《小兵张嘎》等，成为新中国几代人童年记忆中最灿烂的一部分。

在电影院看电影，是另一种兴奋的感受。电影院里有座位坐，一边剥着瓜子一边欣赏银屏上的精彩形象，充满着浪漫情调。

20世纪八九十年代一张电影票的价格起初为两角钱、三毛五，后来涨到四角、五角，在当时学生的眼里绝不是个小数目，它相当于一顿丰盛的早餐。《甜蜜的事业》《瞧这一家子》《见面礼》《少林寺》这些电影清新活泼，表演自然到位，情节流畅，风格朴素，着装考究，给我们的感觉很真实，《卷席筒》《五女拜寿》等让人感动得泪水潸潸，《芙蓉镇》有“豆腐西施”的美丽，《庐山恋》不乏美好的爱情，《红高粱》表现手法大胆，“我爷爷”和“我奶奶”联手谱写了一曲悲歌。

《泰坦尼克号》《阿凡达》等上演的时候，到了20世纪90年代和新千年，这些电影好评如潮，无不牵动着我们的神经，电影院里场场爆满，许多观众只好预先请人购票，方才了却心愿。

20世纪90年代，我专门做过一本看电影的笔记。那时大学校园里每周固定放一场或两场电影，凡我看过的每一部片子，它的制片厂、导演、男女主角、主要情节及其背景资料，我都记录下来，有时还写几句感想。

如今，许多电影院或被拆掉，或改为了超市，随着老电影院在历史舞台上的消失，我们的心中隐约升起莫名的阵痛。打开抽屉，凝视着当年看电影的那些电影票，感觉岁月之酒香似乎在袅袅飘来，好像又鲜活了我们当年那一段电影情节。

对电影的追忆仿佛有一圈奇幻的灵光萦绕心头，辉映出一段段时代的影像烙印，时光将它们糅合在一处，那些渐行渐远的老电影就变成了我们精神生活匮乏年代的情感支撑。

（原载2021年11月29日《巢湖晨刊》副刊，原文标题为《露天看电影》）

那些年的露天电影

夜幕还没有拉上的时候，在学校的地坪边，就已经竖起了两根高杆，然后扯开一方白幕，陆续而来的人，站满了一坪。大家高兴，今晚可以度过一两小时最美好的时光了。

是夏季里最热闹的时候，大人们拿把大蒲扇，规规矩矩地坐在白幕前等候开演，一边嗑着南瓜子一边拉着家常。小孩子们在人群里窜来窜去，嬉戏打闹，有的围着工作人员在观看怎样调试发电机。

接近放映时，操场上越来越挤，来晚了的人有的骑在围墙上，有的攀上了篮球架。借着灯光，看姑娘们大多是一脸的矜持，她们三五成群地聚在一角，叽叽喳喳，不时心怀戒备却又满脸好奇地瞟瞟在身边晃来晃去的小伙子。小伙子们呢，一边高声大叫着，也一边往姑娘们这边闲荡而来。

同村的一个小伙伴他哥哥，还把他们的曾祖母背来了，说是要让老人也看看电影。老人估计超过了90岁的年纪，扁着嘴，沟沟壑壑的脸上尽是麻点，抽着咕噜咕噜响的水烟，她的曾孙们把她先安放在地坪边沿，让她在电影开演前看看马路上行驶的汽车，据说那老人从未看见过汽车。

天完全黑了以后，放映员被簇拥着、打着饱嗝无比神圣地走到放映机前，帮着提片子的人亦步亦趋地跟在后面，好奇的人蜂拥而上。

“啥片子？”人群中有人问。“《小螺号》！”“又是《小螺号》？看过几遍了！”那人埋怨。“你看过几遍了？我18个大队巡回放一遍差不多看了18遍，你嫌烦我还没说烦呢！”放映员一脸的不屑。“也好！比样板戏强多了，好歹里面有抓特务。”另一人在旁边插嘴打圆场。

放映员一阵大大咧咧地摆弄之后，一束白光射到了屏幕上，上面映出几个愣头愣脑的脑袋影子，还有故意挥舞着的手影，这时后面有人骂开了：“猪脑壳，别晃了！鸡爪子，莫摇了！”前面的人听到骂声不服气，继续摇头晃脑，且乱舞着手，还不时回过头来回应：“我是你老子！”回头时才发觉光线太强，刺得眼睛发黑，只好赶紧回过头去，揉着被刺得发痛的眼睛，半天才看得清东西，周围的人一阵哄笑。绑在柱子上的大喇叭响起了音乐，人们看到屏幕上“珠江电影制片厂”几个大字闪闪炫目时，整个电影场才鸦雀无声，所有的眼睛全盯在银幕上。

一卷放完了，轮到换片时，场地响起了口哨声、怪叫声，甚至还有推推搡搡的恶作剧声响。

场内就无端生起风浪来。一个地方干部挺身出来，抓到一个在场地故意拥挤的，要这个年轻人在麦克风面前做检讨。电影暂停，观众倾听他的检讨，秩序明显好多了。

月亮高悬在天上，随着银幕上出现“剧终”二字，人群各自散去。小孩的哭闹声、找人的叫喊声、对影片的议论声、被踩掉了鞋子找鞋子的埋怨声，不绝于耳。

声音如水面上荡起的涟漪，向周遭的村庄依次散去。地坪上重归黑夜的宁静，而邻近的村庄不时传来狗的吠叫，月光下每个人打着手电、或提着煤油灯，带着看完电影后不退的激情与喜悦快步走向自己的家门……

与电影一起同欢同悲、同爱同恨，电影像五颜六色的丝线，纺织了我童年的天空。

那时候银幕上的形象非好即坏，非我即敌，正面人物一出场，往往引起一片啧啧的赞叹声。《奇袭白虎团》中的严伟才就是一个长相英俊、高大完美的英雄人物，据说，这部电影在公开放映之后，电影厂的“严伟才”就收到了来自全国各地数不清的情书和青春靓丽的美女照片，爱美之潮，无法阻挡。若是反面人物登场，必然是歪戴着帽子，龇牙咧嘴，一脸的猥琐和狼狈，人群中往往会不由自主地发出哄笑声。像南霸天、黄世仁、坐山雕、匪兵甲等，便是受人嘲笑和厌恶的对象。

那时，《刘三姐》是我所迷恋的一部色觉味觉都达到至美境界的电影。我一连追着放映机看了两个晚上，平生第一次感受到美好的故事、美丽的山水和动人心弦的山歌。

电影看得多了，那些台词也滚瓜烂熟了。如，“哪部分的”“88师工兵营的”“干什么来的”“来砍树的”，这是《渡江侦察记》里的对白。“高！实在是高”出于《地道战》汤司令之口。演员念着这些台词表演的时候，那动作，那神态，绝对的酷，让人回味无穷。

在那缺少白米饭和溶猪油的贫瘠岁月，电影在我的心头自始至终蓬勃着旺盛的生机，有如现在的年轻人对电脑游戏深情倾注一样。

如今有些年轻人把各种流行时尚镌刻在他们的皮肤上、吃喝在他们的碗盏里，那时看电影的风景只是像脆薄的糖衣，那上面早已蒙上了一层灰尘，我想纤巧地翻检它一下时，又生怕它触手即化。

（原载2019年10月18日《益阳日报》副刊）

家庭档案

一个普通家庭的档案，虽然记录的只是些生活琐事，但却是受益于国家、教育后代的活教材。点滴资料，是折射时代进步的璀璨火花，是不可多得的温馨历史默片。

我一位居住在他乡的堂兄，由于父母离世早，几十年不知道自己的生日是哪天，只好根据自己名字“伏来”二字，一直把农历六月初六日这个典型的伏天作为自己的生日。后来我为他查家庭谱牒档案，档案记载其生日在12月，我明确告诉他：你的名字也不是此“伏来”，而是彼“复来”，即家中又添一丁。从此，他知晓了自己的生日及确切年龄。三年前，在建的一条高速公路穿越老家地域一座山包，山上有10余座多年无人管理的坟茔，移坟有补偿，由此引发山主与当地其他村民的纠纷。地方耆宿找到我，我为他们翻出某姓谱牒档案，就此山上坟茔的所属谱上记载得清清楚楚，平息了一场纷争。大学同学建立了一个微信群，许多人回忆当年在校时的学习生活，苦于没有那时的照片和文字记录，我为他们发送了许多影像资料，我一直积累保存着当年任课教师名单、班上每个人的照片及他们在我留言本上的留言，还有当年的菜饭票、郊游活动记载、反映校园生活的海报和校刊，令他们异常欣喜。

一本日记、一幅老照片、一件瓷器、一张购物发票……这些日常生活中再普通不过的东西，如果能几十年积攒下来，就成了一份难得的“家庭档案”。我从20世纪90年代开始，逐步收集家庭资料，把包括100余本笔记、近千封书信千个信封、20余本老照片、200余份奖状荣誉证、5大柜书籍杂志、几抽屉磁带唱片、二十几本作品发表集子、数千张门票，以及自己有代表性的手稿、票据等，组成了琳琅满目的“家庭档案”。每每闲暇时，翻翻这一件件实物档案，就想起了过去的历史，再展望今天的诗意生活，真是感慨万千。

作为社会“细胞”的家庭，它所形成的档案，不仅较全面地记载了一个家庭的社会实践和家庭事务活动情况，而且也较真实地反映了整个社会局部地区的历史面貌。这种微观档案，是研究本地区的历史状况、编写地方史志等难得的素材。我的这些资料，让我萌发了书写“家史”和“地方文史专集”的念头。我曾写过《父母亲的爱情》《祖父的私塾》《打翻一罐开水》《1960年的雪》《父亲传的什么教》《母亲的针线盒》《1969年的礼单》等家史文章，已达10多万字，构成了一部分温馨的家史。

国外的家庭档案意识也很强，记得美国有一道要求孩子课外完成的作业：填充自己的FamilyTree（家谱），从自己往上填到曾祖父。

利用家史、自传、回忆录和先辈留下来的遗物，可以对家庭成员，尤其对子女进行教育。例如，我高祖的米桶、曾祖父的酒杯、祖父的算盘和经书、父亲的手稿笔迹、母亲的纺车、兄长的红宝书和课本，等等，都是温馨的默片，凝视着它们，让人感到分外亲切。家庭档案真实地记录了长辈们在家庭事务和社会实践活动中的一些经历，即使他们与世长辞了，看到他们的照片和遗留，仿佛能听到他们的谆谆教诲。

子女的档案，也可以逐步建立。可以选择性地珍藏他们各阶段的一些学习用具、作业本及其他纪念物。去年寒假，女儿回家，看见了她幼儿园时期的作业、各年龄段的照片、初中时获得的数学竞赛奖章和各年级有代表意义的作文，很是高兴。

家庭档案的整理是一件富有情趣的事情，意义非常。它可以丰富家庭文化建设，丰富业余生活，让日子过得更加充实；在整理家庭档案的过程中，那些年代久远的材料和照片，一定会引起家人们美好的回忆和对幸福生活的美好憧憬；家庭档案不仅给家庭带来和睦温馨，更是社会历史的补充，让社会历史摇曳生姿。

家庭档案资料，那一朵朵璀璨火花，耀眼迷人，使我们的家庭生活丰富多彩。

（原载2019年8月1日《湖南科技报》副刊、2019年6月25日《巢湖晨刊》副刊）

阳台有景

看朝霞把东方涂成玫瑰颜色，听翠鸟在青枝绿叶间欢唱，泡杯绿茶一边翻翻闲书，或者欣赏下面地坪中央那些大妈翩翩起舞……步上阳台俯瞰，阳台有景，阳台是看美景听妙音的理想之地。

我家阳台在三楼，坐北朝南，空间长6.5米，宽1.5米；墙体外面，玻璃门与护栏之间另有一个0.5米宽的平台，铺上铁皮，这个空间可以养花、晒东西。

阳台不求有多大，养花种草且听风吟，诗酒书茶漫谈家事，这是多么温馨的居家模样！

越过护栏瞭望窗外，左前方是一家宾馆围墙边的翠竹，竹子生机勃勃，常年生长着竹笋，四时长茂，不畏暑寒，展示出秀美潇洒的风姿。看着它们，心情恬淡，让人想到的是刚正不阿和虚怀若谷。正面是一栋10层高楼，白天可以望见对面阳台上丰富多彩的摆设和悬挂，那些红红绿绿的衣服、随风飘扬的各式床单，应该是阳光下最温情的展示；房顶上，有时会栖落几只鸽子，咕咕叫几声，似在讨论什么问题；谁家的一只猫顺墙根跑过，一边跑一边东张西望喵呜喵呜地叫着。夜晚灯火辉煌，闪着亮光的电梯上上下下，望去，觉得暖意融融。与对面楼房隔开的空间是一个停车坪，车一般停不满，偶尔有些排练舞蹈的大嫂大妈在地坪宽敞处活动，她们嬉笑言谈的身影生动了我的视野，她们打开音响，锻炼身姿，陶醉在音乐之中。

把目光收回，让思绪在阳台里头漫步。墙体外面这一溜儿小平台是养花草的，也不知养过几轮，终因技术不过关，花草要么枯了，要么呈恹恹病态状，能熬下来的只有坚强不屈的四五盆。有时觉得也许某些东西是累赘，不必多余地去装饰，在人生的虚实之间，自如地随意地切换场景，让纯粹的空间更纯粹。

阳台的一端安放了一台洗衣机。在哗哗流水声中，洗衣机每天都欢转歌唱。生活是平凡的，每天洗衣、晾衣、收衣，这种源于阳台的快乐，用不着费啥心机，自然会给生活带来种种情趣，给平凡的日子带来几多快乐，给阳台的空间带来一抹亮丽。

阳台另一端摆放了一个书柜、一长凳书，还有一溜儿纸箱，箱子里装的是不常用的书和笔记本。因书房盛书有限，阳台充当了一部分书房的功能。这样也好，有志同道合的友人来访时，可以同我一起到阳台晒太阳，翻翻书。我们中间放一条木中椅、一把茶壶、一碟瓜子，可以一边饮茶，一边谈诗文。沐浴太阳送来的饱满的光，我们一身都是明亮温和，回忆着昔时旧闻，谈笑着寻常琐事，那种醇厚、和乐的情景，犹如蓝天之上悠悠飘浮的白云，有一份祥和静穆之美。

有一天，一个朋友指着窗边一只飞来飞去的麻雀对我笑道："你看！鸟都不怕人，好像进了自己家一样。"我告诉他："麻雀是来吃东西的。"每年，我晾在外面空间的腊肉都要留一块迟迟不收，让鸟儿来吃。看鸟儿悠闲地在窗棂间溜来溜去，样子可爱，很是享受。

我家阳台平凡之中隐现出不平凡。坐享阳台，令人神清气爽，那些人生美好碎片与眼前的风景重叠在一起，呈现出悠然诗意，我想，它透射出来的应是主人对生活的品位和审美情趣。

（原载2021年9月14日《巢湖晨刊》副刊）

没事到书房坐坐

没事的时候，到书房坐坐。翻翻书，读读书，或者写点儿啥，是非常愉快的事。翻书的过程，就是积淀自己深厚精神根基的过程。读书的过程，就是和许多高尚的人谈话。读书能奠定人内心的底气。

我这间长方形书房，最初有做主卧室的想法，因其明亮、使用面积大，后来被作为书房了。它具备了书房自身三大基本要素：书桌、电脑和书。

书房的西边排六个书柜，南头是装修时设计的固定书柜，北端是窗户。环壁的书实现了两壁。我觉得，书房是家里面风起云涌的地方，充溢着每一个爱书人的梦。

当我在书桌前坐下，两手轻轻抚摸着光洁的桌面，凝视着电脑屏幕，内心会立刻变得安宁甜蜜。无疑，在书房写写和翻翻，就是一段宁静温馨的时光。

坐下来先敲敲字，心情无比惬意。写一篇QQ日志，或修改一篇历史散文，其实就是在开掘美好情感，锤炼健旺人生。

有时，我特别想用手写写字，许多字如果不经手写，会慢慢遗忘。至今我每年刻意用硬笔书写几张汉字，以保存自己每一个时期的笔迹。

然后，随意翻翻书。包括整理书房和阅读书本。

整理，就是把书籍归类，拿乱位置了的，重新归到原来的地方。老杂志在老杂志处，外国文学归到外国文学栏目，书柜上方陈列的照片、时钟、收音机、老电话机、算盘、水壶，等等，都有它们的位置。一串玉米棒子，还是我几年以前从重庆巫山大山中带回来的，被我装饰于书柜上方。看着这些，心里充满真切的滋润。

秩序，体现出书房是否有条理、书籍是否齐整。我的书房及书架上如何摆放不同的书与杂志，就体现出自己的秩序观。有些辞书如《词源》《中国地域文化》《毛泽东年谱》《中华人民共和国史稿》等，以及四大名著之类，我把它们码在书柜顶上，它们是不需要经常翻的。杂志放一起，历史故事放一起。如果按哪个出版社出版的书归类，也是一种排序法，人民文学出版社的小说，我归类在几个柜格里，有二三百本。

阅读，坐着有轮子的凳子，可以在书房里自由转动，可以这本翻翻，那本看看。我主要看的是非虚构的历史和虚构的文学读本。查找引文的出处及正确性时，就搭起高凳去顶上翻辞书和其他资料。

坐在书房，总感觉四周有一种气场，这气场令人强大，强大到旧的大厦呼啦啦地倾倒，新的天地一片片地崛起。

而当我离开书房的时候，不会忘记在枕边、沙发上，放几本书，睡觉前或休息时，随手一翻，就读一个故事。那些故事与人的精神碰撞，偶尔在心灵深处发出宏大的声响。

而今，我发现有些孩子做作业喜欢去网上搜索答案，读书走捷径。但要是没有网络怎么办？只有多读书，才有积累，才能解决作业中的实际问题。网络时代快捷，有时是肤浅而贫乏的。

读书是一种古老的精神兴趣。没事到书房坐坐，多写写，多浏览，写一篇好文能帮助自己走向成功，实现自己的梦想；读一本好书能解疑释惑，启迪心智，如交好友如饮醇醪。

（原载2021年8月17日《巢湖晨刊》副刊）

传了三代的旧算盘

家里这把旧算盘，是祖父传给父亲、父亲再传给我的。算盘为长方形，箬叶杆做成的档，周为木框，底下原先还有木板；每一颗珠子都被打磨得乌黑发亮，透着亮闪的灵气。

据父母亲和乡邻说，我祖父当年算盘打得精，珠子哗啦一拨弄，手指上下齐飞，运算速度比笔算快多了，得出的结果准确无误。年轻时，他与叔曾祖开办私塾，珠算也是他们授课的内容。

我喜欢算盘，缘于父亲的珠算教育。父亲是打算盘高手，年轻时，他是农民协会的积极分子，携一把算盘参加了20世纪50年代初地方政府的土地改革运动，在对地主房产、家具、耕牛、农具等清点统计方面，都以他算盘珠子显示出来的数字为准，1953年，县里颁发新中国第一代土地房产证，上面所填写的田亩和房产数据，都含有父亲统计的辛勤汗水。村里分东西或统计什么账目时，都能听见他把算盘打得噼里啪啦响。我读小学时，他教我珠算口诀，告诉我怎样运用算盘做加减乘除法。熟悉那些口诀之后，我拨动算盘珠子，从加法开始练习：由1加2、加3、加4……能一直顺利地加下去，当加到36的时候，算盘上出现的数字是666，父亲说，这就叫作“打六百六”，为珠算入门。

父亲的教导至今在我耳边回响。他说，横梁以上的两珠，每珠作数五，梁下五珠，每珠作数一，非万不得已的情况，最上面的顶珠和最下面的底珠，都不需要动它们，一把算盘，能运算很大的数。我在算盘中间靠右位置的横梁上定下“个”位，在一长而窄的小纸条上写下“个、十、百、千、万”等字，然后贴在横梁上，让这些字依序对应着每一档，再拨珠计算，做加减乘除算法。在父亲音乐一般的算盘声响和教诲声中，我渐渐成长，在一次学校组织的珠算比赛中，我还获得过一本笔记本的奖励。

父亲说：“算盘用习惯了，好像只有算盘拨拉一下才感觉心里踏实一点儿。”又告诫我：“做人，要像算盘算的数一样清清白白，不贪，不乱动珠子改变数字；当然，其他方面，不能像算盘一样，拨一下才动一下，要积极主动。”原来，算盘上还有如此多的人生准则！可惜现在许多人并不欣赏长辈们留下的算盘，更体会不出打算盘的种种神奇和美妙。在普遍使用计算器的今天，古老的算盘大多被废弃。珠算已纳入人类非物质文化遗产。

一盘小小算珠，把世界算得清清楚楚。哪家贪赃枉法，哪家洁白清苦，算盘教你心中有个数。三下五去二,二一添作五，天有几多风云？人有几多祸福？——这世界缺不了加减乘除。运算的工具变化了，不变的是勤恳、规矩、清白的算盘品格，那是上辈留给我的做人准则。

（原载2020年11月24日《益阳日报》副刊，以《未曾走远的算盘》载2019年5月10日《巢湖晨刊》副刊，获2020年10月“三湘风纪”网优秀奖）

民国时的那只皮箱

这口穿越了几十年光阴的皮箱，成为我几次搬家时的恋恋不舍。每搬一次家，我想象不出对它的感情是如何汹涌奔腾而充盈脑际的。我总要打些清水，仔细地一点一点地将它慢慢擦拭，抚摸着它，心也仿佛掸去了生活中蒙上的许多尘埃，面前的皮箱让时光霎地变得无比澄明温润……

记得我曾经对这只皮箱及其主人有过描述。在一篇叫《老屋里的女人》的散文里，我是这样写的：

“那男的一袭长衫，系着白色围巾，手提皮箱。举手投足间，显出几分书卷气息；女的穿着旗袍，挎一个包袱，一手还牵着孩子，女人举止娴静，笑容得体，她款款跨进院子大门，环佩相闻……”

穿长衫提皮箱的男子和穿旗袍的女子是我的父母，那年他们从益阳县城回老家……

皮箱是他们的结婚用品，购置于20世纪40年代的益阳县城。他们结婚前夕那年，母亲娘家备了非常厚重的嫁妆，那些木器柜子和箱子漆得鲜红绚丽，那些盆和桶用桐油油得锃光瓦亮，父亲说，路程遥远，太难搬运了，这些就不要了，不如买两只皮箱，母亲一寻思，认为有理，说那就买皮箱吧。父亲的职业是传教士，他们住在益阳县城，在药王街买了皮箱。皮箱原本有一模一样的两只，其中一只被我二兄后来在常德读书时弄坏而丢掉了，很是可惜。剩下的这只，里面还保存着一份保险单，是《裕胜皮箱保险单》，上面写着：“三星商标，真牛皮箱，如假包退，保险不生虫。本号由常德分设，不惜巨资特聘上等名师，专制时髦西式纹皮箱、大小箱箦、出边胎软皮睡椅等，一应俱全，工作完善，价廉物美。倘蒙惠顾，克己欢迎。本主人启。地址：设药王街。”

为寻求父母当年的足迹，我去益阳城资江北岸转悠过两次，第一次找到了父母亲曾经传教的教堂，在教堂附近，还重温了我大兄四五岁时在益阳街上走失、后来遇到警察得以返家的故事。第二次寻找药王街，在药王街那地方问过一些人，有人说改了名，有人说现在还是叫药王街，终究没有找到。只在大码头一带拍了些古巷照片。

多年以后，当父母的人生轨迹终止在故乡那方黄土地里时，我才知晓，历史有多远，牵挂就有多长。

我想，那个时候的父母亲，应该是十分幸福的。皮箱里装着他们最珍贵的衣服和金钱等其他贵重物品，他们经营着小家庭，经营着爱情，过的是惬意的日子。皮箱的颜色是红色的，色彩那般明艳，好似他们爱情的颜色。

父亲于20世纪70年代后期英年早逝，之后母亲一直锁着这只皮箱，年少时期的我，也从来没有央求母亲打开这口皮箱看看的想法。

直到2001年母亲离世，我才打开皮箱，认真地清理母亲的遗物。皮箱里琳琅满目，装满了父母亲曾经用过的东西。父亲的那本《新旧约全书》、那枚私章、那枚“益阳记者”徽章、几颗大衣上面的纽扣……历历在目，让人惊奇和亲切，还有父亲书写的文字，父亲那笔字遒劲洒脱，赫然映入我眼帘，父亲用毛笔在红纸上写下了他六个儿子的出生年月，我是最小的，我那张是另一张红纸写的，估计父亲写第一张的时候，我还没有出生。母亲自己的东西也有一些，像彩色丝线、剪刀、小锤子、瓷缸、瓷质针线盒……这些都被母亲完好地珍藏着，翻看着这些具有历史意义的物品，我的内心颤动着，情不能自已，视线渐渐模糊起来……父母亲曾经的欢声笑语，曾经在益阳县城生活的种种场景，仿佛电影一样，从历史深处，从空旷悠远的街道上传来，显得那般真切，那般令人悸动。父母亲相濡以沫，以简单和默默惦念的方式，以朝圣者的虔诚执着走在心灵相契的“麦加之旅”。

合上皮箱，我的眼睛早已潮湿一片，这只皮箱给人沉甸甸的感觉，我想它不单是一只皮箱，它至少还蕴含着无比温暖的亲情和爱情。

（原载2019年5月30日《巢湖晨刊》副刊）

亲切的钢笔

某天到一个朋友家玩，当想记录点儿什么东西时，他家竟找不到一张纸一支笔，问及原因，他坦然一笑，现在都是无纸化办公呀。

无纸化办公是指在不用纸张办公环境中进行的一种工作方式，无纸化办公需要硬件、软件与通信网络协力才能达到最佳的办公体验。这种方式固然能加快现代化、信息化建设步伐，但总让人觉得办公桌上少了点儿什么。

一个有情怀的人，一个事业有成的人，总得随身揣一支高级钢笔才显得有点气质吧，即使没有钢笔，水性笔也行，家里或者身上有纸有笔，很方便记载随时随刻遇到的重要信息；从另一方面看，还可以凸显他的文化风度，展示他积极昂扬的人生态度。当今，无论是签名还是留言，一支锃光瓦亮的钢笔就是一种自我高品位的体现。

我对笔的深情膜拜由来已久。我收藏的笔有很多种，如，钢笔、铅笔、圆珠笔、毛笔、画笔、石笔、水性笔、点水笔、铁笔、蜡笔、美工笔、水彩笔、粉笔、排笔、油性记号笔等。我发蒙时用石笔在石板上写字，后来用铅笔写拼音，用蜡笔画画，参加工作后用毛笔写对联，用铁笔刻蜡纸，用粉笔书写课文，用点水笔批阅作业，用油性记号笔写上包裹上的收件人及地址。然而，最让我难以忘怀的还是钢笔。

我第一次获得一支比较高档的钢笔是二兄从部队回来第一天，他那时军装上衣口袋里就插着两支钢笔，典型的文学青年形象。读小学的我瞥见了他的笔，迫不及待地攀缘着他的胳膊跳起来，从他胸前摘了一支。二兄非常乐意送我这支笔，叮嘱我写字时把握好坐姿，眼睛与纸面要保持一尺的距离，要把字写好，有好几次我歪着头伏在桌子上写，被他提醒而制止了。二兄说：“练好钢笔字是一个上进学生的必修课，是个人的门面，字写得好，人就很有面子。”我那时特别崇拜他，他不仅吹拉弹唱出色，还写得一手漂亮的字。

我丢下以前那支6毛5分钱买的品质一般的笔，就一直用这支品牌笔写字。这支钢笔是中国家喻户晓的金星牌钢笔，笔尖是金黄色的碳钢材料；黄色的笔帽好似涂了一层金水，金光四射，笔帽的功能在于保护笔尖，防止墨水蒸发，上面附着挂扣；圆锥形的笔身拿在手上让人感到舒服。每次我把钢笔上的那个空空塑料囊袋轻轻捏瘪，然后将笔尖探入蓝色的墨水海洋中时，内心充满无限喜悦，待手一松，墨水顿时灌满塑料囊袋，顿觉新奇美好。铺开稿纸，墨水流畅，那笔尖划过纸张发出的吱吱声音像轻音乐一样，特别动听，好不惬意。我想，那流淌在字里行间的墨水散发的何止是芬芳，更是一种贵族气味。

从小学到高中，这支笔一直伴随我学习，参加了无数场考试，成为我文具中的最爱。

我后来还买过其他一些钢笔，其中有一种书法笔，书写起来圆滑而有弹性，写出来的笔画有粗有细，有浓有淡，相当流畅。当所有的笔用过之后，我一一保留着，以怀念那些使用钢笔的美好日子。

随着办公条件日益现代化，书写工具也逐渐在变化，用钢笔的人越来越少了，水性笔替代了钢笔，或者电脑键盘替代了所有的笔。坐在电脑面前，噼里啪啦一忙活，文字便出现在屏幕上，连接打印机，文字就打印在A4纸上。通信联络更不需要笔写信了，电话、微信、手机短信、视频等传播手段一个个凸显其优越性能，鸿雁传书也成了遥远的回忆，只在梦里重现。

钢笔之于一个人，除了带来笔尖和纸张契合的乐趣，更有成功人士丰厚的内涵。使用钢笔，富于情怀，不失优雅，有那种气定神闲的意境。

（原载2022年3月7日《巢湖晨刊》副刊）

打翻一罐开水

买卖双方都到场了，族中主要负责人也来了。高祖母李氏把火烧得旺旺的，柴角里码着一人高的松树柴块，整个厨房都笼罩在热气和热情之中。

中华民国元年的这个冬天在高祖家的火塘边渐渐温暖。

执笔人又把文字誊正了一遍，他不愧是一个写手，一笔汉字写得如行云流水。最后，他满意地放下笔，为在座的各位把撰写的内容宣读了一遍：

立永卖田文契人祖魏公嗣孙杰先，情因手乏，正用不足，加之管业不便，央中说合，将父分受地名沾溪河西水田八斗丘等毛谷壹拾捌运售与七派祖善浚公嗣下辉林，当日三面言定，时作价大洋柒拾贰元整，彼时钱契两交，毫无拖欠，两相情愿，并非逼勒成交。恐无凭，立此契约，辉林永远管业为据。凭族人耀彩、宝臣、傅岩。民国元年岁次壬子冬月，少海笔立。

族人“耀彩”等为家族中出头露面的人物，落款那个“少海”是家族内经常参与写契约的，“辉林”是我高祖。

高祖当时不仅是一个近40人的大家庭的家长，还先后担任益阳县三里与又三里里长、负责诉讼纠纷的三里与又三里“耋职”工作，在地方深孚众望。高祖一家善于经营农事，颇有些积蓄，加上他父亲手里积攒的一些家当，所以想购置田土，扩充产业。

适时，恰逢沾溪某亲房要出卖一片水田，买卖双方约定族内中人，来我高祖家里签订契约，契约签字后，即宣告买卖成交。

历史经常出现不可预料的情况，逆转就出现在高祖签字的这个火塘边。

火塘比较大，由四块大而长的青石块围砌四周，中间烧起大块的松木柴，上面吊着一口生铁炉罐，煮的是饭，大火旁边拢着一只大砂罐，烧的是水。高祖母李氏是出了名的贤惠婆婆，她不时地添着柴火，把一塘火烧得热情四溅。

谁也没想到，是一罐开水改变了历史，改变了自高祖到我祖父、父亲的这一段家族历史！

签约的大方桌就靠在火塘边，三方代表六七个人围绕着火塘议事、办公，大家有说有笑，气氛非常热烈，只等签字完毕，就喝酒吃饭了。火塘边的那把铁火钳搅黄了这个签字程序，坐在火塘边的一个族人不小心地用脚一绊，那把铁火钳就把那罐开水捅翻了。

水倒在火里，“噗噗噗”地响，霎地腾起两三尺高的灰尘，火塘周围坐着的人连连后退。我高祖母看到这个阵势，心头掠过一丝不快。高祖急忙说“不要紧，不要紧”，安慰着那个踢翻砂罐的族人。

情绪安定后，大家重新坐好，继续原来的签字程序。高祖母瞥了一眼那块由竹片编制粉饰着白石灰的壁上，那里有高祖书写的四个遒劲大字“福禄寿喜”，高祖母说：“我看签字的事，暂时搁一搁，不如再从长计议……”说完，高祖母拢了拢她那头一丝不苟的头发，把银簪子又重新插了一回。

高祖稍微想了一下，似乎也觉得兆头不好，附和着说那就再行签字手续吧。签字的事就这样搁置了。

一桩生意被一件无来由的开水事搅乱了。若干年以后，历史证明高祖母李氏的决断是非常正确的。

高祖没买成这片水田，这片水田后来由叔高祖买下来了。叔高祖做牛生意，也是大户人家。历史的厄运后来降临在叔高祖后裔身上，因田土山场多，家产雄厚，他的主要后裔在20世纪50年代初被划成了高成分阶级。

西谚有云，最不起眼的小人物也能改变历史。在宏大的历史潮流中，每个人的作用，每件小事的作用，似乎微不足道，但是就是由于这微不足道的作用，却改变着我们的生活。

真没想到，一罐开水的命运与我们家庭的命运这样息息相关着。那个盛墨的砚台，将百年前签约的文化气息，传承到现在，暇时，我看着它，觉得像一面喑哑的铜镜，依稀映出当年岁月的那个签字画面……

（原载2019年1月31日《益阳日报》副刊）

九爷的义牛

故事发生在清光绪三十二年（1906）的夏季。叔高祖灿林九爹和一条水牛的身影，从100余年前的那个夕阳西下的黄昏里朝我走来……

灿林九爹一生以买牛卖牛为业，他家里一年四季养着两栏牛。

他的生意曾做到汉寿、桃源一带。20世纪70年代，族人后裔曾在常德一带贩牛，当那一带上了年纪的人知道生意伙伴来自灿林九爹故乡时，特别亲切，总要询问灿林九爹后裔的情况、并历数灿林九爹的掌故，说九爹仁义，不欺诈，特讲生意场上的规矩，他人真诚，在常德一带是有口皆碑的人物。例如，某一条牛的生理习性、潜力及缺陷，怀孕与否，九爹在牛成交的时候，他都会向对方说明真相。牛市场上，都以九爹的话为准。

那天黄昏，九爹哼着曲儿，沐着夕阳的余晖，精神抖擞地赶着牛回栏。

牛群走到院子大门口时，出现了奇怪的现象，领头的水牯立在院门口大声哞叫，就是不进门，后头蹿至而来的四条母牛急得在院门口转着圈圈。九爹感到蹊跷，大步跨上前去，只见那水牯横着身子，挡在门边，任凭后面的伙伴怎么催叫，就是不肯让出路来，懂牛语的九爹预感到出了什么事，他连忙从牛肚子下钻进门里，一瞧，院门门槛下躺着一个熟睡的孩子，九爹一把抱起孩子，一看是二兄辉林五爹五岁的小孙子兰儿。原来兰儿在院子里玩游戏，不知不觉在门槛下睡着了，怪不得那条水牯挡道，它怕后面蜂拥过来的牛群践踏而伤着兰儿！

九爹抱过孩子之后，水牯让道了，牛群这才鱼贯而入。

九爹与二兄五爹同住一个院子，当时大院里住两兄弟家人30多个。后代几家都有小孩，孩子们时常在院里玩得忘乎所以。

牯牛拦门救小孩的事，像春天的绿色在田野蔓延，一时在地方被传为美谈。

兰儿后来成了牛的亲密伙伴。九爹的牛每天吃草回家，牛自动低头让兰儿攀角爬颈而登上牛背，然后，兰儿跨背而行，好不悠哉！兰儿有时不小心跌倒在地，牛便用角将他轻轻撬起，其亲密之状，宛若亲兄弟……

冬天是一场劫难，水牯终不能从后来的那个冬天走出来，它的生命像雪花一样，消融在冬末春初的阳光下，悄无声息。

江南雨飘落的季节，一位堂叔给我讲了这个亲切而忧伤的故事，仿佛江南雨就淋在我潮湿的心上，从牛蹄之下抱起来的兰儿是我二叔曾祖的二儿子，叫“伏兰”。

“牛”，在我们家，永远是一个慈爱而充满温暖的词！

（原载2017年第3期天津《散文福地》）

买书那些事儿

买书那滋味总是甜蜜着我，对好书的期待犹如对心仪对象的美好怀想。

小时候，有次发现邻居用晒簟晒老书，闻着阳光照在书上的那气味，心里感叹这世界上竟还有这样的书，兴奋之中好像目睹了什么历史事件一样。多年以后，我回老家去访那些书，与那家老主人的后代一起翻箱倒柜，从地上寻到楼上，却一本也没有寻着，原来已被当作废品卖了，心里涌出莫大的遗憾来。

自己第一次独立买书是在小学低年级时，那时揣着不多的零钱经常趴在供销社陈书的那节柜台发呆，隔着玻璃，凝视着那些小人书，心里像有猫儿在挠着。趴的次数多了，便下决心买，第一次买的是连环画《钢铁是怎样炼成的》上下两册，不太能完全读懂。翻看着那些画面时总是纳闷：这“钢铁”到底是如何“炼”的，书上并没讲。后来渐渐知道，原来文学还有比喻的修辞手法。

县城洪水泛滥那年，包括新华书店在内许多门面的第一层楼都淹没了。洪水退后，一同事邀我上街买书。一家个体书店从新华书店低价贩来大批大水浸过的书籍，以5毛至数元的价格卖出。我选了诸如《史记全译》《中国近代小说大系》等上百本书，欣然塞入麻袋中。买书归来，许多邻居来我家翻书阅读，我一一整理，用湿抹布抹去书上的污泥，偶尔拿在太阳底下晒晒，并且用萝卜雕刻了一个“大水96”的印章，蘸上红墨水，在每本书的扉页逐一盖上红彤彤的章子。附近一老学究路过，翻着那本《辞源》，啧啧称好。我整理着图书，就像伺候可爱的小孩子一样，小心翼翼而又兴味盎然地抹、晒和抚平。看着自己新买的书干净了，页面平展了，想着这一本本书的价格也不贵，生发出几多感慨。

去北京开会的那回，一有空余时间，便逛书摊，在北京大学附近的一个巷子里，发现了一些古典著作，遂毫不犹豫地买下来；又在王府井新华书店买了各国地图一大包，只因太喜欢看地图；在北京报刊亭读报，对京城及各地的新型报纸感兴趣，也买了一大沓。回程时不便携带，就在邮局买了两个纸箱，把它们邮寄回来。

去年，同学阿超告诉我，说湖南醴陵办全国旧书展，问我去不，当然去。我从那里提回几百本旧书，爱不释手。怀化好友汤老师从我朋友圈获知我有他当年读小学二年级的语文课本，表示极大兴趣，要我把课文一一拍照给他，让他好重温一回旧梦。

为了填充书房，我陆续订购了几个书柜，不断从网上和书摊淘书。孩子妈偶尔插话一问："书堆不断地长高，你看得过来吗？"我答："不止一个人问过我这个问题。这书，有一部分就不是看的，而是需要的时候，用来查的，全读了，不就成了钱锺书了？全中国可只有一个扫遍大学图书馆的钱锺书。"我进一步表达见解："书房的存在就是高尚的象征，就像貂皮大衣不是大衣、'全国山河一片红'邮票不是邮票。因为书本的价值已然超过了它原本传播知识的功能，它还衍生出令人赏心悦目、心旷神怡的美学功能。"

买书的感觉，真有点像饥饿的人沉浸在佳肴美味之中，也如瞌睡者对美梦的依恋。到实体书店买书可以这本翻翻，那本看看，可以闲适地溜达，不乏阅读的诗意；在网上书店买书，便宜，快捷，有些书只有一两折，百余元能买到很厚一叠，头天购定，第二天便收到货了。除了原来库存的从小学到大学各年级课本以外，我没事就买书，按主题买，一买就是一个系列。如，关于抗战的书，就包括《正面战场》《抗日战争回忆录》《血染山河》《百城沉陷》等数十册，中外名著部分包括《中华古典文学名著宝库》《世界文学名著》《中国新诗百年大典》等数百册，历史著作有《二十五史》《中华人民共和国史稿》《中国地域文化》等；另订阅和零购各种杂志，如《小说选刊》《文史天地》《人生与伴侣》《小小说选刊》《散文》等。

买书容易，读书也不难。然而，要把买到手的书读完，读出精华，把它们织成锦缎，那才没有浪费自己的钱和大好光阴。于是，每每泡一壶黑茶，坐到窗边，垒一小堆书，摊开其中一本，过一个书卷味的下午，那是我永不疲倦的选择。

（原载2020年12月1日《巢湖晨刊》副刊）

老杂志：那一抹动人春色

一本令人倾心的杂志，宛若冬夜里的一杯热茶，或无垠原野上那一抹动人春色。美好的故事、绚丽的图片，足可以平衡内心的不安，填补偶尔的寂寥。在智能手机普遍的今天，纸质载体的东西逐渐在被“沙漠化”，我却更钟情于读纸质书刊，也保存着一部分自己的老杂志。

读中学的时候，班上有人阅读《上海文学》《北京文学》《萌芽》等杂志，当这些杂志辗转到我手里时，我抑制不住内心的喜悦，悄悄把它们铺展在课桌里面，顾不得还是上课时间，埋头阅读起来，我发现世界上竟然还有如此好看的课外读本！

我买第一本杂志的情形颇似张艺谋的一次躲雨经历。张艺谋一次办事，遇雨拐进邮局，随手拿起一本《中国作家》，头条是《万家诉讼》，他又翻看一本《小说月报》，头条也是《万家诉讼》。俩杂志的头条都一样，他觉得奇怪，信手翻阅起来，没想到便被吸引了，便在邮局一口气读完了这部不足3万字的小中篇。高兴之至，他买了20本《小说月报》，回去分发给剧组成员，临时做出决定，原戏不拍了，改拍《万家诉讼》，也就是后来的《秋菊打官司》。我那回躲雨也躲到了邮电局。看见展示着几本杂志出售，一本《中篇小说选刊》刊载了好几位名家的作品，翻着，一口气读完其中一篇，让人爱不释手，摩挲着杂志，不管价格昂贵，决意买了下来。自此，我开始经常买杂志，也系统地订阅杂志。

有一回，一次性购买了包括《春风》《丑小鸭》《新港》在内的十几本杂志，恰遇一老作家在场，他见我买的主要是文学杂志，很是感兴趣，就文学创作跟我谈了许多。回来通读之余，我把杂志上那些优美句子摘抄在笔记本上，揣摩学习，至今墨迹依然，散发着芬芳。然后便尝试投稿。最先被刊用的都是小“豆腐块”，陆续收到了《文艺生活》《云南群众文艺》《晋阳文艺》等样刊，信封里装的都是两本，每每拆信时，惹得身旁的人很是羡慕，说要送他一本。

老杂志是一抹动人春色。有的杂志因故停刊，没有办下去，存世的尤显珍贵。如，《电影画报》，运用电影特写镜头的优势，以大幅摄影剧照为主，具有强烈的视觉冲击力，给读者以艺术享受，受到了广大读者的青睐，成为中国电影百花园中的一朵奇葩。可惜的是，该刊延续只四年时间就停刊了。

有的杂志是名家创办的，意义非凡。如，巴金和靳以创办了《收获》，当代文学史上有影响的作家几乎都跟《收获》有关系。小时候，我读金敬迈发在《收获》上的《欧阳海之歌》，那是整整影响了一代人的作品。至今，我对《收获》《钟山》《当代》《芙蓉》《昆仑》《十月》《长城》《百花洲》《啄木鸟》《莽原》《海峡》等大型文学刊物特别喜爱，保留了它们最初的一些期号。

创刊号历史悠久，独具魅力。《新苑》创刊号上有郭沫若、刘绍棠等名家的作品；《清明》创刊号上有丁玲、冯牧等大家的小说散文；1981年创办的《当代文学》，不仅登载了邓友梅、赵树理等作家的小说，还有冰心、韦君宜等37位女作家的自我介绍及文学感悟；《苏联文学》创刊号扉页上，有茅盾的《西江月》题词。翻阅这些杂志，或许可以触及先哲们的灵魂。

小说类杂志是我订阅比较多且长久的刊物。有《小说选刊》《中篇小说选刊》《长篇小说选刊》《小说月报》《小说林》《微型小说月报》《微型小说选刊》《小小说选刊》《短篇小说》《小说家》《小说界》等10余种；对青少年类杂志也有钟情，如《青年一代》《青年文摘》，以及包括《辽宁青年》在内的各地青年杂志；捧读历史类杂志，同样令我沉醉其中。我拥有各类老杂志近三千本，其来源有三：一是零星购买；二是长期订阅；三是杂志社赠送，包括作品发表样刊邮寄。有一回，参加《文史博览》社的征文获了一个奖，该社赠送了我两年的刊物。

马克思说："杂志可以详细地科学地研究作为整个政治运动的基础的经济关系。"这个概念有些拗口，但它也许正是解开互联网环境下杂志未来的一把钥匙。我喜欢杂志，尤喜老杂志及其创刊号。那纸墨的香味沁人心脾，那里有鸟语花香，有世间万象，不缺人间真情。

少年时，喜欢一个人在静静的深夜，躺在床头阅读，感受世界的安详和美丽，感受文学世界的无穷魅力。读航鹰的《东方女性》，记得"二十岁的姑娘余小朵爱上了一个有妇之夫，任何人劝阻无效……"；读路遥的《在困难的日子里》，主人公"我"不仅遭受着生理上的饥饿，也遭受着来自人格尊严的煎熬；读李存葆的《高山下的花环》，感受到军事文学的悲剧色彩；读余华的《活着》，久久沉浸在阳光下的福贵与一头老牛相依相伴的痛楚之中……

那年在去开会的旅途中，买了一本《小说选刊》，读到了东西的《后悔录》，东西说："我性知识的第一课是我们家那两只花狗给上的。住在仓库里的我们三家的所有成员都亲眼看见了两只花狗的幸福一刻。"小说从"性"这一扇窗窥过去，将半个世纪以来中国人非常态生活的泪与笑、苦与悲、迷失与沉沦一一展现，是一部趣味横生又构思巧妙的作品，散发着强烈的艺术个性。作者最后后悔，几十上百个"如果"的句子，读得人气喘喘的。那回，阅读变成了一场疼痛且快乐的旅行。

温润心灵的东西总是沐浴在感动人的风景里。流年似水，青春易老，读点杂志，领略文字里面的大好风景，让疲惫的心灵得以抚慰，让心灵随着这些杂志里面的故事而愉悦，而绽放自己的色彩。

（原载2019年12月25日《巢湖晨刊》副刊）

从硬板车票到磁介质车票

学校放寒假了，我决定乘火车回家。日历显示是1992年腊月的一天。

我弯着腰、伸出脖子，使劲往狭小的售票窗口里探。“去哪里？”“长沙。”等上约两分钟，一张小小的白纸板车票递到了我手上。车票大小与大拇指的长宽差不多，正面印着“硬座普快，限乘当日当次车，在3日内到有效”及起止站名和票价。

乘客涌到检票口，手持车票围住检票员。检票员用手中的小钳子用力地将纸板车票剪一个缺口，之后，放开“闸门”，旅客一窝蜂地往站台奔去。我与同学阿伟在车门边候着，奇怪的是火车不开门。我们走到另一节车厢，也不开。“这一火车人不可能没有下的，哪个窗户打开下人，我们就从哪里爬进。”我与阿伟商量。阿伟生的敦实健壮，我是高个子。阿伟说：“我就在下面垫着你，你先爬进，然后再拉我上。”果然，有人打开某一扇窗户跳下。我在下完人窗户来不及关的一刹那把头钻进去，顺着阿伟的顶力，快速地进入了车厢，然后拉上阿伟。环顾四周，车厢里空间确实不够，过道上、座位之间挤满了人，座位底下卧着人，隔远一点儿的车厢连接处和洗漱间也站满了人，甚至行李架上都趴着人。

这个时节，都在赶回来过春节，车上人声鼎沸，热浪滚滚。我开始脱外套，继而脱毛线衣、衬衣，最后索性打赤膊。

窗外，鹅毛雪片密密飘洒，列车在漫天飞舞的雪片中呼啸着前行。

无法睡觉，无法伸展四肢，只有汗流浃背，只有喉干舌苦。水的存在和表达，对我来说是一种企望。那个时候，我幻想泡一杯绿茶，把自己扔进沙发，一边播放着轻音乐，一边摊开一本一直想看的小说……

座位上两个北方人显然饿了，他们吃馒头，是那种坚硬扎实的馒头，不时地把馒头掰开，往里涂些酱料。我与他们拉家常："窝窝头还吃不吃？"他们说："改革开放了，谁还吃那个东西？"谈得投机时，他们问我吃一个馒头不，我说："把瓶子给我，我喝两口水吧。"

我到长沙出站时，再次验票，摸遍全身所有的口袋都没找到车票，不知车票在哪个环节出了问题，仔细想想，这趟车的每一个环节都可以让车票出问题，只得重新补票。

2001年的春天，我受上级派遣去北京参加一个会议。购票时，发现"硬板车票"已消失，一种粉红色的软纸火车票面世了。这种淡粉色铺底的车票比硬板车票大了三倍多，美观大方。售票时间也大大缩短了，不过几秒钟，票便从机器里吐出来了。车票的淡粉色区域印有始发地、目的地、车次、精确到分的乘车时间、车厢、座位号、票价、条形码。看到有座位号，让人有了依票落座的意识，没有站票，车内秩序肯定会变得更好。

坐在我对面的是一对母女，看上去，她们很开心。

女孩子乖巧伶俐，她向我介绍她的家乡：地势以山地、平原为主，与戈壁沙漠东西展开，南北山岭夹峙，相间排列，山地平川交错，荒漠绵延，绿洲少见。原来她们老家在甘肃永昌一个有沙漠的地方，那地方缺少绿色，缺少雨水，属典型的干旱地区。老人的大女儿嫁在南方，这是她与小女儿第一次来大女儿家，因来时经过江南地域正值夜晚，看不到外面的景色，所以返程时每当看见窗外宽阔的桥梁、清澈的江河湖塘和碧绿的原野，便特别兴奋。

山迢迢，路迢迢。她们细数这趟列车经过的桥梁和江河，女孩子把沿途美丽风光一一收入自己的相机里。老人感叹说："我第一次坐这样的火车，感到很新奇。这过河穿山的，地形这么复杂，河这么宽，山这么陡，这铁路是咋个修起的哟！"

这张粉红色车票上车次前面显示的是"K"，"K"表示是"快速列车"，快速列车迈出的步履就是不同凡响。

8月的天，与广西北海涠洲岛，是一场心有灵犀的遇见。

我们是网上订的火车票。这种票正面为淡蓝色，反面黑色，在手中摩挲，光滑的感觉，类似塑料名片。车票上除了有始发地、目的地、乘车时间、车厢座位、票价外，还印有乘车人名字、身份证号和二维码，另有一句“中国铁路祝您旅途愉快”。揣着这样的车票，让人感到温馨四溢。

上下火车时，由自动检票机检票，不仅提高了工作效率，也能避免人为的错误。见多识广的旅客告诉我，这种火车票叫“磁介质车票”，即用磁介质记录票面信息的火车票，其作用是自助检票、快速通关。

车次前面印的英文字母是“G”，那是“高铁”。2018年这个秋天，我们乘坐高铁就是不一般的心灵体验。

车厢干净整洁，宽敞明亮，安静舒适；车速平稳快捷，在车上可以看书读报写诗；每个座位下方有手机充电的插座，可以旅途中通过手机看新闻打游戏，不愁电不够用；各个车厢都有免费的开水供应，可以泡茶泡方便面。

这车跑得欢快，经过桂林山水时，汽笛嘹亮，提醒着旅客们欣赏窗外的风景。隔窗望去，那土地平坦、广阔，像一块块硕大无比的墨绿色大翡翠盘子，绿油油的庄稼好像盘子上铺的褥子，苗儿浓密柔软，生机勃勃，气魄摄人。

一路上，我也忙于写诗、拍景，编辑旅途见闻发朋友圈，报道自己乘坐高铁的心情。沿途好友询问我在他们所在的城市是否停留，我说：“学伟人，先到南边去画一个圈……”

远岸秋沙，破浪渔舟，涠洲晚照，半明半媚的海滩黄昏……这样的风景是由便捷的高铁带来的。

火车飞速奔跑，我们在新时代的康庄大道上砥砺前进！

（获2019年红网“我与铁路”征文二等奖，以《车票》为题刊发在2019年9月17日《巢湖晨刊》副刊）

明信片

在镀上正午金黄色阳光的明信片上，写下关怀温暖的心情，飞越千山万水，抵达思念的那一端。这是我们习惯使用的一种通信方式，它使用简便，邮资便宜，形象亲切。

那明信片的背面图案不乏热带岛屿上空的蓝天白云；欧洲中世纪时期的古道窄巷；国际大都市喧闹繁华的商业景象；水乡静谧的渡船和古巷；裹着头巾的男子在抽水烟；顶着瓦罐的妇女自信而神态优雅……

一个让你想寄明信片的城市，应该是一座美丽的城市；一个唤起你情感想寄明信片的人，应该是一个让你牵挂的人。

我一直珍藏着那些年你和他寄给我的明信片，那样美好的记忆我们都曾拥有过，画面很漂亮，文字很暖心。

那海水是蔚蓝蔚蓝的，那山峰覆盖着厚厚的积雪，那椰树剪影背后是咸蛋黄一样的日落，那些园林和曲径回廊延伸着幽静……

再看那书写的文字，极具浪漫温情，摇曳多姿。有端正大方的方块字，有日文和英语。

“九万里风鹏正举。风休住，篷舟吹取三山去”，这是李清照《渔家傲》里面的词句。这句话被写进明信片，给予的就是鼓舞和士气！“没有一个冬天不可逾越，没有一个春天不会来临”，这是遇到挫折或者打击时，最受安慰的话。“为什么你的名字像四月的蔷薇？为什么所有的故事都如九月的江水”，这是简媜的经典语录，传递的就是朦胧感情和无限向往。“三冬有暖，春天不寒，天黑有灯，下雨有伞”，嘘寒问暖，表达的是诚挚的祝福。

吉林一位好友是英语专业出身的，给我来过一些英文内容的明信片。如，I am very glad to meet you .How is everything going on of you life .Thanks for regarding me as your good friend……and hope you will have a wonderful time !（很高兴认识你，最近生活过得怎样？谢谢你把我当成你的好朋友……我希望你过得愉快！）那种深切问候之情，飞越长白山，跨过黄河长江，好似一个温馨拥抱。

将“POSTCARD”这个外来的邮件名称译成汉语“明信片”，翻译者无疑是一位睿智思敏、汉语造诣高深的学者。它表现出了POSTCARD这种卡片式信文公开透明的邮件特征。明信片是不用信封、篇幅小而无隐秘性的信件，内容可被他人看见，不涉及隐私。所以，书写、邮寄明信片操作简单，颇受大众喜欢，逢年过节给亲朋好友寄上一枚，能把一切美好的祝愿都融聚在这方寸之间。

给亲朋好友邮寄的明信片，除了邮政部门统一印制的贺年卡外，还可自己购买名胜风景卡片。

有一次，我游览圆明园，被《圆明园四十景》所吸引，即买下那40张精美绝伦的图画。例如，其中的“接秀山房”，位于福海东南隅，内部装饰全部采用紫檀木漆器，上面都嵌以金银、宝石、象牙等，这些奇珍异宝上都镂刻着山水、楼阁、人物、花木、虫鸟。这种装饰，为中国建筑装饰经典。可惜这样的景已不存在了，只留下这样的画面述说那曾经的屈辱。

一个城市，有系列的风景照明信片，像北京，就有《天安门》《长城》《香山》《北海》《颐和园》《十三陵》《北京大学》，等等，美丽的风景让你应接不暇，每一张明信片代表一个城市的一个故事，把故事分享给朋友，捎去你唯美的意境和难忘的时光。

以文会友，以友辅仁。翻看一沓沓明信片，往日的镏金岁月，早已悄然地融入了那一声声美好的祝福里。

（原载2020年8月3日《巢湖晨刊》副刊）

在听传书的夜里沉醉

那时的冬天很冷，没有电视，没有电灯。我们一家人团圆围着火塘吃完年夜饭之后，一边烤着火，吃着零食，一边听父亲讲传书。

我们习惯把“传”这个字读成“zhuàn”的第三声，传书，即属于文学范围的那些传记、章回体小说和故事书。

父亲端起茶缸，清了清嗓子，即进入了角色。

“他真像拄拐棍一样，弯着腰，拄着两根雪杖，挪到树空里，他屏住气，像游泳跳水一样，将上身向前用力一倾，雪杖用力一撑，还没动窝，又噗地摔了个嘴啃雪、猪拱地，头朝山坡下摔了一个前身跤。左脚的滑雪板已离开了他的脚，两支滑雪杖摔出了十几步远。他的衣领里、袖筒里，灌满了雪……”

我隐约知道这一节来自一本有“二〇三首长”这一人物的一本书。那本书躺在书桌的抽屉里，已被父亲翻得封面封底都不见踪影了。

被剧情感染，我总是打断父亲的话，显得急不可待：“那孙达得后来怎么样了？”

父亲微笑着点了点头，添了一回水，慢腾腾地喝了一口。感叹地嘟噜道：“冰冻三尺，并非一日之寒。飞山滑雪，不是片刻之功呀。”

我便沉浸在这群英雄的故事里，跟着勇士们一道跨谷跳涧，滑雪飞山……跟杨子荣一起打虎上山，跟少剑波一道雪乡抒怀……我被这些英雄的故事深深地打动着。细细品味它们，发现它们讲述的不仅是解放战争初期的剿匪斗争，所表现出来的更是一种智慧、勇气。

到了农历正月初三初四那几天晚上，我老家大屋里越发热闹了。父亲和一位被请来讲书的族叔轮流说传书。族叔说的内容比父亲的更宽更广，好似专业说书的。记得有一回他讲的是《九打华府》："话说饶州有李名来的人，妻梅氏，有二子，长子名春京，次子名勇字三保。一年中秋赏月，忽大风，来一虎，叼走三保……"族叔的故事讲得如小说复印，一字不落。我至今对其中金敖太子银敖太子打擂的章节惊叹不已。

族叔讲完《九打华府》，又开始讲《七侠五义》。全大屋的人围着他，听得津津有味。五义弟兄中的老五——锦毛鼠白玉堂，其武艺高强、疾恶如仇的形象在故事迷我的心中非常鲜明。

一直到读中学，我还以为这些人物都是真实存在的，他们大闹东京开封府，捅出的娄子大，名声响亮，让人沉醉其中，久久都回不过神来。

族叔在酒肉茶饭的伺候下，讲得神采飞扬，一时竟忘记了回家。直到有一天，他的婆婆找上门来，勒令族叔回家。族叔无奈，只得回家。当走到老屋对门爬小山坡时，族叔"哇啦"一声栽倒在地，只喊"崴了脚"，我的一个堂叔显然明白族叔的心思，连忙喊道："我来背你，你待我家休养几天再回家吧。"说完，大步流星朝族叔走去，把他背起来重新回到我们大屋。

那晚，族叔继续开讲，脚也自然好了。他讲的是《说岳全传》，我们在岳飞的故事里，又度过了大半个晚上的美好时光。

岳家小将全歼金兵，生擒金兀术，金兀术当场气死，牛皋当场笑死。讲完最后一个句号之后，族叔才恋恋不舍地离开了我们老屋。

说书的和听书的，达到这个境界，也算是对中华传统文化的膜拜了。

这些故事，点燃我新年好梦，点亮我阅读经典的那盏明灯。我后来一直借书读、买书读，只想把那些精彩故事发扬光大下去。

精神生活比较匮乏的那些岁月，能在过年的空闲日子里，享受听传书带来的美好，让自己的文化生活在不经意之中有了桃红柳绿之象，使我的年味呈现出盎然生意。

（原载2021年3月8日《巢湖晨刊》副刊）

第一次买小人书

天边悬挂着一片彩云，我的心情应合这个时景。我兴高采烈地往合作社奔，兜里揣着一张一元的纸币。

那时的商店被称为“合作社”或“供销社”。那一元钱是母亲给我的压岁钱，母亲把惊喜递给我时，说：“这一块钱压岁钱你自由支配，想买什么就买什么。”

接过薄薄而沉甸甸的一元钱，我的脑海蓦然闪出这样的画面来：书摊位支起的架子上挂着一排排图片，那是五颜六色的小人书封面，被撕下来悬挂着，如同无数双热情的小手，在向过路的人发出迷人邀请。低头看，摊上整齐排列着许多小人书，琳琅满目。摊主是一位小姐姐，亮晶晶的眸子里，绽着善意的笑容。一些人埋头阅读，他们沉醉的神情，让人觉得眼前这景象就是一幅静美祥和的画。沉浸在书的世界，我顿时感觉生活真有如这诗画一般美好。

兜里的这一元纸币告诉我，买两本小人书吧！真的，我想拥有属于自己的小人书。

合作社距家里约五华里，我必须在天黑之前买到小人书并赶回家。我们小孩子一直把这种有图画的小读物叫作“图书”，说它小，它只有64开本大；说它是图画书，它的每一个页面，上头是大画面，底下是窄窄的两三行文字，我们亲切地称它为“图书”。记得我第一次看的图书是《符大伯捉飞贼》，是读小学一年级的时候，那时看图书，由于识字量不够，只晓得翻看图片，一边翻着，一边啧啧有词地感叹图片上面那些英雄或特务的命运。稍长，看一个日本鬼子追赶小八路的故事，就知道读下面的文字了。那小八路被一群正在游戏的孩子发现了，他们二话没说，直接把小八路的衣帽扒掉藏起来，要他与他们一起摸爬打滚，把他弄得一身泥水，待鬼子追上来时，他们指着某一个方向，说那个小八路从那个方向跑了。故事如此精彩，让人久久沉醉其中，不能自拔。

买货的人不少，相对来说，文化用品区的人很少。合作社的图书货柜在南百货区域的中间，里头陈列的书不是很多，我踮起脚尖来来回回走过几次，想想这本也好，那本也不赖，总是拿不定主意。数过来，有《列宁在一九一八》《青松岭》《林则徐》《十五贯》《地道战》《南征北战》《高玉宝》《卖火柴的小女孩》《三毛流浪记》等，本本都是好故事，本本都想要。最后我选定了《钢铁是怎样炼成的》上下册两本，这套图书厚实，题目新颖，价格也不是很贵，一本0.22元，一本0.26元，合计0.48元。我一块钱还剩下一半，可以留着下次使用。

太阳落山时，我提着两本小人书回家了。当晚，我就开始在煤油灯下阅读，那豆大的光点一闪一闪的，眼睛也不觉得累。只是有个问题困扰着我，让我睡不好觉。第二天一早，我问父亲，这套图书讲钢铁是怎样炼成的，为何自始至终没有讲钢铁是如何炼的？父亲粲然一笑，这是比喻呀，保尔·柯察金这样的英雄人物告诉我们，一个人只有在革命的艰难困苦中战胜敌人，也战胜自己，只有在把自己的追求和祖国、人民的利益联系在一起的时候，才会创造出奇迹，才会成长为钢铁战士。我似懂非懂，只觉得小人书已融入我的阅读生活。什么是善，什么是恶，什么是美，什么是丑，小人书都能告诉我。

德国诗人荷尔德林说，人生充满劳绩，但还是应该诗意地栖居。感谢父母和兄长们，在物质生活极为贫困的日子，在连饭都吃不饱的年代，他们没有反对我买书，而支持我读书，给了我莫大的鼓励，使我拥有了非常丰富的精神生活。

接着,《雷锋的故事》《闪闪的红星》《渔岛怒潮》《红岩》《铁道游击队》等相继进入我的阅读视野。

阅读小人书的征途风光无限，一级一级读，就有一程一程的风景，一处水榭，一栋楼阁，一排竹篱，一间茅舍，或者一块奇石耸立，一帘瀑布飞溅……书中的种种总让人流连忘返，应接不暇。

当年的一块钱压岁钱开启了我的购书和阅读之程，我与小人书的情结，永远芬芳在记忆的深处。小人书就像一个明亮的窗口，让我在山野和蒙昧的包围中看见星星、月亮和太阳。

（原载2023年1月31日安徽《巢湖晨刊》副刊）

家庭老照片

我的家庭老照片刻录出几十年以来的家庭生活瞬间和社会发展痕迹，成为珍贵的时光记忆。打开记忆，按时序而进，那些照片颜色渐变，背景时移，尺寸由小到大，照片里人物服装依时代潮流不断翻新……由贫穷到富裕，由禁锢到开放，在时光的数轴上，它们见证着家庭生活的变化和时代的变迁。

近几年由于相机的换代更新，也由于电脑和智能手机的普及，许多人很少光顾照相馆洗照片了，照片一般存在电脑和手机里。过去使用胶卷，胶卷珍贵，不能随意拍摄，那一个个的镜头自然值得珍惜，便把它们洗出来，装在相册里头，成为经典的纪念。

我的家庭老照片，被我分门别类地整理出来：有个人成长历史，包括参加的活动、各级毕业照等；有大家庭的合影及活动集子；有小家庭各年段的典型事件；也有全国各地的名胜风光及旅游足迹……

那一个个曾经的场景，曾经场景里曾经的人，他们唱演一场或充满团聚的喜悦之歌或充满离别的眷恋之剧，都是诗化的场景。轻轻翻着这一页页，那些人和事就在眼前闪烁。

最初的家庭老照片拍摄于1948年的老县城。照片上，父亲一袭阴丹士林长衫，风度翩翩；母亲身穿当时最时髦的旗袍，他们并肩而立，气质非凡，画面高贵典雅。照片上还有两个小孩，大的那个是我大兄，手里拿着一根甘蔗，一脸的幸福祥和；小的是二兄，时年两岁，倚立在一个木架子里面，手上戴着手圈，脚上戴着脚圈，闪闪发光，背景是破旧的老房子……看着这样的老照片，我仿佛在循着一缕饭菜的香深入历史，去分享那年代家庭唇齿之间的精妙细节。

姨在20世纪50年代末求学时，扎一对羊角辫，上身穿花格子衣服，格外显眼；兄长当年读书的学校是一栋木房子，从校园延伸而出的是一条毛公路；孩子妈待字闺中那阵儿，推着一辆单车乐呵呵地对着镜头，估计是新买了单车抑制不住内心的喜悦；在一张有我堂叔祖父参与合影的1965年3月所摄的照片中，许多人上衣口袋里挂着一支或两支钢笔，那个年代插着钢笔是何等荣耀的事呀，应该与现在提着笔记本电脑有得一比。

家庭老照片递进的历史勾勒了近几十年以来中国百姓在社会风尚、生活习俗和政治经济诸方面的变化。历史是人民求生存、谋幸福的岁月。

我在老家那溜儿20余间木壁黑瓦的老房子倒塌之前所留下的老照片，就构成了记忆中的最通俗的一部分家庭历史。老屋里的那些鸡们悠闲地在院落里散步，屋顶上炊烟袅袅，耳边还仿佛传来老屋女人们喊孩子回屋吃饭的声音。这些气若游丝的生活气息，丰富了老屋的内容，丰富了家庭历史。从清代同治年间开始，我的几代祖先就在这个老屋居住、活动，我拍下了我高祖在墙壁上书写的毛笔字、祖父母和父母亲住宿的由松木楼板和地板构建的空间……历史走到今天，这种鲜活的样子是有它最初的根源的。不忘历史，珍惜今天的幸福生活。

一群文友由不相识到相识，我们游历在陌生的旅途上，踩着每一缕阳光，捡拾每一份快乐……谁摇着桨橹在悠扬渔歌？谁光着一双脚丫在泥泞的稻田里欢笑？当年晒谷坪上的戏耍欢乐、踩打稻机的艰辛、修建塘坝河堤的种种困难……都用照片一一记录下来，让它们像舞蹈的音符一样，在我老照片的史册里跳跃，直到辉映出今天的灿烂阳光。

一切都在快速地洗涮。旧城在改造，历史旧迹在消失，童年飘走了，青壮老年走过来了，挖掘机昂起了头，高速铁轨在延伸……用镜头留下历史何尝不是一种很好的记录历史的方法。

老照片上的长辈们坐在椅子上闲适地看书，或者站成一排排，在镜头里微笑着……老照片上的妈妈，坐在冬日阳光笼罩下的椅子上，用满含深情的眼睛望着我……每一张老照片，都是每一份亲情友情的见证，它们也见证了日升月落，见证了斗转星移……

老照片的容颜不老，老照片刻录的步履鲜明。南风款款而来，我伫立在高楼大厦的一处窗边，翻阅老照片，翻阅这个时代的发展变化，展望全面小康的美好未来。

（原载2020年9月29日《益阳日报》副刊）

过　年

如何过一个有滋有味的年，举家经过热烈讨论，结果集中在两点：一是物质生活要丰富新颖；二是精神生活要多姿多彩。于是，腊月二十九日的策划工作和物质精神准备便非同一般了。

对于饮食，我仅限于品尝。当然，我敢打赌，在煎一个鸡蛋时要放多少盐方面，我并不比别人懂得少。我很有自知之明地承担了团年饭菜料的采购任务。

“去年吃的是鸡火锅，今年换一点儿新口味吧？”我向大伙儿征询意见。以大侄女为首的三“千金”回应道：“瘟鸡将携流感去，健犬即抱富贵来。不吃鸡，吃狗肉吧。”三“千金”中，有一人读大四，一人读大三，另一人读高中，她们说话水平高，动手做家务的能力差，我觉得这正常极了，就像马克思写出了《资本论》，但并不需要拿起枪杆子打天下一样。

我很兴奋，一边踏着响亮的步伐，一边哼着谁也听不清的曲儿，直奔蔬菜市场的宰狗铺。当我看到那个肥头大耳的老板正抡起锤子朝麻袋里面的那条狗砸去时，我的心一下子凉透了，我把内心的悲哀化成了对旁边摊位上甲鱼的热爱。卖甲鱼的大婶满脸挂着笑，连忙招呼我：“要过年了，甲鱼只卖18……”“价格好，是一个吉利的价格，买三只吧。”“好！好！好！”大婶一边应着一边抓起三只往秤盘上一放：“你说巧不巧，四斤半，80块，恭喜发财！”

我也乐得高兴！提起甲鱼往回赶；回来的路上，顺便买了两包饺子皮和两斤猪肉，还在店子里提了一大袋卡拉OK碟和老电影片子。物质生活和精神生活都有享受的，我心里美开了花。

路过十字街口，老朋友王先生正在此路段写春联，见到我，连连招手，说有一个问题请我裁决一下。原来是一位大嫂来退春联，说是写错了字，把“前程锦绣”写成了“前程錦繡”。我跟那位大婶解释：“这是‘锦绣’的另一种写法，也行。”大婶说：“我侄儿是本科生，他也讲写错了，我要另写一副……”我从拐角处的书摊上借来字典，想跟她解释清楚，但《新华字典》上竟没有“绣”的这个繁体。我和朋友都觉得无奈，最后，只得给她重写了一副。

回到家里，我便招来几位“千金”：“等下你们包饺子，看CD。你们先来丰富一下精神生活吧，让我们一起来拟春联，我已想好了上联，是：放眼看潮头，波涛汹涌千帆竞。由你们对下联，半小时后要有结果。另外，还要给我们这个‘风雅师苑’的大门两边拟一副嵌字联，里面一定要有‘风雅师苑’四个字……”

这时，搞伙食的兄长问我：“你说买了甲鱼的，你的甲鱼呢？”

“甲鱼呢？买了的呀！难道忘记了在写春联的那儿？”我飞快地跑下楼，去找甲鱼……刚到院门，就与一个人撞了个满怀：“你……你是……”“我是刚才那个写‘锦绣前程’的，你把甲鱼忘在那儿了，我在后面一路追你，喊又喊不应，只好追着你送来了……”

“真难为你了！你真好……”“你也好……”我们都笑了：我们都好。

抬头望去，天上的阳光真灿烂。

继续写春联。女孩子们几经文字锤炼，得意地敲定了下联：开言谈改革，学业恢宏万事成。我满意地竖起了大拇指，我特别垂青于最后那三个字，我的名字在其中熠熠闪着光。大门口那首更是风光无限，写出来贴上，一下子映红了我们所在的金鸭三巷半条街：满楼春意盈师苑；半卷诗书博雅风。“为什么是‘半卷诗书’？”我问。读汉语言文秘专业的侄女说：“一部

‘风雅颂’，你能读通半卷就不错了，更何况我们的师苑还只有‘雅风’二字，没有‘颂’，完全可以只说‘半卷’，不是吗？”真真有理呀！

晚六点的团年饭如时进行。三“千金”一气呵成的祝福词洋溢着浓浓的春意。一个说：“新的一年即将到来，愿好事接二连三，心情四季如春，生活五颜六色，爱情七彩缤纷……”第二个孩子接下话题：“工作八面玲珑，烦恼抛到九霄云外，请接受我们晚辈实心实意的祝福，祝福合家大小狗年……”“旺！旺！旺！”从第三个孩子口中不失时机地传出来三声“狗”叫，把晚宴推向了高潮。

这是一个温馨的除夕。透过火树银花的不眠之夜，我仿佛看见了远方的草长莺飞，春天又迈着轻盈的步履朝我们姗姗走来……

（原载2021年2月5日《巢湖晨刊》副刊）

摘榆钱

春光明媚的一天，北京北海公园如诗如画。

美丽的白塔在阳光下闪亮着耀眼的光芒，湖泊里轻舟浮荡，红男绿女划起了快乐的船桨，欢笑声在水面上漾开来。

我漫步在林荫小道，感受着公园里的花红柳绿、碧水涟涟……在一处山坡下，由于前几天这里吹了狂风下了暴雨，一棵硕大的树被吹倒了，横在路上。我正准备绕过大树走过去，突然发现旁边有母女模样二人在从吹倒的树上摘着什么。

我问："你们这是摘什么呢？"大娘说："榆钱呀！"我蹲下身来，从树上摘了一片圆而小的像树叶一样的绿色荚儿，问："这就是榆钱吗？"大娘说："是榆钱。""那你们摘它干什么？""做榆钱饭呀。""现在还兴吃榆钱饭？""咋不兴呢？现在榆钱饭是难得的佳肴美味哪！"

我突然想起刘绍棠先生的《榆钱饭》来，这篇课文我读过几遍，颇有印象："村前村后，河滩坟圈子里，一棵棵老榆树耸入云霄，一串串榆钱儿挂满枝头，就像一串串霜凌冰挂，看花了人眼，馋得人淌口水……"这是作家对榆钱的描述，他自幼吃榆钱饭，几次三番写在困难的日子里榆钱饭既好吃，又能哄饱肚皮……

作家以前是榆钱饭饱肚皮，念念不忘榆钱饭，后来生活条件变好了再想吃榆钱饭，而苦于找不到玉米面，因为他二妹子的囤里，不是麦子就是稻子，缸里不是大米就是白面，就是没有玉米这样的粗粮，没有玉米面拌榆钱，那榆钱就只能生吃了。最后，刘绍棠感叹："或许，物以稀为贵，榆钱饭由于极其难得，将进入北京的几大饭店，成为别有风味的珍馐佳肴了。"

在过去"青黄不接春三月"里，榆钱无疑成为"穷苦人的救命粮"。20世纪40年代全国闹饥荒，大家都吃不饱。那时河南的很多地方都受到了影响，难民非常多，几乎很多人都吃不饱饭。绿色植物吃光了，啃树皮在当时是一种没有办法的选择，因为实在是没有吃的了，所以树皮成了好东西，成了很多人口中的美食之一。有的家庭连树皮都吃不上，为了生活只能选择逃荒，去别的地方或许还有一线生机。那年代苦哇！

我停下来，对她们说："我也给我的学生摘些回去吧，也好让他们认识榆钱。"大娘笑道："记得榆钱饭就好啦！既可以忆苦思甜，现在又可以打一打油腻……"

我一边摘着榆钱，一边与大娘拉开了家常。大娘的身世还真与榆钱有关。她从她父亲吃不饱肚子的20世纪40年代讲起，讲到了粮食奇缺的艰苦，40年代末她与她弟弟被一个姓张的大伯收养的过程，他们流浪到北京是榆钱救了他们姐弟的命……后来，大娘的女儿又接下话题，讲她这一代的幸福生活……母女俩从榆钱说起，同作家刘绍棠的榆钱故事有异曲同工之妙，生活条件苦时吃榆钱饭，靠榆钱饭饱肚子；生活条件好时也吃榆钱饭，让榆钱饭来打油腻。

真是新旧社会两重天呀！她的女儿生在新社会，长在红旗下，是共产党的乳汁抚养她成长的，她一边感叹着她爷爷和母亲当年生活的艰辛，又一边赞叹当今人生的美好，如同给我上了一堂别开生面的课。

久违了的榆钱饭，三代人的生活经历，母女俩的叙说，北海公园的那一刻，令我感慨万千。

（原载2021年7月5日《巢湖晨刊》副刊）

闲话当年的“油印”

20多年以前的文字资料，除了铅印以外，多是靠手工刻写或传统机械打字制成版，再用油墨手工印刷而成，那叫油印资料。

油印本有两种，一为打印本，即用打字机把字打在蜡纸上，然后再印刷，打印本字体大小一致；另一为誊写本，字体因刻写者文字风格不同而各异，誊写本的印版叫蜡纸，是一种一面覆蜡而浸透性能好的纸张，将其蜡面向上平放在钢板上，用尖头的铁笔在上面刻字、绘图，再将刻好的蜡版覆在油印机印刷面之反面上，用蘸了油墨的滚筒在上面滚动，进行印刷。

油印对我们这代人来说一点儿都不陌生。政府机关、厂矿、学校等单位均有油印机忙碌的身影，它一般被安放在楼梯间、地下室、通道拐弯处等不占多少空间的地方，被用来印制文件、试卷等。比较常见的型号是四开报纸大小的手动便携式油印机，这种机子由木板做外壳，玻璃台面，上面是尼龙网，配滚轮。尼龙网背面粘上蜡纸之后，四边有金属片旋过来按住蜡纸，以便利印刷。印刷时，下面放一叠白纸，把粘有蜡纸的尼龙网压下来，用蘸满油墨的胶皮滚轮在尼龙网上均匀滚动，油墨透过蜡纸上刻写的字迹印到纸上。

油印在我国盛行了整整一个世纪，它已渗透于各文化领域。油印设备简单，在现代轻印刷技术发展前被广泛使用。油印机不停地运转，一路散发出沁人心脾的油墨芬芳。

《挺进报》上有这样的叙说：“1947年秋天，重庆地下党发行了《挺进报》，由一个市委委员领导，下面有三个同志：一个收听和记录新华社的广播，一个刻钢板，一个油印。”那个“油印”就是这种简单、便捷的蜡纸印刷。又说：“最初一张蜡纸只能印三五十份，几个月以后就可以印两千几百份了。”

某地一位叫张爹的退休教师曾经是刻钢板和印试卷的行家里手。当年在学校里，有一段时间，他的任务就是负责全校除英语资料以外其他所有科目的复习资料和试卷的刻写和印刷。他会写漂亮的仿宋字，文字布局均匀，刻写力度恰当，印刷时蜡纸长时间不皱不烂，一张蜡纸印到七八百份，卷面依然清晰。

油印机在当时算是比较先进高档的办公用品，文件、报表、材料、作业、试卷等，都靠它来完成，它虽然比不上铅印机器，但它成本低，方便，在印量不大的情况下要比人工抄写或用复写纸复写快捷省事得多。直到近20余年，由于电脑的应用，油印机才完成它的历史使命，行将消失。

油印在这一百年间所起的历史见证作用和文献保存作用是不可低估的。

清末民初，因油印技术刚刚在中国兴起，油印本存留下来的凤毛麟角，所以弥足珍贵。早期的油印本沿袭着传统线装形制，版式、书法不失章法，中西合璧，古朴素雅。

中南林学院林学系63级（2）班印制的一本《赞歌献给毛主席》，内容涵盖90多首歌曲、几首领袖诗词手迹和数十个插图，图像清晰逼真，文字和曲谱工整美观，版面设计合理，装帧规范，特别是有些页面套红印刷，增加了印刷难度，让读者获得美感。20世纪80年代初，哈尔滨电工学院等高校编印的《筑路工程机械运用》《时序电路》等系列油印教材是油印本中的经典。作为大学教材，不仅要求图表文字准确无误，而且必须印刷清晰美观。这些油印本，后来成为学术著作而正式铅印出版，对于研究该门著作及其学术思想之轨迹，可以想象其“初版本”何其珍贵。

与雕版、活字、铅印、石印、影印及现在的汉字激光照排系统相比，油印本在中国形形色色的印刷品中独具特色。因油印的蜡纸强度有限，油印本的印数也因此受限，经过时间的过滤，每一种油印本能留下来的就更少了，其收藏品质较高；油印本的手写体有很多是可以作为硬笔书法来赏玩的；其中不乏珍贵的历史资料，油印本的价值主要体现在文献史料价值上。

翻阅油印本，指尖摩挲着书的边角，洁白书页上点缀的黑字在眼底流淌，读到精彩之处或有一种顿悟的惊喜，或有一种痴迷的眷恋，说不出的好感不时涌上脑际，平添许多雅趣。油印往事历历在目，偶尔想起，心生温馨。

如今，高科技日新月异，办公走向自动化。电脑打印机、复印机、传真机、一体机纷至沓来，从“四通打字机”到新兴电脑，中国办公信息化揭开了新的一页。一份资料只需几秒钟便可打印传输出来，一本书的出版，从文字输入、排版到印刷、装订，也只需要几天时间。油印机完成了它的历史使命，它带给我们的或许只剩下手握铁笔伏案刻录蜡纸的画面，或许只是挥之不去的油墨芬芳味儿。

（原载2022年4月6日《巢湖晨刊》副刊）

难忘1990年高考作文

事过20余年，隔着怀旧的温情，回头望去，人生高考之拐点竟然如此清晰。

人生正如一篇没有标题的散文，那么多纷繁零碎的细节，那么多五彩缤纷的片段，都在等待着我们用心灵悄悄珍重，等待着我们用真情默默贯穿。高考，特别是高考作文写作，成为我人生最难以忘记的一段历史。

走进1990年7月的高温季节，走进桃花路109号的高考考场，走进当年那叠沉甸甸的语文试卷中……历史的镜头焦聚当年的作文试题：

一对孪生小姑娘走进玫瑰园，其中一个小姑娘（A）跑来对母亲说："妈妈，这里是个坏地方！""为什么呢，我的孩子？""因为这里的每朵花下面都有刺。"不一会儿，另一个小姑娘（B）跑来对母亲说："妈妈，这里是个好地方！""为什么呢，我的孩子？""因为这里的每丛刺上面都有花。"听了两个孩子的话，望着那个被刺破指头的孩子，母亲陷入了沉思。

这是1990年的高考作文材料。读材料之后，有三项文字写作：第一，在文中A、B处分别加上表现小姑娘表情或动作的描述性文字，并且所加文字必须符合小姑娘此时的心态及上下文所提供的情境。此两处共4分。第二，根据所提供的材料加以想象，为这对小姑娘做肖像描写，肖像描写应符合人物年龄和性格，显示她们的同和异。不少于100字，10分。第三，根据材料中第一个小姑娘说法，联系生活实际，自选角色，自拟题目，展开议论。不少于600字，40分。

我在试卷上一路跋山涉水，一路挥汗如雨。翻到作文材料这一版时，又是心头"咯噔"一下：有大小两篇作文呀！这次高考，打的就是速度的战役。24版的语文试卷，只能放肆往前赶，那些现代文阅读，是无法反复推敲答案的。我以40分钟的时间来对付作文。A、B两处的描述性文字一气呵成，没加多少思索，直接填入了答题空白处。100字的肖像描写，也用上了诸如"圆圆的脸蛋白里透红，弯弯的眉毛下嵌着一对炯炯有神的大眼睛，小巧玲珑的鼻子非常恰当地挂在小脸中央。嘴角一咧，那姑娘露出两颗淘气的虎牙，还不忘在脸颊上绽开两朵花蕾，那是可爱的酒靥窝……"等文字。然后，重点写大作文，大脑运转，快速审题：玫瑰花有花有刺，又好又不好，就是要一分为二地看问题，光辉太阳也有黑子出现的时候，也有长长暗带出现的时候……要联系实际——在伟大的改革开放浪潮中，各类新鲜事物层出不穷，也有各色人等鱼龙混杂……拟定标题：透过现象，看到本质。

开始书写，只听见钢笔"唰唰"写字声流淌。时间不够怎么办？减少字斟句酌推敲。达不到字数怎么办？多分段。在最后15钟吹哨时，我用双目的余光扫了四周一眼，发现周围竟有好几个人作文还未动笔。有的还在弄小作文，有的连小作文这面都没翻过来。我嘘了一口气，我的作文离600字的那个点只有两三行了。我不急不缓地结了尾，结尾处再一次点了主题。

7月为我奏响了成功的凯歌。这年秋季，我在教育局查询高考结果，有幸被录取。期间巧遇一高考阅卷老师。他说："今年高考，湖南全省作文有两万个零分，议论不到位的和空白卷都是零分。"我即问他："怎样写才不算走题？"他说："要用辩证唯物主义的观点即一分为二的观点来看问题，展开议论。"

1990年的高考作文，点燃我不屈服于命运的斗志，埋下了我后来的文学火种。

（原载2017年6月12日《益阳日报》高考专栏）

那年高考考的是难题

1979年9月5日，一个叫宁向的小伙子收到了来自长沙交通学院的大学录取通知书。通知书捧在手，他脱下那套临时在某单位厨房工作的服装，擦了一把汗，心有余悸地陷入了对此次高考的回忆……

那年，宁向随在长沙工作的父母一起生活，就读于长沙市第二十二中学。

高考是改变命运的主要出路。宁向为此奋发，历经了现在的考生没有经历的许多困难。教室里和家里别说冷空调，连电风扇都没安装一把，在闷热的教室里热汗淋漓地　　诵读，涌现心头最奢侈的期望是放学后到冰棒店排队买支绿豆冰解渴；蚊子肆虐，影响复习。晚上他打一桶冷水放在跟前，把脚伸进桶里，既解决了蚊子叮人的苦恼，又让身体得到凉快……

长沙市第二十二中学当时没设考点，他们在市第五中学（现在为雅礼中学）参加全国统一命题的高考。那时节，学校没有组织集体乘车，没有统一安排住宾馆食宿。他的住地距第五中学有数站公共车车程，考虑到骑单车赶考不太安全，他选择了乘公交车。三天考试，前两天都顺利。第三天考完上午场后，照例回家吃中餐、休息，下午继续乘车前往考点参加最后一场英语考试。谁知那天公交车出了问题，没有按时抵达他出发的那个站，他走路也不是，继续等着心里却万分焦急。几近绝望时，公交车姗姗来迟。挤上车。下车后，他飞奔往考场赶，到考场时已迟到40分钟，当时规定迟到一个小时不能进考场，所幸进了考场。一颗怦怦乱跳的心与眼前杂乱排列的英语单词碰撞在一起，时间少了，他没有多少时间思考，只能赶进度。乱中又出错，临交卷检查选择填空时猛然发现把第一题的答案填在第二题后面的空里，第二题答案填到了第三题空里，依此类推全部弄错了，铃声响起，没时间更改了。一出考场，宁向感到无比痛苦，老师来安慰他，同学给他买来冰棒，但他吃不下，一个人在校园的浓密树荫下发呆。

宁向为之担忧的不光是英语，还有先天考过的化学。1979年的化学题不是一般的难，据说是由于前两年的化学题出得太容易了，考生们反映那些题目如探囊取物，易如反掌，简直侮辱了他们的智商。考虑到已是恢复高考制度的第三年了，新一届高中生合格出厂，全国学习环境大部分恢复了，那么，出试卷的老师就发话了，“去年太简单了，那就看看今年的题目吧”。命题老师一下来了斗志，加大难度，大有“一雪前耻”的劲头。试验方面的题目出得较多，许多学校因无试验室及仪器设备的限制，化学课基本没做过试验。1979年的高考化学及格率与1978年比，从上年的50%跌至2%！也就是说100个考生当中只有2人超过60分。宁向那时年龄较小，记忆力好，对课堂上老师教的内容能照单全收，来不及消化的就囫囵吞枣般收藏到头脑中的记忆夹了，所以，平常他的化学还可以。后来成绩出来，他的化学只得47.1分。他说他班上化学学得最好的同学成绩也只有50多分。

“那年高考不容易啊！1979年全国参加高考人数为468万人，录取人数28万人，录取率仅约6%。”宁向时不时地发出感叹。他说：“一盘‘菜’怎么能适应东南西北的胃口呢？题‘高’了，一般中学搭梯子够不着；题容易了，重点中学却‘吃不饱’。”由于历史原因，恢复高考制度的头几年，一方面造成大量的考生积压；另一方面，国家急需培养人才。也就是说，既要解决上学问题，又不能放松质量问题。所以，竞争特别激烈。他以310.1分超出该年录取分数线10.1分的较好成绩被录取到长沙交通学院

（现为长沙理工大学）筑路机械专业。

多年过去，再回忆高考，一切仿佛就在昨天。他说，重要的是所有年轻人当年在一起，发挥自己的聪明才智，做份试题，然后服从命运安排，一颗红心，两种准备。现在看来，不管做什么工作，和谁走一辈子，只要努力奋斗了，一切都是美好的。

（原载2021年6月3日《巢湖晨刊》副刊）

活着真幸福

“死过一回的人，还有什么要求？”

我每回到五叔爷家去串门，他总要给我讲他云南抗日的故事，开头总是这么一句话。听他第一次讲，我觉得故事很新鲜，表现出浓厚的兴趣。听多了，我有点厌烦，我私下里认为五叔爷的故事就像祥林嫂唠叨她的阿毛一样，乏味得像一杯白开水。

后来，五叔爷病危，我去看他。

他一见我，脸上立刻闪烁着快活的神情，他试图用手支撑着上半身从床上坐起来，我赶忙扶着他，让他靠在床背上，背后给他垫了一个枕头。五叔爷示意我坐下，他咳嗽了一声，然后很吃力地开始叙说，他讲的还是那个老故事。这一次，我听得特别认真，我感觉到那不单是一个抗战的故事，更像一首精致的史诗。

“死过一回的人，还有什么要求？”五叔爷又拉开了话题，声音断续，一脸的沧桑。

“那年，我们开赴云南战场……在腾冲，那炮弹，像打雷……那机关枪，像灶锅里煮粥……你看，我小腿肚上这疤，被一梭机枪子弹打了一个对穿……”

我用手轻轻地揉着五叔爷右腿肚上那块醒目的疤瘤，我的心里像是被什么东西蜇了一下，隐隐作痛起来……

“前方战事紧，后勤有时跟不上。我奉命带一个班到山下小镇去运食盐，在转回的路上，遭遇敌人一支特种小分队，我们展开枪战，我们的汽车轮胎被打扁了，运盐战士全都中弹，我在乱枪中倒了下来……等我清醒过来时，我看到的只有战友们横七竖八的尸体，只有天上那一个惨白惨白的月亮……

“我的军裤与血水结成了一块，我拖着那条伤腿爬啊爬，我也不知道爬了好久，搭帮后来被一支巡逻的友军部队发现，才捡得一条小命……

“新中国成立以后，我有机会去过云南一次，在腾冲战役的烈士纪念碑上，我见到了战友们的名字，也见到了我自己的名字，和战友们相比，我感到惭愧，他们才是真正的烈士。我感慨不已。当时，我抱着纪念碑大哭了一场……

“有人问我，你打过鬼子，流过血，为什么不向政府要补助呢？我说，要什么呢？我是‘死人’，死过一回的人，还有什么要求？我只要活着就行，我经常诫勉自己：要永远记住被侵略者蹂躏的历史，继续烈士们的忠于祖国的事业……”

我不由自主地紧紧抓住了五叔爷的双手，这样悲壮的故事，我以前为什么没有好好地回味呢？

那天晚上，我一直守在五叔爷的床前。后半夜时分，五叔爷终于像一棵干枯的大树，轰然倒塌了。临终那一刻，他抓着我的手，只说了一句：“为国家而活着真幸福！”

我的眼泪在脸颊上放肆奔跑起来。

（原载2007年第5期广西《读写参考·作文大王》、2007年11月号湖南《第二课堂》）

幸福的两种版本

有时，生活的环境和方式不同，幸福的实质却一样。

三年前的一个春日，我在北京北海公园漫步流连。在一处山坡前，我看见一位大娘和一个年轻女子正从一棵倒在地上的大树上采摘着什么，树显然是前两天被大风吹倒的。我忙蹲下身来，问大娘："您这是干什么？现在还兴吃树叶？"大娘笑笑："摘榆钱果，吃榆钱饭呀，整天油腻腻的，换换口味……"

哦，原来是久违了的榆钱饭！我只记得在初中课本里学过《榆钱饭》，当时，包括学生们在内，都不知道这个"榆钱"是什么样子，今天终于看见它了，我一阵兴奋，连忙对大娘说："大娘，我也要摘一些回去……"大娘笑着点点头，我们在摘榆钱果的过程中，大娘给我讲了一个有关粮食的故事……

1959年，西南地区修铁路，当时正值饥荒年月，铁路工地一位姓张的大伯捡了当地农村一对孤儿，姐姐7岁，弟弟5岁。他把他们安置在一个山洞里，用自己仅有的一件军大衣给他们当床。张大伯是老延安的文化干部，他能说一口流利的四川评书。他说，他要靠说评书养活姐弟二人。每天中午和下午收工吃饭的时候，他就端着一个空碗站在洞口，要进洞去听他说评书的人，经过门口时就把自己碗里的饭拨一点儿到这碗里当作门票。这样一直到他们工程结束离开那地方。

那时，粮食奇缺，能去换饥者口中饭食的评书，该是什么档次？他竟然用这种方式、这等才华来养活农民阶级的子女，让农家的孩子觉得很幸福！

后来，张大伯终究受不了那长期的屈辱和折磨，在一个黑黑的夜里撞向迎面飞驰而来的火车……

姐弟俩历经磨难，流浪到了北京。那年春天，他们吃光了他们住所周围的榆钱果。

大娘讲这个故事的时候，非常动情，说到痛苦处，抑或幸福处，竟泣不成声了，是大娘的女儿，接着说了下面的话……

我妈和我舅舅在北京南郊一个废弃的菜棚里安顿了下来，姐弟俩相依为命……直到后来母亲嫁给当地一个菜农，他们才有了一个家。有了我之后，妈妈对我疼爱有加，特别是在吃穿方面，从不亏待我，妈妈说，他们那一代亏了，要在我身上补偿起来，久而久之，我便养成了要穿好吃好的坏习惯，我最不能忘记的是我读高二时的一幕……

妈妈唯一一次到学校看我，是我高二上学期的一个下午。那天，我正在阶梯多媒体教室上英语课，妈妈的出现让我很是一番惊讶：穿戴平常不甚讲究的她，理了一个很流行的发式，且有一缕头发还烫了一个大波浪，身上穿了一套大红的唐装，脚上着一双黑皮鞋。看行头，不是居委会干部也是富婆一类的商人，压根儿看不出农妇的影子。众目睽睽之下，我走出门去迎接妈妈，妈妈没有像往常一样对我絮絮叨叨地叮嘱一番，而是从袋子里摸出一沓崭新的钞票递给我，还交给我一个保温缸，我揭开一看："哇，糯米蒸红枣和猪肚！好香啊！"妈妈得意地笑了："到城里办点儿事，顺道给你些生活费，缸里的东西趁热吃，别苦了身子骨。"

下课的时候，有同学问我那个人是谁，我响亮地答道："我妈！"我看到他们的目光里分明藏着羡慕。从我妈的穿着，到出手的大方，谁也没有把她和农妇这一称呼联系在一起。寒假回家，我问妈那套衣服咋不穿了。妈憨憨地说："衣服是从你上班的舅母那儿借来的，顺便把卖了鸡蛋的钱给你送过去，我怕自己的样子会让你的同学瞧不起你，才那么做的……”

就从那时起，我才真正认识到我妈的不平凡，我才真正认识到了什么是真正的幸福生活。

久违了的榆钱饭，三代人的生活经历，母女俩的叙说，北海公园的那一刻我泪流满面。

（原载2005年第5期湖南《中学生百科》）

周立波二三事

小李第一次见到周立波是在谢林港区召开的一次全区干部大会上。

区委书记亮着嗓门，在主席台为与会干部介绍说："坐在前排这位戴眼镜的同志，就是大作家周立波，他曾经获得过斯大林文学奖章，他可是我们国家的财富呀，大家知道吗？整个中国只有周立波、丁玲几人获得了这一荣誉哩……他这次回家乡体验生活，帮助我们发展农业合作社经济，我们要向他学习！以他为榜样，大干社会主义……"

下面顿时响起热烈的鼓掌声。

区委书记介绍完，这位戴眼镜的作家便起身朝大家笑笑，挥挥手，说道："我是来向大家取经的，愿意当好一名小学生，虚心学习，虚心请教农业工作方面的问题，毛主席说，学习的敌人是自己的满足，要认真学习一点儿东西，必须从不自满开始……"小李这才知道坐在他右边的这位宽额、魁梧的男子，就是鼎鼎有名的大作家周立波。会场上，他不由自主地用眼睛的余光悄悄关注着身边的这位大文豪。

各基层干部上台一个一个发言，周立波握着的那支圆珠笔也没闲过，总在写写画画，有时，他把写的东西搓成纸团塞进口袋里。小李心想："难道这周立波也有无聊的时候？他用这种方式来消磨枯燥的会议时光？"

中途休息时，小李凑到周立波跟前，小声询问："周老师，您在会上搓纸团……打发会议？"

周立波咧嘴一笑："怎么是打发会议？我写的是重点呢。"说完，他从口袋里掏出几个纸团来给小李看。小李仔细地剥开一个纸团，只见上面写着："一只横河划子，装满了乘客，艄公左手挽桨，右手用篙子在水肚子里一点……"又剥开一个，上面是"在堂客晒小衣的竹竿下过身，会不走运气的"，还有"死打蛮缠……笑个不断纤……瞎子狗吃屎，碰上的……逗耍方……黄花姑娘"等内容。小李接着问："周老师，您这是写的什么？"周立波意味深长地一笑："这是素材……""素材？什么素材？"小李半天没回过味来，只知道这些话刚才有人在台上讲过。

直到后来，小李读《山乡巨变》时，才发现里面就用上了这些话。"资江水落了。平静的河水清得发绿，清得可爱。一只横河划子，装满了乘客，艄公左手挽桨，右手用篙子在水肚子里一点，把船撑开，掉转船身，往对岸荡去。船头冲着河里的细浪，发出清脆的、激荡的声响，跟柔和的、节奏均匀的桨声相应和……"周立波用清新且感情饱满的笔调，在作品里，借助于主人公邓秀梅的眼睛，为广大读者描绘了这样一幅美丽的生活画卷。

原来，那是周立波积累写作素材和记录农业合作化运动中重点问题的一种做法。

从1954年到1965年，周立波大部分时间扎根在他的故乡益阳农村。他是新中国成立后最早、也是时间最长的在自己家乡农村安家落户并担任基层领导职务、参与具体工作、与农民同吃同住同劳动的作家。

1956年，小李被调到周立波身边工作，兼周立波的通讯员。小李提出来，合适的时候，要到周立波家里去看看他的那枚斯大林文学奖章，周立波欣然应允。

初冬的一个夜晚，由周立波领路，小李与清塘乡乡长，一同踏着山边月映出来的树影，翻越一座小山，往一个叫竹山湾村的山冲走去，周立波一家就住在那儿。

迷离的月色，淡淡的茶子花香……走在林间的小路上，别是一番美丽幸福的山乡图景。

中途，周立波要方便，小李和乡长就在稍前一点儿的地方等他。等了十来分钟，还不见他来。小李纳闷了，这大作家今晚怎么了？他可是国家的财富，千万不能有什么闪失呀！他与乡长就回头来找，他们找到了一块小土包上，看见周立波正呆立着，仰望前方出神，原来，对面山岗上有一个人正在喊喇叭筒发通知，他听着听着，便愣在那里了。

小李他们很不理解周立波的这种“傻子”气。谁知道周立波又沉浸在素材的收集状态中！

走出这片小树林，又听到前面屋里两个农村妇女在骂架，小李他们准备走上前去劝解，周立波连忙拦住他们，说：“慢点儿去，先让我听听……”

“这骂人也要听呀？”小李不解。周立波微笑着对小李说：“我们这叫‘听壁脚’，知道吗？蛮有味的……”只听见一妇女骂道：“混账东西，你就只晓得叫花子照火，只往自己怀里扒……”另一个显然有点儿力不从心：“不要看我穷，早些年数，我家也起过几回水，我老倌子到华容去耕田时……”周立波向村民家靠近了一些，对小李和乡长说：“那个骂得厉害的堂客们，她要脸模子就有脸模子，要衣架子就有衣架子，很灵泛的，却强词夺理，蛮攀五经地吵，像泼妇一样……”

周立波这样一说，小李他们就听出来了很多益阳方言，如，“听壁脚”“堂客们”“脸模子”“衣架子”“灵泛”“蛮攀五经”，这些词后来都用在他的《山乡巨变》里了，此书由此增添了许多语言色彩。茅盾先生曾高度评价过这部鸿篇巨制，说周立波“在紧锣密鼓之间，以轻松愉快的笔调写一二小事，却颇幽默可喜”。

来到周立波家里，小李他们被当作贵客招待。周立波的夫人林蓝女士先为他们泡上一碗姜盐茶；然后，又从柜子里翻腾出一个纸包来，解开席草，原来包着的是红枣。林蓝把红枣倒在一个盘子里，招呼着客人们拢来吃。

小李有些拘谨，他尖起手拿了两粒红枣，吃在嘴里，感觉其中有一粒已经变质变味，一看盘子里，依稀可辨几缕虫丝绕在红枣之间，他又吃了两粒，还是感觉到了那种变质的味道。他想：“这包红枣，也不知主人留了多久的，留得起了虫……”

“来来来，吃吃吃……”周立波招呼着他们吃红枣，喝上一口茶之后，他偶尔停下了，右手时不时地在右脚后跟上摩挲着，小李借着油灯的光亮，往他脚跟上一瞟，发现了一个小秘密：周立波穿着一双布鞋，鞋帮较浅，裤脚又高，露出很长一截袜子来，那袜子是穿旧了后来上了袜底的，他的纱袜在袜底和筒子连接处烂开了一个洞，露出脚后跟的肉来了，周立波大概已成了习惯，总是喜欢把袜子的上部分往下扯，以掩盖其不雅之窘。

喝了茶，吃了红枣，他们欣赏了金灿灿的斯大林文学奖章。周立波告诉他们，他的《暴风骤雨》获得三等奖，丁玲的《太阳照在桑干河上》获得二等奖，还有由贺敬之、丁毅执笔的《白毛女》也获了奖，尽管他得的奖金只有两万五千卢布，却为国家赢得了荣誉。

在周立波身边的日子，丰富了小李的世界观，也加深了小李对周立波的认识。

（文章里的小李系离休干部李茂云，作者岳父。本文根据李茂云口述整理）

（原载2016年11月19日《益阳日报》副刊，原题为《在周立波身边的日子》；2015年第3期《益阳政协》，原题为《到周立波家里欣赏斯大林文学奖章》；2017年第1期益阳《碧云峰》）

我的恩师张质彬

1948年上学期，范定安是益阳县舞凤乡中心学校（现桃江县鸬鹚渡镇中学）五年二期的学生。入学教育第一节课，班主任告诉他们，本期的算术课老师有变动，由龙洲师范优秀毕业生张质彬任教他们的算术。

第二天第一节课上课铃响过，范定安左边刘厚生的座位却空着，正当范定安为这位平常按时到校从未缺过课的同学犯疑时，有身影轻轻踏着木地板出现在教室门口，教室里的目光一起投过去，只见一位年轻漂亮的女教师领着一个孩子走进教室。女教师身材高挑，20岁左右的年纪，饱满红润的瓜子脸上镶嵌着大而有神的眼睛，看上去清澈温和，扎两条乌黑的辫子，穿一身青蓝色衣服，左手揣着课本教案之类的书籍靠在胸前，右手牵着一个孩子。那孩子就是刘厚生，刘厚生显然哭过，脸上还有流泪的痕迹，一脸悲喜交加的神色。

开始上课，女老师自我介绍说："我姓张，叫张质彬，老家就在板溪风景寺。"又说，如果刘厚生同学有困难，大家要多多帮助他。那节课学的是梯形。范定安至今记得，张老师在临下课做总结时，意味深长地说，人生就像一层层阶梯，只有踏上一层层阶梯，一步一个脚印，才能爬上陡峭的山峰。

下课后，范定安问刘厚生："你今天咋了？怎么由张老师牵着你的手进教室？"刘厚生说："我没钱交学费，原想是读书不成了的，是张老师找我谈话，帮我交了学费……"

张老师出生于大户人家，其祖父张建良，曾参加过辛亥革命和讨袁护国运动，以军功任新军江道区司令，父亲张子清，曾任红四军师长。出身高贵的张质彬老师，从来不歧视穷孩子，不歧视劳动人民。范定安班上，除刘厚生外，还有王子秋、何凤光等六七位同学先后受到过张老师的资助。有一回，张老师在厨房看见一个被唤作“冬猩”的人在给学校挑水，挑得满头大汗，气喘吁吁。厨房杨师傅告诉她：“这人是自动来的，只管饭，不要工钱的。”十余趟下来，张老师看他很吃力，连忙叫他先休息一下再挑，“冬猩”坐下后，张老师建议杨师傅，先给他盛点儿饭吃。“冬猩”一连吃了三碗剩饭，结结巴巴地对张老师说：“我……我屋里娘……饿……”张老师眼眶一热，用“冬猩”的围裙给他包了一包饭。

张老师关爱学生健康成长，设法多方面提高学生的知识水平。五年级的教室在楼上，上楼梯后，有两间教员室，她在教员室外面的木壁上办了一个《日增一识》的专栏，如，“怎样学习写作”“讲话要有用处”“动脑筋猜谜语”“如何提高红薯产量”，等等，张老师亲自撰稿编稿，定时更换内容，引导学生学习各类知识，提高他们的学习兴趣，教育他们为成为社会的有用之材而奋斗。

张老师于1987年2月在长江科学院党委副书记兼纪委书记任上因病辞世。回想恩师60多年以前的音容笑貌和谆谆教诲，倍觉温馨。

（根据范定安口述整理。原载2015年9月23日《益阳日报·魅力桃江》、2015年第3期《益阳政协》）

那一天送春联，送出开心年味

“枝头鹊唱全家福；岁首牛奔盛世春。”一张张洋溢着幸福的“福”字、一副副喜庆祥和的春联、一张张灿烂迎客的笑脸……礼轻情意重的文化“年货”得到了广大群众的一致点赞。

我们是一群钟情楹联的文学爱好者，我们成立了自己的组织——协会楹联，协会楹联高扬中华传统经典文化大旗，年年免费为市民乡民送春联。现场书写对联，我们组织书法家每年在全县不同的地点书写五六场，为老百姓送出开心年味。

牛年春节前几天的一天上午，送春联活动在我们县城三角坪的建设银行网点正式拉开序幕。飘动的红色横幅，一字儿排开的红色书写台，或挂或摆的红色对联，构成强烈的视觉冲击，加上悠扬的轻音乐，一下子就吸引了路过的市民们，书写区域顿时变得热闹起来。

一位身穿工作服、胸前佩戴“银行”字样徽章的女职工，来到我们面前，说：“真是好，往年我买印刷品对联，千篇一律的大话，不新鲜。只有手工书写出来的，才是真对联，二位帮我选两副对联如何？”“什么内容的？”“一副挂门前的，要大气；一副挂车库的，要平安。”说完，她平和的目光望着我们。我们在现场送对联之前，就已办了一个全国征联活动，把征集来的优秀作品打印出来了几本，供群众选用。我们与女士一起翻阅选本，选了“旗向小康牛引路；春回大地福敲门”“和顺一门生百福；平安二字值千金”两首，她很满意。之后，把对联纸摆到其中一位书法家面前，书法家笔走龙蛇，唰唰几下，两幅作品完成，女士两眼放光，连连叫好。

一位穿着厚实睡衣的少妇领着个蹦蹦跳跳的孩子走过来了，她很有礼貌地说：“孩子爸在外地赚钱，请帮我选一副发财的对联。”选这种对联的人真多，今天一上午就有十几个人了。于是，我们就为她选了一副经典的，也是最为流行的：“财如晓日腾云起；利似春潮带雨来”，少妇感激地说，等孩子爸赚足了钱，要他回来……

一个戴眼镜的大男孩，估计是在读的大学生放假回家了。他在书写台旁看了一阵儿，看上去心头痒痒的，不知咋开口，显然犹豫着。我们中的刘哥走过去，拍了拍他的肩膀，问：“帅哥，要写一副啥内容的？”他的脸腾地红了。我们一看此情形，便猜他是想要在来年找到女朋友意思的对联，也不说破，便选了一副“人走桃花运；牛耕资水春”，这孩子脸上顿时亮了，颇为得意的样子，离去时低声说了一句：“美梦成真呀！”拿着对联满意地走了。

往年经常来现场观看写对联的一位老人，今年行动不如以前了，他拄着拐杖，穿着厚厚的棉衣，在冬日的阳光里略带哆嗦。我们为老人搬来一条凳子，问他要何种对联，他说：“我儿子在外地工作，还当了一个什么局的局长，很忙的，只想他们一家平安。”他盼望着儿子一切顺顺当当，可怜天下父母心。我们便给他选了两副，一副是“一百年使命荷肩，誓言回响；九千万初心作率，合力兼程”，另一副是“时代出题，普惠小康迎大考；人民阅卷，终赢硬仗庆长春”，先用小纸写上，递给老人过目审读。老头目光慢慢扫过，咀嚼一会儿，点了点头……

过了一阵儿，来了一个青春靓丽小女生，一脸的浪漫情调，问：“有没有写得很美的春联？”这女孩应该是一个怀着玫瑰色梦想的文艺青年，我们将“春从竹海涛中起；梦在桃花瓣上燃”指给她看，她非常喜欢：“哎呀！写得真美呀！我一看就喜欢上了。”这是今年联赛的一等奖对联，能不美吗？

对联是一种传统文化形式，它体现的是群众对美好生活的向往。现场翰墨飘香，年味非常浓郁，忙碌了一天后，我们也带着为人民服务行善的满足，与恋恋不舍下山的夕阳挥了挥手。

（原发2021年2月17日“学习强国”，与刘德云合写）

春联是年味浓郁的亮丽风景

“沿途听爆竹，逐驿读春联。”每年除夕，我贴在我所居住的风雅师苑院门口及自己房门两边的春联，成为我们这条街道——金鸭三巷众多近邻注目的焦点。偶尔，住在旁边的一名退休干部还组织几个街坊就此指点评论一番。见到我，那爹爹总是满脸笑容：“我爱读你的春联，内容围绕中心写，年年有变化，书法又劲头十足。”

这个“风雅师苑”是我们四个教师家庭居住的独门院落。年年的春联任务，自然而然地落在了爱好对联的我身上。拟撰、书写、张贴对联，让我充实而快乐。

往常年间，读大学的两个侄女都在我家过年，加上自己的女儿，三“千金”成为春联活动的重要参与者。大前年过年，我吩咐三“千金”一边包饺子，一边思考拟撰两副春联，一副用于房门口，另一副用于大院门口。院门口的，里面一定要嵌院名“风雅师苑”四个字。

女孩们几经文字锤炼，得意地敲定了房门口这副联：“放眼看潮头，波涛汹涌千帆竞；开言谈改革，学业恢宏万事成。”

结果一出来，我满意地朝她们竖起了大拇指，我特别垂青于最后那三个字“万事成”，因为我自己的名字在其中熠熠闪着光。

不一会儿，大院门口那副也撰好了。之后用大红纸写出来贴上，风光无限，一下子映红了金鸭三巷半条街，是这样的：“满楼春意盈师苑；半卷诗书博雅风。”

“为什么是‘半卷诗书’？”我问她们。读汉语言文秘专业的大侄女说：“一部‘风雅颂’，你能读通半卷就不错了，更何况师苑名还只有‘雅风’二字，没有‘颂’，完全可以只说‘半卷’，不是吗？”真有道理！

前年，和家人又一起拟春联。房门口的是：“接福登堂，年逢大有全家福；迎春入院，日度小康四季春。”体现了“接福迎春”的主题。院门口的是：“风清师苑诗千卷；雅意春花月一帘。”此联再一次嵌入了“风雅师苑”院名。刚拟好对联，朋友刘记者的电话不失时机地打过来：“万哥，你要不要请人书写春联？县文联正组织我县书法界名流在步行街为市民书写春联……”真是雪中送炭来了！赶到步行街，我即请好友阿健书写，他笔走龙蛇，如行云流水，只数十秒钟，就写好了，字体美观大方，展示出他深厚的书法艺术功底。贴在门口，又是风光无限。

去年的两副，其一是：“雅兴赋诗雅心酌酒；香书觅宝香墨泛舟。”其二是：“一苑春风暖；四时雅韵长。”个人志趣和盎然春意流溢于字里行间。

“笔走书房飞丽藻；牛哞绿野报春光”“楼高邀月同酌酒；苑雅迎春共赋诗”。这两副春联，带着喜庆和吉祥，表达全家向往幸福生活的美好愿望，再次成为牛年新春佳节的装饰。透过火树银花的不眠之夜，我们仿佛看见了远方的草长莺飞，2021年的春天又迈着轻盈的步履朝我们姗姗走来……

春联如美好图画，是来年梦想发芽的胚床，是新春年味浓郁的亮丽风景。

（原发2021年3月22日“学习强国”）

那本书引我走入文学之大门

院子里翠鸟扑腾，蛙鸣如鼓。大片的阳光从茂盛的丝瓜棚上的枝叶间洒下来，热烈真实。

一张老式书桌靠窗户安放，窗外不远处就是瓜棚和水凼。父亲又从抽屉里拿出那本书来，戴上老花眼镜，在鸟语花香的氛围里，津津有味地阅读。

母亲喊父亲，外面阳光正好，要出去做事了。父亲却无动于衷，只轻轻地翻动书页。母亲埋怨的神色传递过来，父亲以他明媚而平静的笑容呈现在窗边，他显然又沉浸在书中了。

穿越时光，当年这一幕一直留在我脑海中。稍大以后，我打开抽屉，找出那本书，捧在手里，也重复了父亲的明媚和入迷。

这是一本历经岁月沧桑的旧书，多年以来就一直默默无闻地躺在我家书桌的抽屉里，繁体字版本，书已被损坏得无头无尾了，估计是20世纪50年代末的出版物。

随着识字量和年龄的增加，我无意之中找出这本书来，漫无目的地翻阅，渐渐地，被书中二〇三首长的故事所吸引。故事如同吃甘蔗由尾部吃到头部，渐入迷人佳境，二〇三首长不仅会指挥打仗，还会写诗，好浪漫的诗，在战斗中没有二〇三首长攻破不了的难关。有英雄，就有美人，书里就特地为那支小分队配置了一个美丽多情的女卫生员，叫白茹。

此前，我还只读过《雷锋的故事》一类的书，而二〇三首长和他战友们的故事则有着与《雷锋的故事》完全不同的滋味，竟如此美妙如此神奇！里面有满腹智谋、浑身是胆的侦察英雄杨子荣的光辉形象；有袭击虎狼窝、活捉许大马棒的刘勋苍；有善于登攀、能飞越天堑的栾超家，以及有超人耐力、能日行百里的孙达德等英雄。后来看《水浒传》，感觉“长腿”孙达德就像神行太保戴宗一样神奇；也觉得刘勋苍颇似李逵，栾超家犹如时迁。与英雄人物形成鲜明对比的，有老奸巨猾、嗜血成性的座山雕；有冷酷无情、凶狠残暴的许大马棒；有十分狡猾、又贪生怕死的“小炉匠”栾平；有道貌岸然、双手沾满鲜血的老特务宋宝森；等等。这些人物告诉我什么叫作艰苦卓绝的战斗生活，什么叫作凶残暴虐的土匪面目。

我在这本小说里流连忘返，如醉如痴，这本无头无尾的书偶尔被我带到了学校。一些高年级的同学告诉我，该书名叫《林海雪原》，讲的是东北剿匪的战斗故事。于是，就有人要借，先是在小学高年级中流转，后被借到中学去了。该书所旅行的范围，也从本村走到了外村。有爱心人士，给这本书包装了封皮封底，在封面上书写了“林海雪原”四个毛笔字；后来，又发现有人在书上写批语，批语写得多的章节如《白茹的心》《少剑波雪乡抒怀》等处，许多人对少剑波写给白茹的那首诗推崇备至，感叹不已。随着书的阅读面扩大，书中的故事也被更多人津津乐道。父亲在整个大院的人晚上于地坪乘凉时，就为大伙讲《林海雪原》，知道一点儿故事的那几个堂叔，偶尔附和父亲的故事情节，答复一两句话，记得父亲讲的《老道失算》《一撮毛》等章节，最为动人，让人久久回味。

快乐是可以看得到的清澈涟漪，快乐伴我在灯光下回旋荡漾。

革命的英雄主义和革命的浪漫主义深刻地影响着我。看《林海雪原》，除了感受惊心动魄的剿匪故事外，还有二〇三首长少剑波和小分队护士白茹的朦胧爱情，我对少剑波那首情意绵绵的诗产生了美好想象，我把它抄录在笔记本上：万马军中一小丫／颜似露润月季花／体灵比鸟鸟亦笨／歌声赛琴琴声哑／双目神动似能语／垂髫散涌瀑布发／她是万绿丛中一点红／她是晨曦仙女散彩霞／谁信小丫能从戎／谁信小丫能飞马／谁信小丫能征战／谁信小丫能万里剿讨动杀伐/……雪埋北国军令动/谁都嫌她太娇娜/……她是雪原的白衣士/她是军中的一朵花/她是山峦丛丛的一只和平鸟/她是林海茫茫的一个小美侠/漫天风雪寻常事/破荒闯阵荣春华/轻笔淡描小丫谱/雪乡我心系小丫……

每每读到这里的时候，多少有点儿小感动。因为那种人性的纯澈，那种对爱情的最大敬意，是对彼此最坦诚的慎重，总叫人感慨着：今生，若能遭遇一次这样的爱情，多好。

我高中毕业那年，同村一小伙子谈恋爱，请我捉刀代笔写恋爱信，我在他的恋爱信中，化用少剑波写给白茹的诗，狠狠地把那小伙子的女朋友赞美了一番，让他女朋友感动得一塌糊涂。据小伙子说，女孩子父母不同意他们谈恋爱，那女孩看了那封火辣辣的情书后执意要嫁给他，僵持不下；女孩子绝食躺在床上一天一夜，以示反抗，最终胳膊扭不过大腿，女孩无力支撑下去，宣告爱情中断。小伙子没有灰心，要我继续为他的下一任代写情书。写着写着，我的作文水平也逐步提高了。

在温馨四射的灯光下，我从读《林海雪原》开始，逐渐走上一条风景优美怡人的文学道路，是这本书引我走进文学创作之大门。回想阅读征途的那些故事、那些感受，内心深处总是蓄满了温厚绵长的挚爱。

（原发2021年6月3日“学习强国”）

卷四 景在旅途

七彩的故事悠悠　长长
打湿所有鲜亮的日子
青梅不失时机晶亮
成熟于我们的杯盏
煮酒不论英雄
也不敲棋子
只润一润这美好的光阴

——《芒种》

菊

如陶潜一样，我被一朵普通的花打湿。

我喜欢在南山之下呼吸新鲜空气，持一柄锄头。菊，贴近我的呼唤，我的心事沾满秋天的微笑。

尽管山芋酒、玉米酒远无茅台酒好喝，我仍其乐陶陶，精心酿造最朴素的农家美酒，一不小心掉进这朵菊里。这是商潮汹涌、“钱”程似锦的时代，但东篱的风景仍然是我向往的家园。菊，高处的词阕，是我仰望一世的情感。

我回归家园，菊的芳香漫出篱笆，自始至终，我对菊的瓣状的爱情次第成熟，并在篱边摇曳。

我坐在客厅里，看菊怎样在茶水里寻找到根，种菊的锄头就在身边，我和客人交谈，比豆苗稀壮的农事，用晋代和许多朝代打比喻。我们都认为，我们不可能超越菊生长的这块土壤，而在任何一块云朵上营造乌托邦式的经典。持锄在菊的自留地上躬耕，是我清醒着的幸福。菊，是与我共同存在的意象，在相爱的深处，我们拒绝矫揉造作，我们保持着自身的洁净与修炼，耕耘质朴的土地，淡泊恬静地维持一个信仰所需要的执着和自我陶醉。

菊在有意无意间生长，它不需要刻意去施肥和浇水，种菊有丰收的喜悦，采菊有诗意般的闲适，热腾腾的菊茶阵痛了芬芳的过程，菊在杯中歌唱，声音嘹亮而悠远。我们的生活宁静和淡泊。

（原载2003年3月10日湖南《职教花蕾》）

七月放歌

是谁，在暗淡的黄昏点燃一盏明灯？是谁，在腥红的血雨里撑起一片艳阳天？又是谁，在历史的潮头，扬帆远航，让理想和信念的大旗在风云开阖的天空高高飘扬？

我们没有理由不怀想生我育我的母亲，我们没有理由不感恩哺育我们成长的土地，我们没有理由不记得那些为了救亡图存而出生入死的民族英雄。

历史，曾从风雨交加中起步；航船，曾在云绕雾缠中徘徊。在中华民族艰难奋起的路途上，我们看见林则徐不屈服于帝国主义势力，在虎门燃起一把冲天大火，其销烟禁毒壮举震天撼地，却终遭诬陷而被革职；邓世昌身先士卒，在甲午海战中抛洒满腔爱国热血，终因寡不敌众而壮烈殉国；康有为撼世变法失败，为躲避追捕只能流亡海外；就连孙中山轰轰烈烈的辛亥革命，也因革命的不彻底性再一次唤醒了那些上下求索的仁人志士……

在历史的紧要关头，七月的明灯在上海望志路点燃，七月的火炬在嘉兴南湖船头举起。看吧，黄河古道战马奔腾大刀奋起！听吧，大渡河畔怒涛滚滚长剑震天！抗日烽火，蔓延长城内外；革命烈焰，红遍华夏大地。七月的星哟，耀寰宇，照神州，光芒二万五千里铁铸征途；七月的船哟，穿迷雾，破冰封，浩荡九亿六千万公顷无边碧浪。

鲜血与炮火，淬炼铁锤与镰刀的坚定；铁锤和镰刀的旗帜，镶嵌于民族红色的胸口，始终飘扬共产党人无悔的虔诚。九千个霹雳，八万里风暴，鼓荡着前赴后继的红旗，舞动在沉云密布的苍穹，奔向那雄鸡唱响的黎明。从此，中华民族以崭新的姿态屹立于世界民族之林！

七月的今天，旭日辉煌，晨曦五彩，一片娇娆的山河迎来中华民族伟大复兴，一个坚毅的民族用长青的憧憬呼唤未来。栉风沐雨的开拓者将每一把锃亮的斧头挥成炫目的弧线，勤劳勇敢的接力者将每一页翻开的日历涂成鲜红的路标。我们从七月起步，我们挥桨于激流澎湃的改革大潮，我们骄傲而自信地拥抱祖国更加灿烂美好的明天。

（原载2001年山西《作文周刊》第2571期、2001年第7·8期吉林《现代中学生·阅读与写作》、2001年第7·8期河北《21世纪中学生作文》、2001年7月1日河北《读写天地》）

与诗人一起品茶……

茶叶在水中翩翩起舞，几许清香萦绕鼻息之间。欣赏着茶的优雅舞姿，倾听着怀旧的萨克斯乐曲，我静静地等候着你，在诗情画意的上午或略带感伤的晚上的寂静时光里，与你一起品味茶和人生。

陆羽携一本《茶经》，历巴川蜀峡而来，一路上逢山驻马采茶，遇泉下鞍辨水，目不暇接，口不暇访，笔不暇录。他以坚定的口吻对我说："不羡黄金罍，不羡白玉杯，不羡朝入省，不羡暮入台，千羡万羡西江水，曾向竟陵城下来。"

卢仝举起茶碗："一碗喉吻润；二碗破孤闷；三碗搜枯肠，唯有文字五千卷；四碗发轻汗，平生不平事，尽向毛孔散；五碗肌骨清；六碗通仙灵；七碗吃不得也，唯觉两腋习习清风生。蓬莱山，在何处？玉川子乘此清风欲归去。"端碗相闻，那茶味芳香如泉涌般扑鼻而来，其高雅沁心之韵，不在幽兰清菊之下。卢老哥用心品茗，啜饮入口，便得其真韵。那茶汤穿透牙缝、沁渗齿龈，并由舌根产生甘津送回舌面，顿时满口芳香，甘露回味，令人神清气爽，津液四溢，仿佛两腋清风习习，人都飘飘然了。

苏轼来了。他说："何须魏帝一丸药，且尽卢仝七碗茶。"又说："仙山灵草湿行云，洗遍香肌粉未匀。明月来投玉川子，清风吹破武林春。要知玉雪心肠好，不是膏油首面新。戏作小诗君一笑，从来佳茗似佳人。""从来佳茗似佳人"，这一比喻好生了得！我们每天都有这么一位美人相伴，出水芙蓉似的美人，白云片片绕在她周围，清风徐徐吹动着她的衣襟，恰如要纵身飞去。云色缥缈中，我们一边品茶，一边欣赏站在巍峨山峰之巅的这位美人翩翩起舞，是何等惬意！品茶参禅，宁静致远，融入人生修行的最高境界，苏轼深谙茶道，硬是把命运多舛、颠沛流离活成了豁达乐观。

乾隆一生嗜茶，到了晚年，更是到了离不开茶的地步。85岁高龄时，欲退隐让位，有大臣劝道："国不可一日无君！"乾隆回曰："君不可一日无茶也！"他在品茶过程中，慢慢吟诵："二月新丝五月谷，穷黎剜尽心头肉。花瓷偶啜雨前茶，彷徨愧我为民牧。"对茶民的艰辛劳作和穷苦生活表达了深切同情。

静静地泡一壶茶，在嫩芽绽放的春天，我还看见我的祖父挎着他亲自编制的茶篓而来，原来是为我送来了采茶工具；静静地泡一壶茶，在绿叶蝉鸣的夏季，依稀出现了我母亲在熏制绿茶的身影，满室都被她熏得芳香缭绕；静静地泡一壶茶，在黄叶飘散的晚秋，我与伙伴们翻越茶马古道寻找当年茶商的足迹，感怀青石板路上那一份沧桑的历史……

端起茶碗，遥望远山，我们看那飘逸的云朵，闻那清新的空气，我们的内心便会如春雨后的茶叶一样，欣欣然透着清爽，这个时候，可以品出日月星辰、晨钟暮鼓的自然循环，可以品出清风明月、彩霞祥光的洁净天地。融入这样的世界，我们的心胸便可以与天地同宽阔，我们的思想便可以与星空同深邃。

泡一壶茶，听一首歌，让时间慢慢地从壶中流泻而出。我们褪去幼稚的容颜时，愿与诗人、茶友一起在平静的山水之中，享受时光的唯美，享受生命的安然。

人生如斯，就好像鲜嫩的茶叶经过高温晒青，经沸水，释芳香，由初时的微微苦涩，而到最后的甘甜，回味无穷。走过沉浮繁华，尝过失意苦痛，人生才会蜕变得淡定从容，在岁月的沉淀洗礼中，历久弥香。

（原载2019年7月12日《益阳日报》副刊）

换一种看法

小孩好吃。每次为父亲买东西时，他总要截留一点儿零钱，供自己今后买食品用。

父亲为此很伤脑筋。有一回，他一气之下扔了一分钱给小孩，让他去买油。父亲心想我看你还能把钱掰成两半，一半买油一半买吃的不成？

小孩在去买油的路上就想好了怎样支配这一分钱。他一进店门，就把这一分钱给了售货员，说："买一颗糖。"之后，他递上瓶子，说："再打一瓶油。"油打好后，他一摸口袋，说："阿姨，我钱忘带了。"售货员无奈，只好把瓶子里的油倒出来，把空瓶子给了小孩子。

孩子嘴里咂着一颗糖，抱着那个空油瓶子兴致勃勃地回到了家里。一进门，父亲劈头就问："油呢？"小孩骄傲地举了举瓶子。瓶子壁上附着的油正慢慢地流回瓶底里，差不多有一小勺。

父亲大怒："这点儿油怎么吃？"

小孩说："一分钱只能买这么多。"

父亲哭笑不得，又不好发作，毕竟自己只给了孩子一分钱。心想：这小家伙还蛮聪明的，但他的聪明就体现在挖空心思的私欲上。那么，换一种做法教育、引导他如何？认真善待他、好好诱导他，化不良行为为高尚行为，趁小改变他的这些不良做法。

（原载2004年8月18日河北《语文周报》、2004年12月28日山西《作文周刊》、2004年7月21日河北《读写天地》）

不妨利用假期读几本书

30岁以前可以经历许多的事，如求学、失恋、离家出走……

朋友圈里可以分享许多的美好，如获奖、升职、亲友相聚……

30岁以前要做的事太多太多；朋友圈里要分享的东西肯定还有比一个获奖更高雅的。

在这个多情梦幻的季节，经常有人电话、微信邀请我一起去放飞美丽的心情：弹钢琴，学绘画，打篮球，去游泳，到工厂参加实践活动……

书缘与其他爱好互不相干，是不相矛盾的事。这个假期我们在能学到多少技术、实现多少梦想的同时，请不要忘记摊开那原本没有来得及阅读的书本，去谛听书中那啾啾鸟鸣，感受书中花蕾绽放的细节，享受着书本传递过来的阵阵温馨……

等到到上大学，再拿出70%以上的时间用于学习，是比较难的。在这个比较浮躁的当下，有些人没事就聚会、唱歌、看电视、玩游戏、谈情说爱……那是在挥霍光阴呀！

真正的生活是从阅读和思考开始的。认真地阅读人生，平静地思考人生，审视自己的过去和将来，牢牢地把握前进的方向盘，不为各种假象和诱惑迷失自己。那么，就从书里寻找答案吧。

《毛泽东传》能告诉你：毛泽东同志是如何以卓越的思想和至高的境界，完成了世界上比较难的一件事——推翻了许多腐朽没落的东西，让天地变色，让日月换新颜，使中国人民真正站起来了。

想了解历史的人，还可以读读《万历十五年》。这是本历史小说，作者用近乎平淡的笔触分析一个皇朝从兴盛走向衰颓的原因，这些平淡的叙述滋生力量，淡然勾勒出的人生困境，即便是对历史学不感兴趣的读者，也心有戚戚焉。

爱好历史，《史记》是最好的读物，鲁迅说它是“无韵之离骚”，刘向认为它“善序事理，辩而不华，质而不俚”。太史公忍辱含垢，“究天人之际，通古今之变，成一家之言”。

我却有些偏爱抗战那段历史。无论是正面战场还是敌后游击战，总喜欢看中国军人如何痛击鬼子的种种故事。远征军的抗日，如《松山战役笔记》《腾冲之围》《龙陵会战》，读来令人荡气回肠，热血奔涌。

《菜根谭》是一部论述修养、人生、处世、出世的语录集，文字简练明隽，兼采雅俗，为旷古稀世的奇珍宝训。似语录，而有语录所没有的趣味；似随笔，而有随笔所不易及的整饬；似训诫，而有训诫所缺乏的亲切醒豁。对于人的正心修身、养性育德，有着不可思议的潜移默化的力量。

《人间词话》是王国维所著的一部文学批评著作。它是作者接受了西洋美学思想洗礼后，以崭新的眼光对中国旧文学所作的评论。读读无妨，许多人把它奉为圭臬。

《曾国藩家书》行文从容镇定，形式自由，随想而到，挥笔自如，在平淡家常中孕育真知良言，具有极强的说服力和感召力。每天早上读一段，抄抄，写写感想，获益匪浅。真知灼见藏在那琐事里，需要你勾画出来，好好消化。

外国文学方面，精粹的著作也是举不胜举。

《百年孤独》是拉丁美洲魔幻现实主义文学的代表作，被誉为“再现拉丁美洲历史社会图景的鸿篇巨制”。作品融入了神话传说、民间故事、宗教典故等神秘因素，巧妙地糅合了现实与虚幻，为读者展现出一个瑰丽的想象世界。

《傲慢与偏见》是英国女小说家简·奥斯汀的长篇小说。伊丽莎白在舞会上认识了达西，但是耳闻他为人傲慢，一直对他心生排斥，经历一番周折，伊丽莎白解除了对达西的偏见，达西也放下傲慢，有情人终成眷属。小说一反当时社会上流行的感伤小说的内容和矫揉造作的写作方法，生动地反映了18世纪末到19世纪初处于保守和闭塞状态下的英国乡镇生活和世态人情。

《乱世佳人》，中文有译作“飘”的。里面的女主人公斯嘉丽是一个内心十分强大的女性，她好像不会被任何事情打倒。即使没有了爱情，至少还有明天。

在美国，阅读《麦田里的守望者》就像毕业要获得导师的首肯一样重要。去做一个麦田的守望者，是一个青年伟大的梦想。主人公的经历和思想在青少年中引起强烈共鸣，特别是受到广大中学生的热烈欢迎。

还有雨果的《巴黎圣母院》、司汤达的《红与黑》、陀思妥耶夫斯基的《罪与罚》《卡拉马佐夫兄弟》，霍桑的《红字》……

当年，我们在《十万个为什么》中长大，我们怀揣“欲知其未来，先明其原始”的探究精神去寻求生活的真谛；我们手捧《玉娇龙》，畅想江湖梦；沿着汪国真的诗歌出发，走过了浪漫的青春记忆；我们在怀春的时代撞上了《红楼梦》，用的是最微妙的感情和最简单的阅读方式；高中时，“关关雎鸠，在河之洲”，心中一缕向往“河之洲”的光芒，把那朦胧的爱恋揉碎在《诗经》的梦里；班上流传路遥的《平凡的世界》，让我读懂了一颗最坚韧的心，如何去拼搏，去奋斗，去经受挫折和面对未来；也许，当你真正结婚之后，你能体会出《围城》的伟大和价值，也才能真正了解到钱锺书夫妇对世事的洞察有多么透彻……

继续读书吧！我们碰上了这个好时代，书店有好书买，网店有好书淘，电子版著作应有尽有，翻翻，写写，宛若在与许多高尚的人谈话交流。

在物质利益为上的尘世中，我们总得有一个精神的出口。读读书，让我们的精神时不时瞭望一下我们之前之后的人生路，或许能得到莫大的慰藉。

（原载2020年9月号湖南《桃花江文艺》）

补一颗牙

人的五官，不可能十全十美，就像我，满口糯玉米般的牙齿终被无情的炎症或虫蛀击得豁开了一个口子。

这颗牙齿出现异常，是从几年前一次朋友聚餐时感觉到的。当时朋友提醒：你的一边面部过度饱满了一点儿。我才发现下面的牙龈有些红肿。

肿也肿了，隐隐作痛也罢，一颗小小牙齿比起伟大的大脑、热血沸腾的心脏，不值一提。任它时肿时消，牙齿佳约如常，我那洁白如玉的牙齿一如既往地享受着巧克力、槟榔、麻辣……

时间长了，发现这颗牙齿的状态每况愈下，中间逐渐在凹陷，乃至到后来形成了一个“盆地”。“盆地”容易窝藏东西，每次吃过食物之后，口腔感觉不适，总需要用牙签去把里面的残留剔除。

有一天，喝芝麻麦豌豆热茶，“咯噔”一声响，坏事了，一小颗豌豆被嵌在“盆地”里面，随之一阵剧痛传递给自己的神经。用镜子一照，牙齿被豌豆挤爆一分为二了。用牙签去剔，豌豆岿然不动。心想：剔不出就剔不出，就让它在里面待一晚，明天再弄。第二天清除这颗豌豆后，感觉成两半的牙齿其中一边有些松动了。

“唰”地一下时间就过了半年。这颗牙，风雨飘摇走过来，还是掉了一边。

剩下另一边坚守着本职岗位。岁月被渐渐遗忘，那些甜瓜坚果、海鲜野味，依旧纷至沓来，一一成了我的满口芳香。从哲学观点讲，享受美味和健康不可能单纯得没有一丝瑕疵。又过了半年，那一边牙也就颠沛潦倒到穷途末路了。

这颗牙脱离我口腔的那一刻，透过牵连的缕缕血丝，让我后悔不已，我的大意失掉了这颗牙齿，成了“缺牙齿”。

一天，朋友告诉我，缺牙齿不补上，时间长了，脸会变形。这回不能不信了，我赶紧去了口腔医院，医生说，缺牙看似影响不大，但时间长了危害就大了，殃及邻牙，使牙骨萎缩，由于长期使用单侧咀嚼食物，脸部会因此改变，还会引发面部肌肉疼痛。听了医生的话，我补上了这颗牙齿。

（原载2018年9月19日《益阳日报》，获2018年益阳市“全国爱牙日”征文大赛优秀奖，原题为《大意失荆州，口腔健康也一样》）

黄小毛同学留下来读书

黄小毛同学的座位逐渐被班主任老师从教室中间调到后面去了。

班上形成了一条不成文的规定，即学习成绩好的、进步幅度大的同学，就坐中间，坐前头。

“黄小毛呀黄小毛！”班主任兼语文老师经常拿着教鞭往黑板上敲。

黄小毛同学的父母亲是做大生意的老板，黄小毛每餐在食堂至少吃20块钱一份的小灶菜。

黄小毛同学喜欢电脑游戏和上网聊天，有时还要去学跳舞。黄小毛的节假日甚至上学时间，就被他的这些爱好占据着。

有一天，黄小毛同学心血来潮赶时髦，去理了一个很特别、很前卫的发式，还把头发染成了黄色，黄小毛一下子真的变成了“黄小毛”。

班主任老师在课堂上怔怔地看了他半天，然后对他说：“黄小毛同学放学后留下来读书。”

放学后，黄小毛同学的读书声在教室里回荡：“中国留学生会馆的门房里有几本书买，有时还值得去转一转；倘在上午，里面的几间洋房里倒也还可以坐坐的。但到傍晚，有一间的地板便常不免要咚咚咚地响得震天，兼以满房烟尘斗乱；问问精通时事的人，答道，‘那是在学跳舞’……于是搬到另一家，离监狱也不远，可惜每天总要喝难以下咽的芋梗汤……”

黄小毛同学读的是鲁迅先生的《藤野先生》。班主任交代他今天就只读《藤野先生》这一课。读了两遍之后，黄小毛同学老在想：鲁迅先生你明明晓得那芋梗汤难咽，你何不多花几个钱去吃点儿菜呢？那跳舞的也是，晚上倒不如去玩游戏，搞得“咚咚咚”地响，别人怎不会有意见？

黄小毛带着这些问题读了一个小时后，班主任老师要他今天先回去，明天下午继续读。

第二天放学后，黄小毛同学又被留下来了。老师说，今天还是读《藤野先生》。

于是，黄小毛同学放开喉咙，又是一阵大声喊读：“上野的樱花烂漫的时节，望去确也像绯红的轻云，但花下也缺不了成群结队的‘清国留学生’的速成班，头顶上盘着大辫子，顶得学生制帽的顶上高高耸起，形成一座富士山。也有解散辫子，盘得平的，除下帽来，油光可鉴，宛如小姑娘的发髻一般，还要将脖子扭几扭。实在标致极了。”

读着后两句的时候，黄小毛同学也自觉不自觉地将自己的脖子扭了几扭。

突然，黄小毛同学好像发现了一个问题：“实在标致极了”，这句话让他总感觉不舒服，看那“标致”的注解——“漂亮。这里是反语，用来讽刺”。黄小毛同学摸了一把自己的头，他的头发虽然没有“清国留学生”的“油光可鉴”，但何尝不也黄光四射？黄小毛同学感觉脸上火辣辣的。

再读到那“学跳舞”和“咽芋梗汤”的情节时，黄小毛同学感觉明显与头天不同了。

第三天一大早到教室时，班主任老师发现黄小毛同学的发型变成了平头，那头黄发又重新染黑了。班主任老师的眼里满是赞许和期待。

放学时，黄小毛同学问：“老师，我今天还要留下来读书吗？”

老师说：“不要了。”

期中考试之后，黄小毛同学的座位又被排到了中间。

（原载2006年12月号湖南《第二课堂》）

来自女生宿舍的邀请函

事情的起因缘于我的一本叫《五昧果》的书。

那时，到图书馆去看书，兴托别人放一本书到某座位上，表示这个座位已经有人占了。我的那本《五昧果》就是这样放丢的。

这无疑是一本好书，是我经常要看的。我只好在第一食堂门口的张贴栏内发出寻书启事：

因本人疏忽，于今日下午二点三十分，在图书馆六楼丢失一本《五昧果》，四处找不着，弄得我心里七上八下的，恳请好意收留者与九栋408室联系。

第二天，张贴栏内有了回音：

今拾到《五昧果》，里面好故事接二连三，叫人久久不能释怀，君心我们理解，君只需携红富士苹果一打，到七栋，攀四楼，走进408号房间，会有六张笑脸欢迎您的。

这天下午，我真的扛了一箱红富士苹果敲开了七栋408室的门。果不其然，有六张苹果般的脸顿时绽开了花，这六朵鲜花显然被我的大方和热情所感动，又是搬凳又是倒开水，殷勤异常。捧回书之后，在闲聊中，她们问我："你们寝室有多少人？有什么爱好？"我一一回答了她们所关心的问题。我说："我们也是六个人，爱好看电影和郊游。"她们说："呵呵，我们也一样，我们也爱电影和郊游。"我说："那我们结成'友好寝室'怎么样？""好啊！"408室荡起一阵欢呼声。

"友好寝室"结交以来，一直愉悦着校园的学习生活气氛，也愉悦着我们彼此的心情。

第二学期，我们开学较早，一回到学校就碰上了西方人所推崇的情人节。对我们来说，这本也无所谓，可偏偏408女生玩起刺激的。吃中餐的时候，我们在张贴栏内见到了她们的信：

九栋408全体舍友：

你们好！节日愉快！

寒假激情已退，生活回到座位，过年餐餐美味，现在注意清胃，革命身体宝贵，白天多喝开水，晚上早点儿去睡，我们友情珍贵，这些提醒免费。另送祝福数言，就在你们信箱里面。有事常联系。

七栋408全体成员于2月14日

我们迫不及待地回到宿舍，掏开室外墙壁上的信箱：每人有一封信，每信就是一张贺卡，卡上内容极尽语言之荒诞、内容之离谱！

给室友A君的卡片上，是这样写的："我爱你，不骗你，就像农民爱玉米，还君玉米双泪垂，恨不相逢未嫁时。"

我连忙打开我的，一看，顿时也大跌眼镜："节日到，好运往你头上掉，美眉要你抱，钞票朝你飘，乐得你梦中都在喊：要！要！要！"我们在宿舍大声传阅着，闹成一片。冷静之后，大伙决定我们也要表示表示，于是，第二天校园里便出现了我们以她们寝室的名义炮制的一张广告：

人民电影院上映柏林电影节金熊奖最佳故事片《泰坦尼克号》，加映《民国特大谋杀案》，两场连映，票价仅五元，有意者请与七栋408室联系。数量有限，购者从速。

七栋408室友启

打探消息的室友回来说，七栋408室从午睡起，敲门要电影票者持续不断，搞得她们满头雾水，最后只得在门上贴出"票已售完，勿再骚扰"。

我们大笑，直捧着肚子喊"哎哟"。

3月份的最后一天，我们接到了七栋408室女友们的邀请函："明日周末凡有愿与我们结伴同游旗山国家森林公园者，请在今晚务必准备好一切，包括运动鞋、干粮、矿泉水、照相机等。明早六点准时在校门口集中，不见不散。”

吃晚餐的时候，我们又从校园广播站的点歌台里听到她们给我们点的歌，那是一首20世纪80年代特流行的歌，叫《年轻的朋友来相会》，这很符合我们第二天即将与她们一起去郊游的心情，我们异常兴奋，忙着打点包裹，忙着买胶卷，有人还弄来了一部望远镜，说是好到武夷山上去了望闽江沿线风光……

春天的早晨颇有几分凉意。6点钟的时候，还不见她们来，又等了半小时，仍不见她们的踪影。“怕是出了什么问题吧？”有人疑惑。“肯定出了问题！”我说，并掏出我时常携带在身上的那本《五昧果》，拿在手中扬了扬：“大家知道今天是什么日子吗？知道五昧果的滋味吗？”

“愚人节！”大伙顿时恍然大悟……

（原载2007年第1期黑龙江《语文天地》、2006年11月号湖南《第二课堂》）

猪年话猪

当年的课堂上，老师教导说：“猪全身都是宝，猪肉可以吃，猪皮可以做衣服、鞋子，猪毛可以制刷子……同学们，大家想一想，猪还有什么用处？”一位同学举手答道：“猪的名字还可以骂人！”可以说，傻乎乎的猪，与我们的日常生活息息相关。

在计划经济时期，农家的每一头猪都有高贵的地位，从给猪看医生、伙食标准，到光荣殉家，均有历历档案。

为了猪一生平安、健康，要为它们颁发“户口本”。本子里称猪的毛色为“黑”或“花”，性别有“文猪”“草猪”之分。称“文猪”，就是还在幼仔时期就被阉割的公猪；如果是母猪，要等到其成年了开始发情的时候，才能阉割，骟去卵巢后的猪称为“草猪”。它们除了喝奶外，还要补充其他营养，要补铁，要防止贫血，还要多次打疫苗预防疾病，等等。猪们的户主都被颁发了《牲猪预防注射证》。它们被要求注射一种叫“兔化疫苗”的药，以预防猪瘟病。

当时的土猪有一年左右的生长期，走的是猪道，立的是猪品，肉质鲜美，营养丰富。不像现在三四个月由激素催长速成的短跑运动员猪，一眨眼工夫就跑到了终点。现在的猪，太珠光宝气了，是贵妇猪，一身的肉松松垮垮，味道淡化，我们再也吃不到一碗回味无穷的正宗回锅肉了。本土猪面临灭绝，或许是一场生态灾难的开始。

孔圣人说：“一箪食，一瓢饮，在陋巷……”猪虽没有高尚情操，但也需要可口的饭菜，不然它们只会瘦身了。猪的饭菜来源丰富，有煮熟了的红薯、红薯藤、红苋菜、米麦糠，也有其他野草等粗食。一头看似上等苗条而又勤劳的猪，自打被主人圈养在一个昏暗的宿舍里，它的主要工作任务就是每天按时吃喝拉撒。饿了时，偶尔跑到舍栏门前运动一下声带，练练歌喉，咆哮几声。除此之外，要么嬉闹追逐、嗷嗷欢叫，要么就是呼噜大睡。猪们憨态可掬，傻头呆脑，殚精竭虑地服务于人类，最终结局却是舍身成仁。

逢年、娶媳妇是要杀猪的。人逢杀猪精神爽，年猪喜事滚滚来。当年杀猪不是随便能杀的。先要去地方肉食站办理《牲猪准宰证》，只有在按质按量完成了全年国家派购猪任务以后，才被允许宰杀牲猪一头。同时，还要纳税，必须有《省财政厅税务局屠宰税完税证》，才可磨刀霍霍向猪羊。

依稀记得年幼时腊月天杀年猪的情景：那时节，寒风簌簌，年味却渐渐温暖着村庄。神态高傲的屠户在众人的簇拥之下，来到家里，一声吆喝，指挥帮忙的人烧水的烧水，下门板的下门板，屠户呼出的气挂在唇边的胡须上，闪闪发亮。他点燃一支烟，缓缓地吸几口。然后，拿出磨蚀得瘦削的刀子，并用拇指在刀刃上横试着。围观的人问用不用再磨一磨，屠户说："你还真爱操闲心。"围观的人就打着哈哈，回答他："没有张屠户，怕只吃得连毛猪了。"打趣声中，那猪不识时务地嗷嗷吵着要吃食，它还不明白即将到来的危险，直到被几个帮忙的后生仔七手八脚地摁倒在地，又被横拖竖拽地弄到地坪当中的门板上，才意识到事情不妙，不间歇地号啕起来。尖利刺耳的叫声使得邻居家的狗受了惊吓，它躲出场地中心好远，当发现这种刑罚对自己没有威胁时，又凑到近前钻来跳去。看着刀进刀出这一血腥场面时，母亲终于忍不住，一扭身钻进屋里去了。过后，她要用纸钱蘸些猪的鲜血，再把血纸钱糊在猪舍门柱上。母亲红着眼圈，表达对忠心耿耿的猪的最后一点儿纪念。

如果养的猪是供国家派购任务的，在猪被赶往肉食站的路上，母亲也总要亲切地向渐渐远去的猪吆喝几声，留恋猪的心情久久不能平息。至1992年，许多地方全面放开肉、蛋、菜的销售价格，猪肉正式走向市场调节。

猪的世界里，也不乏温情脉脉的情感猪。清朝常州有位叫吕又新的司马，有一天出去，忽然看到跑来两头猪，趴在他的官轿前，抬着头像是在哀求什么，驱之不走。吕十分惊奇，就下令停轿，让随从去调查这两头猪来自谁家。不多时，随从带来了一名屠户，他说这两头猪都是几天前买来的，今天就要宰杀，不料突然跑掉了，没想到它们冲撞了大人的仪仗。两头猪见屠户到来，更是俯伏在地上不敢动，浑身颤抖，哀嚎不已。吕公见状，生了怜悯之心，就对屠户说："这头猪卖给我吧，我照原价给你！"猪被带回署衙，养在圈内。第二天吕公早上起床来到前院，两头猪俯伏在他面前，做叩头的样子。从这天起，每天清晨猪们都要到前院来，只等吕公出房，就向他叩头。要是吕公从外回府，听到远处的开道锣声，两头猪就欢喜跳跃，好像在等着迎接他。吕公下任时，对两头猪招呼说："我今天要回去了！养了你们几年，不忍心再让你们遭屠宰，就送你们去放生道院吧！"两头猪犹豫不安，依旧哀嚎不止，好像不愿意。吕公懂得它们的意思，就安慰说："你们不愿离开我，那就带你们一块儿回乡下去，怎么样？"猪们就做出叩头状。于是，它们就被带回了常州老家。豢养了十多年，到吕公逝世，两头猪日夜哀嚎，喂饲料，它们也不吃。没几天，就绝食而死。

自古以来，猪在中国人的家庭里是很有地位的。在以象形著称的汉字的"家"中，其宝盖头下的"豕"，代表的就是猪。由此可见，在过去国人的心目中，无猪是不成家的。过去讨老婆，娶儿媳妇，家中养猪的多少，是爱情的重要砝码之一。

猪象征圆满，象征丰润。人们喜爱猪，还为猪制作了精美的邮票和其他装饰品，以纪念为人类做出了杰出贡献的猪。热爱猪吧，在我们这个有着九千年养猪历史的国度里，猪在我们的农耕文明中，扮演着重要的角色。有时，我就喜欢蹲在某一头土猪旁边，为它梳理鬃毛，跟它亲切交流，与它一起享受春天暖暖的阳光。

（原载2019年1月14日《巢湖晨刊》副刊）

解开陈年的结

沈家声：蝴蝶结认真地看着我，一字一顿地说，行，还是不行？我们只是做做样子，别慌张，没有阴谋。

古城的上空开始飘着细细的雪花，不需要打伞，雪花柔和地飞在脸上，好舒坦。

闲空时，我以45度倾斜的身子，微偏着头，呆呆地望着绳子两头的这两株梧桐树出神。

这样下点儿小雪的日子，这样有点落寞惆怅袭上软弱心田的时节，总该不会碰上没有情调的事吧？

偏偏让我碰上了。确切地说，我中了害人不浅的美人计！

绳子上吊着的是春联，用夹子夹着，在微风中猎猎飘舞。今天的生意还不错，上百副春联的收入已入囊中，我满意地拍了拍这只装着钱的皮箱。

蝴蝶结就是在这个时候翩翩而来的。我只能称她为“蝴蝶结”，她梳着齐耳的短发，右边头发上别着一只白色的蝴蝶结，醒目，高雅。她长相也蛮耐看的，学生模样，牛仔裤，轻便旅游鞋，提着一只皮箱，式样和颜色跟我的差不多。她看人的时候，没有一丝儿羞涩，乌黑的眸子嵌在俏丽的脸庞上，显得清亮而妩媚，似乎荡漾着海水的蔚蓝。

她用食指点着对联，歪着头，呵呵一笑，问：“对联咋卖？”

我满心欢喜地接待着这位漂亮的顾客，答道：“先看看吧，看看有没有喜欢的？”

她一边看一边啧啧地说：“哎呀！这字写得多潇洒！棒啊！”

听到赞美，我像腊月天喝了一壶芳香浓郁的粮食酒，心头一阵暖和。

我说：“你要哪一副？我给你取。”

“那就拿‘几点雪花几点雨；半含冬景半含春’吧。”

“你真会选，这副有点蒙胧美。”

“我就喜欢蒙胧美。蒙胧代表模糊不清楚。看得出，你是搞文学的，你看徐志摩、戴望舒他们的诗，不需要把一切都说出来，说白了没味道。”

“是呀！就像你，像你从雨巷中飘来，如仙子一样，只可惜你没打油纸伞。有了油纸伞，那就犹如‘犹抱琵琶半遮面’，多蒙胧！”看她很健谈，我认真地恭维她。

“若真像你说的‘仙子’那样，我还食人间烟火吗？”

“你是食人间烟火的仙子呀！看你那一低头的温柔，好迷人的！”

“哈哈，哈哈！你就不怕我的温柔攻城略地吗？”她露出来崭齐洁白的牙齿。

“攻城略地有什么可怕的？你的眼神就像两泓春水，已差不多淹到我心坎来了。”

一问一答间，她显然来了情趣，她盯着我的眼睛，问：“攻城略地？你知道中国攻城略地的核力量吗？”

“不知道。”我热烈的目光迎着她。

“中国从1964年起就已经拥有了核武器，中国已具有‘三位一体’的核打击力量，何谓‘三位一体’的核打击力量？那就是指战略轰炸机、陆基弹道导弹和潜射弹道导弹三个方面。”

她声音清脆，我们刚刚搭上话，就居然跟我谈起了中国的军事！还不时发出咯咯咯的笑声。

我惊讶得半天合不拢嘴！她知道的东西这么广泛和详细，不是一般人哪！我说：“你真是一架‘轰炸机’……”

她自负地笑笑："轰炸你还是绰绰有余的。"又说："我早就注意到你了。"

"你认识我？"我突然如堕五里雾中。

"我不光认识你，还深刻地了解你……先不跟你说这些……"

真没想到，自己在情感的跑道上还未来得及起跑试航，就已被美女盯上了。我像又添上了一杯酒似的，精神亢奋起来："这副对联就送给你，不收钱，留个纪念吧。"

说完这话，连我自己都不由得感到奇怪：我本是出来卖对联的，这个蝴蝶结为什么不用付钱就能白得到一副？

雪花静静地飘落，房顶上树枝上缀起了斑斑白点。天气并不怎样冷，甚至依稀有一种微微的暖意。

锃亮的小车流星般穿过建筑物间的河床，卡拉OK的伴唱徐徐地把吻部凑向梦里的情人……1992年腊月的大街上，生发出几多有姿有彩的画面。也有很多闲人剔着牙，打着饱嗝，从餐馆酒店出来，走向电影院，电影院要放映一部荣获了奥斯卡金奖的爱情故事片，广告都做得缠绵极了。

我和同校好友罗石亮无心欣赏奥斯卡大片，我们正在地区电影院广场开拓高雅的文学事业。我们的文学社太需要经费了，我们商议后，决定在大街上现炒现卖自己的对联。

蝴蝶结在我旁边站立着，漫不经心地拨动着我那支写字的毛笔，说："这是一支神来之笔呀，你靠它能写出这么四平八稳又龙飞凤舞的毛笔字来，真不简单，你是神笔马良吧？"

她抬起头看我一眼，那亲切柔和的目光，在我心里泛出一片海。

之后，她坚定地说："对联我不仅要付你钱，而且要给你几倍的钱……"说着，她从身上掏出五张10元的票子来，在手里甩了几甩，递给我。

我慌了神，不敢接钱。

这么多钱，只怕是烫手山芋。我问这是怎么回事。

她说："算是给你们的赞助费，你拿着。但是，钱不能白给你，你要帮我一个忙。”

果然，山芋伸过头来了。

我一惊：“只怕……”

“只怕帮不了忙是不是？你胆怯了？”

我连忙改口：“只要我能帮的，一定帮。”又拍了拍胸脯。

“要你做我的临时男朋友，实习期半年。”

我鼻梁上的眼镜差点掉在地上。仔细打量她，一个明艳动人的女子，不带有半点饥不择食的样子，怎么会有这种荒唐的想法？

蝴蝶结认真地看着我，一字一顿地说：“行，还是不行？我们只是做做样子，别慌张，没有阴谋，你不会失身的。”

我哑然一笑。心里头轻松了一点儿，说：“那……那边走边唱吧。”

好！不走调就行。

我接过五张票子。平生第一次觉得，自己遇上了一件很好玩的事。

“我会再来找你的。”说完，她提起皮箱子，大踏步而去。

我扶了扶眼镜，满腹的疑问不散。她的动机是什么？她为什么要选我做她的临时男友？我觉得，自己像是掉入了一个迷宫，怎么走，都走不出去。

打开箱子，我准备把这几张赞助的票子放进去。打开一看，傻了！这根本不是我那只皮箱，这里面只有几本杂志和一瓶雪花膏。我那里面可是有600多元现金的！我问伙伴罗石亮怎么啦，他说：“我一直在这一头招呼顾客，我咋知道你的情况呀？”

偷梁换柱了！她轻轻松松地戏弄你，大大方方地诈骗你，把你哄得美梦一个连一个，你还蒙在鼓里！

我的眼里涩痛起来，像是揉进了沙砾，心一下一下地抽搐着，簌簌疼，犹如针扎一般。我喊罗石亮：“收摊！”

我们像两条被咬得遍体鳞伤的狗一样，疲惫地拖着自己的身躯，走在灰暗的暮色里。经过城区的石拱大桥时，我气不打一处来，一股无名怒火涌上心头，我把手里提着的这个包狠狠地砸入了激流滚滚的江水里，又大叫一声，吐了几口唾沫，“见你的鬼去吧！”

回到寝室，我颓废地往床上一躺，只想沉沉地睡去，赚的钱打了水漂不说，还被人家彻彻底底地戏弄了一番，想来真窝囊！

将睡未睡时，宿舍管理员刘阿姨在楼下喊：“沈家声，你家里来电话了，要你放假后马上回去。”

我问：“电话里讲了有什么事吗，刘阿姨？”

她说：“讲了，好像是要你回去修族谱。”

罗石亮：爱是一段美丽的年华，在三年前故乡那所中学里是那般清澈地存在过。

昨天和沈家声卖了大半天对联，结果惨遭别人暗算，我们的文学事业受到了挫折。同样，我的爱情也正面临着危机。

沈家声接到回去修族谱的电话，他今天一早就来找我：“石亮，我们一起回家吧。文丽也许正盼着你快点回去哩！”

我和沈家声的老家同属一个村子，我们读的又是同一所师专学校。由于我们创办的文学社需要活动经费，大三一期刚刚放假，我们便在大街上扯起了卖“狗皮膏药”的大旗，而顾不上回家。

谁不想早日见到自己的心上人？可是，即使见到文丽，我又不知该对她说些什么好啊！

楼下的雪松树依然绿叶葱葱，尽管它不时地要掉些叶子，但这并不影响它的青翠浓郁。

世界很静，放寒假了，师生们大都隐遁不见。我盯着一片树叶，恍惚间，脑海中浮现出沈文丽的影子……

沈文丽，沈家骄傲的公主，被称为心灵手巧的“巧姑娘”。弯弯的眉毛像初三初四的月牙儿，一双眼睛水灵灵的，盛着几分矜持几分羞涩。论辈分，她是沈家声出了五服的小姑。可是，我们罗家与沈家是由来已久的冤家。

在老家道士湾，唯有我们这几个年轻人被视为有叛逆祖先行为的嫌疑人。我们试图解冻家族间长期以来形成的坚冰层。我爱着沈文丽，沈家声是义无反顾支持我爱情的朋友。

爱是一段美丽的年华，在三年前故乡那所中学里是那般清澈地存在过。

那时，我与沈文丽在同一班学习，我暗恋着她，从高一开始，就萌发了那缕羞涩的情愫。老师编座位时，文丽总是坐在我的前方，左前方，或右前方。所以，我总能欣赏到她柔美的背部曲线，她转过头来时，或许还能窥到她秀气的鼻翼，还有额头上的汗珠和湿漉漉的一绺头发，这些都能让我怦然心动。我幻想，自己的目光就是自己的双手，我每天都要一一抚过心上人的每一个动人的细节。

热天里的一杯茶，雨天里的一把伞，饥饿时的一盒糕点，都能被准时传送到沈文丽的手中，每一份小小的关爱里，都蕴蓄了我深沉的爱恋。

有一天下课后，文丽忽然支支吾吾地问我，能不能帮她写一首诗。当时我正在抽屉里偷偷阅读琼瑶的《失火的天堂》，感动得泪水洇湿了一大片书页，突然被她吓一跳。反应过来，抬起头，她看到了我潮湿的睫毛，我惊慌失措地笑了笑。

她微红着脸，低声央求我。说她老是记得一个人，可那个人似乎又离得太远了，请我帮她写首怀念的诗。

一瞬间，我像受了委屈似的，我暗恋的人竟然有了她自己的心上人！而她又居然要我帮她写情诗，这不是在我痛苦思念的伤口上又撒一把盐吗？

一缕柳絮从窗户飘进来，彼时，我突然有种要哭的感觉。

我说："文丽，我恐怕写不出来，我没有灵感，我很痛苦。"

她说："诗人，我知道你行的，这诗非你写不可，只有你才胜任。你要帮我传达我的思念。"

啊？那一刻，我看到自己的心脏在熠熠生辉的阳光里碎裂成一瓣一瓣。我想挤出一个笑容，可是眼泪不听话地快溢出来了。

上晚自习之前，我把哭脸扮成笑脸，向文丽交了一首绝句，叫《秋思》：

芦花零落鹧鸪啾，

万里愁烟锁碧流。

寂寞江头音信渺，

相思一曲念悠悠。

沈文丽接过诗，目光慢慢地把文字扫来扫去。然后，又瞄了我一眼，说：“真好！”又把头放低，几乎靠在我桌面上了，轻轻地说：“下晚自习后，到操场旁边的石凳上等我。”说完，静悄悄地离去。

我受宠若惊，不知道她唱的是哪一出戏。

那是一个月亮在厚障的云层里穿梭的夜晚，我在操场旁边的石凳上第一次近距离地与自己暗恋的人坐在了一起，我想，这该是一个多么适宜倾吐心曲的夜晚啊！

可是，人家已是名花有主啊！月亮将轻纱般朦胧的光线倾泻下来，篮球架、水泥地、花草、旗杆等，都在这般朦胧的笼罩里湿润柔和起来，就连草丛里的青蛙们，都好像在温柔地谈情说爱。

沈文丽从携带的包里摸出两瓶啤酒和一包熟花生仁，摆在石凳上，示意我不必客气。

月光流泻在她清秀的脸庞上，她幸福地陶醉着。

我蠢直地问她：“你怀念的那个人是男的，还是女的？”

她扬了扬眉：“你诗里不是已经写出来了吗？‘相思一曲念悠悠’，你说，相思不是男女相思是什么人相思？”

“那……那……你很爱他吗？”我结结巴巴地问。

“当然啦，不爱他我给他写诗吗？”

“可是……可是……那诗是我写给你的呀！”

“是你写给我的呀！你读过戴望舒的故事吗？有丁香花一样情结的戴先生，他每天都给自己的恋人写一首诗。我只要求你每周写一首，你写格律诗也行，新诗也行。”

“不明不白。我是你什么人？御用文人吗？”

“不开窍的人！”她用指头在我额头上一点，“就知道喝醋，这是酒，你知道吗？现在你喝的是美酒，不是酸醋！”

我握着酒瓶子的手悬在嘴巴边上，怔在那儿，思想上一时转不过弯来。

“还不明白呀？你把自己与我思念的那个人位置互换一下，就进入角色啦！”

“原来，你那心上人就是我呀！！”

清冽的酒，喷香的花生。我的心房一阵暖热。

“好！好！我每周都给你写诗，现在就为你赋一首新诗，好吗？”

“那就赋一首来听听……看感情色彩浓不浓厚？”

思考片刻之后，我清了清嗓子，开始进入角色：

想你，春水朝我的池塘泛来
我把相思的种子
浸透又培栽
夏天想你的花
如何开
秋天收获你的果
拥胸怀
我思念的潮水啊
漫上了地球的台阶……

沈文丽听得眼都不眨，一层柔密的睫毛下，是水一样清澈的眼神。

两个人同时抬起头来，目不转睛地凝视着对方。

“文丽！”我的喉咙里咕嘟了一声。

“石亮！”沈文丽越过摊在石凳上的花生米，把手伸过来，我一把搂着了她。

月亮穿越一堆云层，又探出头来，清辉如汁，密匝匝地铺在大地上，泻进树叶之间，我们沐浴在这美好的夜色里，我们吮吸着夜晚的甘露……

沈文丽把头埋入我的怀中，我搂住了她的腰肢。我的右手折进怀里摸她的耳朵，抚她的头发，我只觉得自己的手不太灵活，便只好低低轻轻地用嘴咬她的耳朵，吻她的额头……我的幸福感不断地增长，一种纯然的快乐情绪就像酒精在血管里奔腾一样，开始把半痴半呆转化成兴奋的晕眩，我的喉咙开始发干，我的全身在颤抖。

沈文丽抬起头来，面容宛如一盘明月，脸上升腾起撩人的热气，她的心里也像是注入了一股新鲜血液，整个人都像6月枝头的树叶一样鲜活。我们都从对方的眼睛里读出了一种幸福感。

我重新把嘴唇慢慢送去，她把嘴唇慢慢烙到我的唇上，我浑身颤动着。她紧紧地箍着我，她的嘴唇香软而柔腻，我像一块冰，在慢慢地消融……

她闭上了眼睛，整个身儿贴在我身上，我们俩紧紧地抱在一起，完全沉浸在被无比的幸福所引起的愉悦中了。

月亮闪进了云堆，无边的黑暗漫过来……

沈家声又在楼下喊我，我把神思从三年以前的岁月拉回到现在。

我和沈家声同时考入南方古城的这所师专学校，沈文丽命运不济，她差20多分落榜。她说这是个人的命，是命中注定无法更改的。她在给我的信中，就常常流露出忧伤，梦魇的忧伤。她说她常常做梦，梦里明明是春光明媚，桃红李白，却不知为何，忽然就来了疾风骤雨，席卷着，肆虐着，满树桃花李花，绽开的，含苞的，刹那之间，零落成泥碾作尘。这样花落凋零的梦魇，在这些年总是追随着她。每每午夜梦回，总是悚然惊醒，心有余悸。再想起前尘往事，梦里梦外，全都是酸楚。

沈文丽的情绪无疑感染着我。我已有几个月没给她写过一首诗了。写诗对于我，原是一种感情的寄托，现在仿佛是一种负担了，我不愿意跟她说些为什么，我觉得自己跟沈文丽的感情，迟早只是一场春梦。家族间的压力，我自身的苦闷，便是王母娘娘用金簪划出的那条银河。

原答应过她的，这个假期，我要陪她到家乡附近的九龙山寺院去拜一回佛，烧一炷香，为她祈祷幸福。她是信命的，愿菩萨保佑她！

转过头，窗外有落叶轻轻打在窗棂上，像一种萧瑟的告别，我的眼泪终于不可抑制地滚落下来。

沈文丽：回头仰望佛祖宽容的大肚和那双慈眉善目的眼睛，仿佛听见他在宽慰我：一切苦难和隐情，都会过去的，抬起头来，眺望远方吧！

日子像窗外的树叶一般簌簌飘落。

冬天来了，小昆虫都睡了，蝴蝶儿还在巢里酝酿情感……所有的爱情，只待明年春暖花开时节，就都会蹦蹦跳跳、翩翩飞扬起来。

石亮上大学的日子，我觉得自己的生活很空虚，一爿服装店，就串起了我碎片般的日子，但生意只是点缀，晒网的时间却比较多。

更多的时候，我喜欢一个人在傍晚时分咀嚼忧郁。坐在隔壁楼房的平顶上，望着马路延伸去的山垭口，呆呆地出神，总希望那里突然出现一个眉眼都干净如水的男子，他披着一身的晚霞，朝我姗姗而来，我热热的目光就会像向日葵一样转向他。

他当然就是罗石亮。他夏天穿的那件淡绿格子的衬衣，有如水草，一直柔和地长在我心里。他冬天里飘逸的那条墨绿色围巾，无论飘到哪里，都能将我的眼睛擦得通通亮亮。

腊月的这个傍晚，我又坐在平顶上，嘴角噙着一枝草茎，那草有丝丝甜味，也有丝丝酸味，我噙着这种滋味，望着近处的村庄和远处的山峦。

大自然给予人的，多么坦荡！我想。

太阳在西边那一脉大山中慢慢沉落，红艳艳的晚霞顿时布满了天空。很快，满天飞霞又都消失了，大地渐渐由透明的橘黄变成了一片混浊的暗灰。

暮色苍茫中，两只亲热的小黄狗在相互追逐着，低低地叫吠着，鸟儿们也唱起了恋歌，正拍翅归巢……

望着远方渐渐模糊的山峦，一种空旷和寂寞的感觉霎地传遍全身……

山垭口，突然出现一个人，那身影不就是罗石亮吗？真是想曹操曹操就到呀。

见到石亮的这一瞬，我的两条腿像被谁用棍子猛击了一下一样，顿时感到绵软，我一下子瘫坐在地上，双手捂着脸，鼻子一酸，指缝里淌出了颗颗热辣辣的水珠子。

夜幕中，我们两人对视着，有片刻的时光在对视里怔住了。微风掠过，我开始细细地打量身边的爱人，他有了些变化：浓黑尖利的短发，棱角分明的脸，眸子里闪着善良而忧郁的光。

我的眼泪打在唇角，因为心底的喜悦。那些水滴，被罗石亮轻轻抹去，罗石亮说，那是嘴角绽出来的花朵。

我好快乐啊！我们一前一后进得我小镇的服装店里来。跨进店门，我就把门关上了，我从后面抱住了罗石亮，我的呼吸就在他脖子间，像无数根潮湿的水草，不动声色地撩拨过来撩拨过去。罗石亮的身体僵了僵，突然就转过身来抱住我。我低下头去，他就压下头来，笨拙地寻找着我的唇。

渐渐地，他的吻缠绵起来，我只觉得心里的花蕾正在勃勃张开。尽管石亮接吻的水平不熟练也不精湛，但我能感觉自己被他深深地爱着。他的吻让我变得酥软变得润泽，我心中的花儿正姹紫嫣红竞相开放，至最后，怒放成了一条澎湃的河。罗石亮是那蹚河的船。他有一只粗糙却温暖的手隔着衣服在我的背和腰间，像不知所措的猎物，上下蹿动，不得要领。我急忙抓住他那只手放进我的衣服里，期待它一路翻山越岭，找到它理想的归宿之地。

可是，喘着粗气的罗石亮突然停下来，他急忙抽出那只手，说："不行！我不能够这样对待你。"

"这有什么不可以啊？"我的眼睛期待着。

罗石亮舌头打结地说："有些事你还不知道。日子慢慢过吧。"

坐下来了。

我们相约第二天去爬九龙山。为掩族人耳目，我与罗石亮商议，要他在山脚下等我。我呢？对外说是到县城进货去了。

那天的云雾很浓，团团絮絮，在山峰间悠悠飘动。

接近年底了，沿途香客并不多。但大款模样的生意人，放了假的学生们，以及其他善男信女，还是有一些。求一个四季发财、登科及第和美满爱情，都是香客们所向往的。

清冽的溪水、欢快的小涧，伴着我们一路前行。山顶寺院门前，古银杏树参天耸立，水杉林一片葱茏。一切都是那么自然、静谧、庄严。

一座青砖砌成的四方小城便是九龙寺院，凹进去的两扇大门边，镌刻着一首气势磅礴的对联，联曰：仙影婆娑，万木丛中观自在；佛光缥缈，九龙山上卧如来。

我同石亮一同跨进大殿，佛祖如来的像高居莲花座之上，妙相庄严，颔首俯视，令人敬畏。前面有灰盒，有燃烧着的香支蜡烛，也有燃尽了只剩下光杆杆的，稻草制成的拜垫就在脚下，香烟正在神案上飘绕，一盏灯静静地吐着红舌头……整个寺里弥漫着一股佛光缥缈的神秘。

两边看，有叫不上名的24个诸天菩萨，有翻飞的吉祥云彩，许多骏马、神龙在云彩里驰骋，云彩上头，赫然写着"佛祖显灵"四个朱红大字。

我俩肃穆而立。我虔诚地点上一把香，口中念念有词，唠叨来唠叨去，希望佛祖保佑我爱情美满、生活幸福。

我一拜再拜，直把和尚感动得双手合在一起。

"抽支签吧？"

"抽支签吧！"

先是石亮抽。

和尚摇晃着装签的竹筒。男左女右，石亮用左手抽了一支，根据序号，到另一处领来了一张油印的签条："不好不好，米汤洗澡，腊月卖凉粉，六月戴冬帽。"石亮"扑哧"一笑，"信个鸟！"他当即撕了。

轮到我了。

我又"扑通"一声跪在草垫上，向前作了三个揖，那和尚煞费苦心地为我摇着竹筒，一阵哐啷哐啷之后，便念念有词地把签筒伸到了我跟前。

我小心翼翼地抽了一支。兑来一看，上面写着："萤在荒芜月在天，萤飞岂到月轮边？重光万里应相照，月断云霄信不传。"

我默默地看了两遍，就把它递给罗石亮看，罗石亮默不作声。签诗的意思似乎很清楚，又觉得有些隐晦，说也说不清，道也道不明。

我退到殿门外边，没有挪步，回头仰望佛祖宽容的大肚和那张慈眉善目的脸，仿佛听见他在宽慰我：一切苦难和隐情，都会过去的，抬起头来，眺望远方吧！

忽然间，我感觉自己已是满脸泪花。

记得自己开始上高中的时候，曾一度与家庭关系紧张，尤其与二兄沈老二，水火一样不相容，他对我总是一副龇牙咧嘴的面孔，动不动搬来所谓的家法来训人，我受不了这个气，曾跑到九龙山来拜佛，希望在我的生活中有好心人来帮助我、关爱我。没承想，后来，在我的视野里，真的出现了我倾心的人，那就是罗石亮。于是，我对佛祖油然而生崇拜和信赖之心，感觉冥冥之中有一种力量在帮助我成全着我。

虽然自己的高考就像拿破仑的滑铁卢战役，但我对生活还是很知足的。求佛的人永远是这样多，佛祖他老人家一定很疲惫，我就不要再过多地烦扰他了。我觉得，人生的路没有哪一段是可以回避的，苦也好，痛也罢，都是人生的必修课。

我在云雾深处，一直就这么想着，就这么傻傻地坐了好久。罗石亮陪着我，也傻傻地坐了好久。

沈家声：这是江南正月一个微暖的日子，但我觉得身体里仍蹿出点点寒意。我打了一个喷嚏，这让我想起这次修谱的不快。

沈氏续修族谱的大会开了两三次，从农历去年年底开到今年正月初八。

这是江南正月一个微暖的日子，但我觉得身体里仍蹿出点点寒意，渐渐地，整个人就被这些寒意包裹起来。我打了一个喷嚏，这让我想起这次修谱的不快。

抬头看天，天空澄静明朗，我却感到有些快要下雨之前的沉闷。

承沈氏族人的抬举，我被推荐担任《沈氏九修族谱》的主编，主要负责编辑审订卷首和卷末的艺文及人物志等工作。一个假期，我了解到了不少族史掌故。

譬如，在中华民国三十七年修撰的沈氏八修老谱上，就有一篇介绍我祖父沈玉阶的文章，文章介绍了祖父的生平和历任保长、团总、里长等职的情况。对此，我并不以为然，并在大会上建议删去他打官司的那章内容，孰料，却遭到了族内耆宿们的一致反对。那段文字是这样开头的：

玉阶，字子实，幼颖异，授经史子集，过目成诵。才思敏捷，尤推重一时……玉阶聪慧过人，工于反驳，口若悬河，一生打赢官司无数，唯败于中华民国三十六年沈罗两族的南竹官司上……

后面详细叙说了那场南竹官司的经过。掩卷沉思，作为沈玉阶的孙子，我建议这段官司的介绍，不宜继续宣传下去，以避免沈罗两大家族矛盾的加深，我们应该化干戈为玉帛，让子孙后代冰释前嫌，和为一家，族人为什么还要在九修续本上喋喋不休地把它讲下去？

“你真让我失望！你不认祖宗了？你不晓得那是耻辱吗？”对我说这话的当然是我父亲。

父亲的话回荡在这个乍暖还寒的春季里，滋生出几分苍凉，让我包裹得厚实的心疼痛不已。

这天晚上，是一弯如洗的新月，像刚出生的婴孩般皎洁干净。

我睡了一觉醒来，去厕所，路过堂屋，却吃惊地发现父亲仍坐在堂屋口的椅子上。没有开灯，新月洒下来的一些光照在他的脸上，有说不出的失落和伤感。我转回来时，父亲叫住了我。

“狗仔，想当初，你爷爷就曾对我沈氏后代寄予过很大希望……”

父亲有话要说。

我搬了条板凳默默地坐在父亲身边。我已高出父亲整整一个头了。

父亲语调平静，目光凝视着夜空，带我游历那段岁月……

父亲说：“你爷爷临终之前，一双眼睛总是闭不上，圆睁睁地看着我，我问，爹，您还有什么不放心的吗？”

爷爷伸出一根枯枝样的手指，久久盯着父亲。

“给您糊个新屋烧去？”

爷爷的眼睛不闭。

“给您扎一乘您过去坐过的那样的轿子？”

爷爷的眼睛还是不闭。

父亲不知道还应该问啥。猛然想起自家四代单传，一摸后脑壳，便有了。

“给您养个孙儿？”

父亲问完，爷爷的头就向一边歪去，带着满意的神情，永远闭上了眼睛。

我呱呱一坠地，父亲就乐得大拍床腿：“祖上眨眼了！祖上眨眼了！”

父亲向母亲伸出来一个大拇指，母亲骄傲得红了脸，带着虚弱的声音娇嗔父亲：“就你行！”

起个什么名字好呢？父亲费了一箩子的神。最后找到小学校那个戴老花镜的先生，先生盯我父亲半晌：“叫‘家声’吧，‘重振家声’意也。”父亲还不放心，另为我叫了个响亮的小名“狗仔”，父亲说，叫个畜生名好养。

七八岁刚刚藏起光腚时，家里来了个相面的八字先生，翻开相书，那先生拍案而惊：“这小子天庭饱满，双耳肥墩，面色红彤，鼻像熊胆，眼中有灵光，奇才，奇才呀！”

善良的母亲乐得颠天颠地，起紧刷锅打荷包蛋……

父亲收回远处的目光，把脸转向我，眼里闪出亮光，带着振奋人心的力量，说："狗仔，你就成了我们沈家的顶梁柱了。"

我对自己的童年生活，觉得并不遥远，清晰得就如在昨天。

十一二岁光景，我开始代写书信，代写合同契约，代写心得，代写检讨，相求的人，一脸恭逊。父亲那时候就跷起二郎腿，卷一支旱烟，"狗仔，你就好好弄吧……"那得意的神色，仿佛春天下午的阳光后面牵扯出一大片蔚蓝的天。

我沐浴着祖宗的"光晕"，从小就勤奋攻读，一路迢迢到高中毕业，到考上大学，用族人的话讲，我成了道士湾的"状元"了。

道士湾因在历史上出过什么有名的道教徒而得名，又因一条三四丈宽的小河在这里弯了个曲尺拐而得名为湾。小河弯着的自然村，主要生活着沈罗两姓村民，间有其他杂姓。沈氏家族庞大，罗氏为弱族，不及沈家人口的三分之一。

小河给道士湾带来了潺潺的流水，也带来了湿漉漉的风。

山野的风，总是荡在道士湾里呜咽。

就沈罗两大家族几十年以来的纠葛，我在接下来的族谱会议上，以主编的身份反复强调了安定团结和摆脱愚昧的重要。

我从原始洪荒讲到轩辕黄帝，从茹毛饮血讲到唐尧舜禹，人类是怎样摆脱蒙昧和野蛮的，华夏是怎样踏上文明富强的阶梯的，又讲了孔夫子周游列国传学授业解惑的教育典范……族人对我深远重大的理论，无不纷纷点头表示赞许。只是若要沈氏去主动媾和罗氏，他们咽不下历史上的那口气。

散会的时候，一向蛮横的沈老二拍了我的肩膀："狗仔，我们沈家就是不一样，你一定要超过罗石明罗石亮！"罗石明是罗石亮当兵转业回来的哥哥。

罗石亮：沈老二在转头的一瞬，他看到了我。他的脸上一阵黄，一阵白，他的眼里满是怨恨。

吃过早饭，我约沈家声到镇上走走。当然是去看沈文丽。

村庄的上空飘着淡淡的云，潺潺悦耳的流水声、鸡鸣犬吠声，小巧的桥，倒贴着福字的农家大门，散发着亲情味道的袅袅炊烟，开始飘逸着的细雨，还有路上那些不紧不慢的身影，就像村庄演绎的历史一样，使我的心情悠闲。

行走在脚下是清澈绿水的桥上，瞭望河中水鸟翩翩飞去的影子，有乡村打地花鼓的音乐缓缓地传进耳朵，带着地方浓郁色彩的悠扬与陈腔。这种看起来与世无争的日子，也是一种享受吧。

出了村口，沈家声借故离我而去。他知道我去私会沈文丽，就陪我走过村子里的路段，好让村里人知道我们是一起走的。

沈家声冲我笑笑："去吧，我不陪你了。"他的眼睛很清澈，就像河里的水，可见轻柔的深处。

初春的风里，拂来泥土芬芳的气息，我的心微微抖了一下。我在村口马路旁边的黄土地上蹲下身来，捧起一把把松软的土粒，久久地端详着……我又慢慢地松开十指，让土粒从指缝间徐徐滑下……我一遍又一遍地重复着，感觉自己的情感无比炽热，像太阳一样。夏天，我们罗沈后裔的孩子们，踏着黄泥巴，在这块土地上钻黄鳝洞，收获乐趣；冬天，我们唤着狗在雪地上追逮野兔，或拿着锄头在这野外挖田鼠……这是一块深情的土地啊！

我在差不多要到达文丽服装店时，意外地在小镇农贸市场上看见了沈老二。沈老二没注意到我，他正在全身心投入地做生意。

沈老二用一根竹竿支起一块农药箱上剪下的硬壳纸，上面写着：精心培育何首乌，高级补品滋阴壮阳。

沈老二什么时候种过何首乌？我纳闷。

我避在一旁观看。

"好多钱一斤？"有顾客问。

"不论斤，论对卖。"沈老二说。

顾客从他的篾篓里拿出一对来，果真有模有样，那何首乌有头脸，有四肢，周身还是乌黑的泥巴，是刚刚从地里挖出来的新鲜货。令人惊奇的是，每对何首乌男女形体分明，那乳房，那大腿，凹凸有致，惟妙惟肖，每个的头上还牵连着一根青枝绿叶的藤。有人认得那是何首乌藤。

顾客们啧啧称奇："这一对怕要四五十块吧？"

沈老二哈哈笑着，伸手把何首乌接过来。"老哥，你当胡萝卜看，不到200块，我不会卖！"

老哥摇摇头："咯样值钱，我买不起，只怕……"

"老哥，何首乌好买，阴阳配对的就难找啰，没几十年工夫，能长得个人样？"

老哥犹豫不决，现在市场上各种稀奇古怪的事都有，别是卖假药坑害人的。

沈老二一点儿也不在乎，将何首乌重新放进篾篓里。

丝丝细雨不急不慢地飘着，轻风也吹起来了，不留一点儿温柔与矜持，顺着衣服往里钻，顺畅的凉，冰一样的冷。我正准备离去时，看见一个穿白大褂的人走过来了，那人还背着一口有红十字的药箱，不用说，这是镇医院的医生。医生靠过来，喊道："喂，卖药的，何首乌还有吗？"

"有哇，您老还要？"

"那两副我送人了。我自己还要两副浸药酒，好多年看不到这样的何首乌了！这次要便宜一点儿呀？"

"别人200块，一个也不能少，看您上次买过，优惠20块，180块，怎么样？"沈老二伸出拇指食指两根指头往天上指着。

"那算什么优惠？至少要减免50块。"医生口气很硬。

沈老二面露难色，"我这就只有这几副了，还是我爹手里种的，这也不比一般的何首乌，一等货一等价，别处还没得买哩！这样吧，要得发，不离八，168元一对，你拿去！"

医生问："再不能跌一点儿？"

"再少我就只能喝粪汤了。"沈老二风趣地一笑，露出满嘴的黄牙来。

"好！我再拿两副。"医生递给沈老二236块钱。

还是医生识货。有人讲。

顾客里开始有人挑选了。

刚才那个犹犹豫豫的老哥连忙从口袋里掏钱，说要买一对。沈老二却板起脸孔说："我这何首乌是假的，不卖给你。"

那个人不好意思地解释："我又没说你的是假的……"

沈老二又笑了："你硬要买，那你就心甘情愿地上当啰……"

那人把袋子里的钱全部掏出来，还差几块。沈老二慷慨地一挥手，"拿去，送你个人情。"

那人心存感激，堆了一脸的笑，接着何首乌的手都微微发抖。

接着又卖出了几副。顾客们满意地提着名贵中药往回走。沈老二嘴角挂着一丝不易察觉的笑。

我怀疑沈老二是十足的坑骗，他这人的本事就能够把黑说成白把干牛屎说成是长寿药。那医生，我曾在我们村子里见过，是沈老二的一个表兄弟，这出戏倒演得有声有色。

我悄悄地与从我身边走过的那个老哥搭上话，并从他手里接过何首乌仔细端详着。之后，我建议他到旁边的水沟里去把何首乌这身污黑的泥洗掉。

老哥听从了我的建议，走到不远处一家小吃店门口，借了人家一脸盆洗菜水，往何首乌身上泼去……转来后，老哥一脸汗一脸水的，仔细看他那何首乌，哪是什么何首乌？是用细竹签把胡萝卜精心拼凑起来，再到粪凼里浸一下，涂一身污泥，安插一截真何首乌藤上去，如此炮制而成的！

老哥急得脚一跺，伸出两根指头，指着收了摊快步离去的沈老二，大声喊道："假首乌！胡萝卜！抓住他！"

那些还走开不远的上当顾客，被这一阵喊声震醒转来，几个人快速赶上沈老二，簇拥着他往工商所走去。

沈老二在转头的一瞬，他看到了我。他的脸上一阵黄，一阵白，他的眼里满是怨恨。

我朝沈文丽的店子里走去。

罗石明：父亲平静地叙述着当年狗和南竹的事。说到最后，我看见他浑浊的眼睛里似乎有一抹彩霞般的东西在微微荡漾，他们以南竹报了狗的仇。

正月的这场雨下得有点让人措手不及。

几乎是瞬间的工夫，雨大起来，夹杂在这初春的风中，却是彻骨的寒冷。

沈老二纠集七八个沈氏族人闹到家里来了。他叫嚷着，扬言要吊打罗石亮，口口声声说罗石亮行为越轨，破坏了他妹子的幸福。他说就在昨天傍晚，他去抓奸，竟让罗石亮这小子走脱了，他不能容忍伤风败俗的事发生在他沈家……说这些气话时，他唾沫四溅，差点吐到弟弟脸上了。矛盾在一触即发之际。

弟弟一脸惊愕，潮湿的雨水飘在他脸上，显得迷离恍惚。他不明白，乡里乡亲的人，为什么有这样过不去的时候。我强压着罗石亮回避风头，暂时进屋去。事情是由他而引起的，他爱上了一个不能让他爱的人，他又管了闲事，拆了沈老二卖假药的台。人家能不气急败坏吗？

军人的素质要求我忍耐。我耐心又不失礼貌地规劝沈老二，年轻人的事就要让年轻人自己做主，家族之间的陈结，宜解不宜继续结，更不能让它成为解不开的死结……

沈老二冷笑："罗石明，你当了几年兵，倒说教起我来了，你弟弟是癞蛤蟆，你也是……"

沈老二无异于一条乱咬乱撞的疯狗。我只能在心底鄙夷他。

站在下雨的台阶下，我们针锋相对地论理，彼此暗暗较着劲儿。两人的外衣都湿透了，水顺着衣服成一条直线向下淌，地面上水洼洼的。

在上下邻舍的规劝之下，沈老二悻悻地离开。

转过身，他丢下硬邦邦的一句话：“罗石明，告诉你老弟，他想找到我们沈家人做老婆，除非是伊拉克打赢了美国，萨达姆被请到美国去当总统。”

20世纪90年代初期，正是美国狂轰滥炸伊拉克的时候。沈老二是看了电视的。

我们罗家的爱情，也像伊拉克一样，被大国疼痛的“爱”袭击着。

想着罗沈家族间的恩怨，我的心像落在云朵里的雨一样，一点一点地飘散开，只剩下无边的哀伤。我不甘让自己的心情跌进抹布一样的云里，被挂在半空中。

弟弟从里间出来，直觉告诉我，他有着许多许多心事，只能埋在心底，只能一个人黑压压地痛。

父亲在我们闹事的时候，一直坐在火塘旁边的太师椅上，没动，也没有吱声。

我走过去喊他：“爹，你就讲一讲罗沈之间当年的死结吧？”

父亲目光有些呆滞，他慢腾腾地捣出一团旱烟，灌在铜烟壶嘴里，我为父亲划上一根火柴，没完全点着，又划上一根火柴，父亲“吧嗒”一口，就喷出一长串烟雾来，父亲好像在悠闲地咀嚼着他的生活，他像一头衰老的水牛在反刍曾经的岁月……

1947年的冬天，呵气成冰，出奇的寒冷。

那个日子，雪花狂舞，西北风刮得天地间一片灰蒙。

沈老二的父亲沈天禄喝了几盅热酒，抖抖身子，从墙上取下鸟铳，叫上了本家两个侄子，唤着猎狗，往林子里走去。

沈天禄那时一身蛮肉，秉性好斗，在那方圆几十里是提得着的人物。

沈天禄一边往林子里跨步，一边逗唤着那条名叫“过山跳”的猎狗，猎狗不住地撒欢使样，沈天禄三人兴致盎然。

西北风呼啸而来。一只大灰兔突然从前面的堤沟里窜出来，在他们眼前一晃，箭似的向右侧山头蹦去。“过山跳”眼尖，早从沈天禄腿间钻过去，纵身一跃，直追上去。

那个时候，右侧山坡上正有一个人在砍雪压柴，那就是父亲。大雪纷纷，压断了不少南竹和小树木。父亲那时二十挂零，血气方刚的年纪。当时母亲正生下第二个女娃，在家坐月子，要柴烧。

父亲埋头捆扎柴薪时，一只火急的大灰兔急驰而来，他心一紧，顺手拿起柴刀劈去，兔子鬼怪一样精灵，从他的身边溜过去了。那条狗却恰好赶到，老远便纵身一扑，正好扑在父亲的身上，父亲“哎呀”一声，本能地往后一仰，人翻了，狗爪子却把他的脸抓得火一样烧。父亲的柴刀还在手里，又一劈，刀不偏不倚地落在狗鼻子上，那条狗就像丧了家般，被砍得哇哇怪叫，滚开丈多远，在雪地上哼哼了一阵，便动弹不得了。

沈天禄叔侄赶来的时候，“过山跳”早已呜呼毙命。沈天禄一见父亲柴刀上的血迹和粘上的狗毛，气得浑身颤抖，嘴角的几根黄胡子一翘一翘的，那眼睛几乎要喷出血来。

沈氏两个侄儿也是火气喷喷，大声责骂父亲“浑蛋”，指头几乎戳到了父亲的鼻尖上。父亲觉得很委屈，他不料想会失手砍死一条猎狗，他后悔得不知所措。

沈天禄把鸟铳往雪地上一蹾，一手叉腰，恶狠狠地说：“打狗也不想想主人？！”

父亲连忙申辩：“天禄兄弟，我不是存心的，是狗撞在我身上……”

沈天禄翻着眼皮：“这是我的一条名犬，是我花大钱买来的，你明天给我一个交代。否则，不好收场。”

回来之后，围绕这一条名犬，两家族的人闹开了。

沈氏家族的意见：罗氏的过失可以不报官，但要披麻戴孝，为“过山跳”出殡，并负责安葬“过山跳”。

罗氏家族义愤填膺，不依。但罗氏家族在本地势单力薄，无法抗衡沈家。

后来，保长沈玉阶出面。沈玉阶是一个懂得春秋纵横战国捭阖的说客，三乡四里如有难解纠纷，总是来接他去。据说，没有他打不开的局面，没有他驯不了的劣马。其实，他也姓沈。

沈玉阶“咳咳”两声，捋了捋那几根丹仁胡子，大家知道他开始有话说了。“乡里乡亲的，事情不要闹大了。狗死了，要人戴孝，不太合适吧？嗯，就这样，姓罗的出大洋一佰，给狗钉一副薄棺材，把它葬了，其他就免了。”

父亲愤怒异常。沈玉阶这人阴就阴在肚子里。

沈玉阶把眼一瞪："不依我的？我就不管了，送衙门也可，披麻戴孝也可，你们闹吧。"

罗氏族内的一个前清老秀才七叔公把父亲叫到一边，颤巍巍地说："依我的，就这样。"

父亲无语。七叔公有一种权威。

事情似乎就此了结了。但父亲以及罗氏家族真能咽得下这口气吗？

父亲一夜之间憔悴了。一百块大洋的沉重代价，压得他好多日子都喘不过气来。本来就瘦的脸庞又瘦掉一圈，他的眼袋也大了，嗓子更像风中的干柴，裂开了许多条缝。他把不满发泄到生下的第二个女孩身上，认为是她给家里带来的不幸，一气之下，就把这个刚满月的孩子送人了。

同时，父亲每每寻机报复，但终不得机会。

几个月之后，一个月朗星稀的夜晚，七叔公吩咐父亲，去把罗氏的青壮劳力叫来。

人聚集在父亲家里，七叔公嘶哑着声音说："沈氏的崽做十朝，今晚唱大戏，趁此良机，去沈家山里锯南竹，每人三根，悄悄去，悄悄回。"

罗子罗孙一听，个个摩拳擦掌，来了精神：他沈家做得初一，我们就做不得十五？

队伍鱼贯而入，鱼贯而出。走出山垭口的时候，偏巧撞上了沈家一个去张寡妇家搭热被褥归来的野汉子，他看见了这支肩南竹的队伍，觉得不妙，赶紧去报告看戏的沈家人。

沈氏族人一听，都觉得事非小可，马上吹响牛角，召集人去堵截。

罗家人见沈氏那里吹响了牛角在调兵，且人越来越多，风头硬，便放下南竹，但嘴里不服："你们沈家竟敢抢我们的南竹，明天跟你们算账……"

"看是你算我的账，还是我算你的账？"

沈天禄等人看见截回来的一百多根大南竹，气得两眼呆直，拳头攥得有水淌。

"继续唱戏，明天调摆。"沈天禄不想扫宾客的兴。

后半夜戏散后，七叔公又吩咐："世界上有说不清的话，世界上没有走不通的道。你们去把那些南竹重新偷回来。"

罗家人你看看我，我看看你，不知道七叔公葫芦里卖的是什么药。

"偷回来，每根楠竹的头部砍去两三寸，刀口要好，再送去，趁天亮前黑的这一阵儿搞好。"

罗家人悟出了其中的奥秘。

大天亮，沈天禄一班人马，气势汹汹地来到罗家。问父亲及罗氏族人："私了？还是公了？"

"咋叫私了？咋叫公了？"

"私了，一根南竹十块大洋。公了，见官去。"

"你听着，南竹是你们抢的，我正要告你们抢劫罪！"七叔公硬起了脖子。

"天大的笑话，贼喊起捉贼来了！"沈天禄咬牙切齿。

"沈天禄，你识相一点儿，我们从邻县的云山装来一船南竹，被你明目张胆地劫去，你吃了豹子胆啊！"

"七叔公，你是几十岁，还是几十斤？我们那山竹兜你说得清吗？"

有人请来保长沈玉阶。沈玉阶一挥手："好办！肩南竹到山上去对兜墩，对上，死理！认罚！"

一山南竹一根也对不上。连沈玉阶都觉得如堕五里雾中。

罗家人欢天喜地，大摇大摆地把南竹肩回来。

父亲平静地叙述着当年狗和南竹的事。说到最后，我看见他浑浊的眼睛里似乎有一抹彩霞般的东西在微微荡漾，他们以南竹报了狗的仇。

火塘里的火苗渐渐熄灭，乡村的夜色中就沉淀了一些沉重的往事。

沈家声：我悄悄地走在她后头，跟着出了电影院。一转眼时光流逝，从去年到今年，过了一个寒假。今晚，我终于攥住了她的狐狸尾巴。

这是一个明亮的下午，阳光透过翠绿色的窗帘照在寝室里，空气中有了青草嫩叶的香。这个下午可以有许多让人惬意的细节，是我寒假之后回到学校的第一天。明天才开始上课，我可以在这个闲适的时段做许多愉快的事，比如，阅读，听音乐，甚至睡懒觉。

但我选择了在日落前到地区电影院去看一场电影。

去年腊月，我在电影院广场卖对联的时候，就对那部缠绵十二分的爱情片艳羡不已。运气好的话，我还能再碰上那么一部精彩的片子。

当里面的灯光突然熄灭，四下里安静下来时，屏幕开始闪烁，我的思潮暂时退却了学校和家庭的种种纷纭之事。

电影是一个好东西，在那文娱生活匮乏的年代，或者即使在文娱生活丰富的年代，它总是能以磅礴的视觉面和浓缩精练的故事来娱乐你的心情，消除你的烦恼。有时，电影院还是恋爱场所的好去处，灯光一暗，电影里放些什么不是特别关心的主题，重要的是，黑暗里你可以看到你身边的她或他长长的睫毛一闪一闪，那就有一种心跳的感觉。年轻人可以在城市的电影院里谈完一场又一场刻骨铭心的爱情，成功了或者未成功，电影院里曾经的故事都可成为最为浪漫的记忆。

屏幕上演绎的是一部印度片子，里面有热热闹闹的歌舞情节，印度电影多以火爆的歌舞来煽情观众，但我却对里面女主人公的一句台词特感兴趣，这句台词在不同的剧情阶段多次从她的嘴里说出来，自始至终贯穿于整个故事，可见它非同一般。面对仇人，主人公勇敢而坚定地喊出了报仇的心声："我要把你的血涂在我的头发上！"估计在印度当地，把对方的血涂在自己的头发上，这是一种最成功最令人自豪的复仇方式。

我觉得这句话非常形象，文学性强，耐人寻味。因为它很符合我要报复去年那个女骗子的阿Q精神心态。

我在心中默默地祝福女主人公。最后看到她历经磨难，终于战胜敌人，实现了自己当初立下的誓言时，我的眼角湿润一片。

剧终了，我还久久地呆坐在位子上，沉浸在痛快淋漓的理想结局之中。

剧场的灯光霎地通明，站起身来，我伸了一个懒腰，打了一个哈欠，眼望处，我发现我前方隔一排的地方蓦地出现了一个熟悉的身影，揉揉眼睛，蝴蝶结！那蝴蝶结在灯光的映照下，闪闪发亮，特别醒目，比起那一头灯光之下呈琥珀色的头发来，蝴蝶结更显示出它能唤醒我记忆的功能，我认定了是那个女骗子！

我深吸了一口气，空气里仿佛飘浮着一丝“我要把你的血涂在我的头发上”的血腥味。

我悄悄地走在她后头，跟着出了电影院。一转眼时光流逝，从去年到今年，过了一个寒假。今晚，我终于攥住了她的狐狸尾巴。

下了台阶，正是我曾经卖对联的广场。我在后头“咳”了一声，然后快上一步走到了她的侧面。瞟上一眼，她仍是那么青春，那么让人蠢蠢欲动。但一切只因她是一个骗子，她在我的眼中便是一剂毒药。

我又“咳”了一声，她察觉身边走过来了人，转过头朝我看。

“小姐，你还记得这个地方吗？”我的声音有点咄咄逼人。

蝴蝶结的眼神从惊愕到惊奇，转而露出玩世不恭的神色。

“是你？”淡淡的夜色中，她昂起头，粲然地笑着。

“是你！”她无愧的得意之态激起了我火气上扬。

空气似乎凝结了，两个人出现了短暂的沉默。那一刻，我愤怒到无话可说。

“你真狠！”我喷出对诈骗者的厌恶。

“我真很……很对不起！那天我错拿了你的包，谁叫你的和我的差不多，我这人办事总是毛毛草草的……第二天，我来广场找你，不见了你的踪影……”

我像做梦一般，我的嘴巴张成“O”形，我怀疑自己是不是在听一首绝美的抒情诗。

“你的600多块的对联款，我明天会给你送到你寝室的，中文系的大才子！”

“你……你真认得我？你住哪儿？”

“我不是早说了吧，我认得你，还注意你很久了，你是中文系90级一班的，叫沈家声……”

三月的风中，一种生动的气息，慢慢沁入我的心底。

“我住沿江路58号，距学校不到一公里远。我妈在市六小教书，爸是师专中文系的副教授，我也在师专英语系，与你同届……呵呵……”她将额前的一缕头发别在了脑后，继续说。她的嘴唇薄薄的，像清晨带露初绽的百合。

在斑驳柔和的路灯光亮之下，我在百合的幽香中，感叹不已。

我说：“真是大水冲了龙王庙，自家人不认得自家人了。”

我又问：“请教你的芳名？”

“胡雪雪。”

“就叫‘蝴蝶结’好了。蝴蝶结别在你快乐的头发上，如深海的珠子，一路辉煌而来，闪着璀璨的光。”

她又笑了：“到底是大才子，晓得笼络人心！”

我说：“没办法，有些事就是那么奇怪，有的人，朝夕相处，没有感觉；有的人，偶尔一次见面，就难忘，甚至会让人陷落。”

雪雪说：“是呀！有些人还兼任了第二职务的，可别忘记了哟！”

“什么第二职务？”

“临时男友啊！是我花钱买通了的！”

“你是不是想让我今天晚上请客，想敲诈我，把我煎成一块油渣才甘心？”

“还未开炸哩，怎会煎成油渣？谁不知道你沈家声能用一支毛笔赚酒喝？”

我笑笑：“唉！吃人嘴软，拿人手短，谁叫我当初见钱眼开呢？”

学校门前那条街，吸啖螺的人拥挤如潮。坐下来，我节约地点餐，一盆啖螺，一碟干牛肉，一碗油煎豆腐，两份蛋炒饭加两瓶啤酒，我们吃着喝着。

我当然比较吃得。这个青春期，人身体各部位到处都在膨胀，是要有足够的食物来填充的。然而，刚刚还是饱饱的，转几个圈，饥饿感又不失时节地袭来，特别是上第四节课，就像坐牢一样。晚上还要备一份方便面。

我吃得比较响亮，有点像肥猪掇食的样子。胡雪雪并不在意我的吃相。在吃的问题上，我们旗鼓相当，相得益彰，显示出彼此的互补。她把那碟牛肉往我这边挪，把那份辣得开不了口的啖螺端在她自己面前。她是本地人，本地人喜欢吸啖螺，她用手捏着吃，右手拿进，左手拿出，左右开弓，吸的速度快，宛若车间的流水作业。

她把酒杯举起，与我的杯子轻轻一碰，发出泠然脆响。“来，干一杯！”啤酒在杯子里泛出浅浅的黄，又有些透明的碧。

“干一杯！不是冤家不聚头。”我一饮而尽。

这无疑是一个柔美的夜晚，我在碰杯声里感觉心田里的温暖和甜蜜。

夜幕下，胡雪雪光彩照人。

趁着酒兴，我把心头那个挥之不去的疑惑说了出来：“为什么要聘任我为你的临时男友？”

胡雪雪醉心般笑了，两排珍珠贝般的牙齿在灯下熠熠闪光。她说：“悬念呀！慢慢琢磨吧。还是那句话，别紧张，我不会让你失去童贞的。”

“可是，我情愿失去呀！”我又咕了一杯酒，壮了壮胆。

“你的想法并不丑，或者说十分完美……你已经成熟了，你长成了一个温和而又有胆量的男子，让我感觉很舒服。你像一杯浓淡合适温度正好的龙井茶，碧螺春也行，或者说，是冬天里，用惯了的一只温润的热水袋……”

这番比喻既让我汗颜，也让我激情澎湃。

我的心里一片晕眩，幸福就像涨潮的海水荡漾。

“但是，请注意，我这只是聘任制，还是临时的，你不要高兴得太早，不要激动得原形毕露。有些事情，就像春天田野里的麦苗一样，要慢慢地长、慢慢地绿……”

又是一个转折句，多么聪明的胡雪雪！这样的女子，就算是把她丢到塔克拉玛干沙漠，也是能开出一朵风情万种的花的。我佩服。

“这样吧，你这顿小气的饭，还是我来付账，不过，作为临时男友，你有任务。”

我哭笑不得。“什么任务？”

“你要在合适的时候，到我家里来一趟。”

沈文丽：昔日那个充满青春活力总在教室里窥视我对我含情脉脉的人，怎么会在一夜之间就暗度陈仓了呢?

沈家声写信来，说沈石亮已变得不可思议了，他正与一个年轻女子打得火热。

听到这个消息，我的心轰隆一声，顿时觉得天塌地陷。

开学以来，罗石亮就只给我写过一封信，还是那种礼节性的客套，我隐约觉得他是会出事的，却不料想会是这样一种情况。

沈家声在信中委婉地告诉我，要我最好到学校来了解一下情况。

罗石亮的突然冷淡和客套让我变得像一只无所适从的嗅觉灵敏的狗，狗急了会跳墙的，我们温暖的感情遭遇到了西伯利亚的寒流！

我火急火燎地往罗石亮的学校赶。

罗石亮病了，发着烧，他躺在地区人民医院的病床上。我进去的时候，他的床前有一个女孩子，那女孩的头紧靠着石亮的头，她在低声地向罗石亮述说着什么。凭着女人的感觉，我断定这就是对罗石亮有戏的那个女孩。

我走过去。罗石亮闭着眼睛，不肯理我的样子。一边的女孩对我微笑，喊着罗石亮，说，姐姐来看你了。然后，拿着开水瓶转身出去。

我朝女孩望去，她那么淡定自若，还称我“姐姐”，亲切中透着尊敬，让我有些猝不及防。这世界上太多的东西，就是出乎意料。她可以堂而皇之地代替我的位置，没有半点羞愧之感，而昨天还爱情轰轰烈烈的罗石亮，只两三个月时光，竟变得如此变幻莫测，而成为移情别恋的陈世美再世。

我为罗石亮换下额头上的湿毛巾，他的眼泪滴落在枕边，睁开眼睛看着我，他想说句什么话，却又结结巴巴，欲言又止，我害怕他把“我们分手吧”之类的话说出口，就用手轻轻地捂上他的嘴，他拉下我的手，说：“我……想爱你，但不能……”

我的一颗心，狠狠疼痛起来。我摇着罗石亮：“为什么？这是为什么？”

在这样的白色环境里，我如坠在噩梦之中。看着罗石亮那张棱角分明的脸，眼泪逐渐模糊了我的视线。我终于知道了，这么多年，我们之间的爱，似乎有些缥缈不着地，就好像他总在河的对岸朝我挥手，我却无法找到一座能过河的桥一样。但我仍不理解，昔日那个充满青春活力总在教室里窥视我对我含情脉脉的人，怎么会在一夜之间就暗度陈仓了呢？

男人啊，你的信誓旦旦，是雷公会变的脸！是一堆过期的购物证券！

爱情这种东西，到底怎样区分彻骨的爱和彻骨的心疼？

我低下头，寻找着罗石亮的眼睛，我试图从他眼睛里找到情感寒流的答案。凝视罗石亮潮湿的眸子，我的心中一阵悸动，我俯下身去，去吻那些泪水，我的手臂环上了罗石亮的脖子，我的泪水哗哗而下，流到了罗石亮的胸前和脸上……

抬起头来，那女孩又出现在我的视野。她手里提着沉甸甸的开水瓶，她把瓶子放下，凝视着我。

我还没见过如此不要脸而想挑衅我的人，我准备像骂街的泼妇一样，横扫她一顿。我也昂着头，顾不上擦拭脸上的泪花，敌视着她，我想我是快要疯了。

她突然说，姐姐，你别激动，你看石亮这个样子……又告诉我，她叫程小曼，也是做服装生意的……她连我做服装生意都知道。她似乎没有得意忘形。她走过来，递给我一方纸巾。

突然之间，我的自信在她的青春面前迅速萎缩，那一串串准备回敬她的刺耳的话，也像鱼刺一样卡在喉咙里，骂不出来。

实事求是讲，这是一个可爱的女孩子，颇似古典戏剧里懂事又乖巧的丫鬟，调皮的眼睛，俊俏的小鼻子，带笑的薄嘴唇，穿着新潮前卫，磨得发白的牛仔裤上被穿了几个洞，还吊着束束布巾，配上橘色的荷叶边上衣，靓丽得像夜里的昙花。

这样的女子，即使柳下惠从春秋的历史岁月里走来，他不可能再有毅力恪守着坐怀不乱的臭规矩；反过来，魅力十足的成熟男子，也会是她的向往，并可能成为她情感沙漠中一块水草丰茂的绿洲。

而我自己呢？我扫射着自己微黑的皮肤，并不苗条的身材，在爱的竞争之地，霎地蔓延着我难以言喻的悲哀。

破碎，燥热，这就是别人所谓的花季雨季在我生命里的景象。我不知道生活中还会有什么地方存在着美好，因为生活已然是一地的碎片。

傍晚，沈家声把我接到了他学校的招待所，并请我吃晚餐。

我是需要好好放纵一下自己了。我们在外面一个叫“难得清闲”的店子里吃饭。店里面并不清闲，吆五喝六的，尽是喧嚣的场景，此正适合我的心境，我非常需要这样一个地方来宣泄心口堆积的郁闷。

我坐在一个角落，喝着啤酒，听着当地方言的酒令，听着别人酒盅撞击的脆响，听着自己心中疯狂的叫喊。只是，自己心中的叫喊声，完全淹没在一片嘈杂的海洋里。

我迈着摇摇晃晃的步子走出店门，我的心情糟糕到了极点，犹如疯长的藤蔓纠缠不清。望着那块“难得清闲”的招牌，我迟疑着止步不前，唤来老板，无来由地训斥他，什么臭招牌，要改为“没得真情”。

沈家声：我的草本上就排列了大大小小 20 余个馒头，密密麻麻一片，缀在我饥饿的胃里，沉甸甸的感觉。

当代文学课堂。

讲台上闪动着的依然是那副沧桑的面孔。用中国台湾一位歌星的话说，中国五千年历史岁月的沧桑，都写在他脸上了。老师五十好几的年纪，主要是头顶上开辟了一块“不毛之地”，“地方”很少有力量能支援“中央”。但老师的风趣幽默令人亲近，他又写得一手漂亮的行书，“胡继宗”三个字第一次出现在黑板上时，只觉得笔笔有力，风骨超然。

胡老师目光澄澈，言谈玄妙。我们常常恭维他“聪明绝顶”，他总是扬手摸一把脖子上那盏几百瓦的“灯”，坚定地说：“悲观者把我看成苦闷的象征，唯美者认为我光芒四射，那是一种炫目而又有力度的颜色……”胡老师的话就是这般玄。

第三节课我能以洗耳恭听的姿态坚持下来。但一到第四节，我就有些摇摆，准确地说，是饥饿感袭上来了，高贵的胃开始在饥饿线上做辗转难眠的挣扎，伴随而来的是口水，是对馒头包子稀饭油条面条白米饭的幻觉。同学怕我出洋相，在我的两只耳朵里塞上微型耳机，两根细线连着一台书本大小的录音机，这节课主要听音乐，说是能适当分散大脑对食欲的集中思考，可以缩短最后漫长的30分钟。

这并不奏效。我开始在草本上画馒头，胖胖的馒头。宋代释道原说，画饼不可充饥。尽管画饼不可能产生实质性的效果，但毕竟是一种心里安慰。李清照却高度评价了画饼的好处，她说，画饼充饥，亦寓踔腾之志。呵呵，我是只有吃饭之“志”的，此刻馒头对我的诱惑力，不亚于钞票对于贪官的吸引；或者是悬挂在骆驼头上的那把草。我总在想入非非，第一食堂的馒头太苗条，第三食堂的馒头细白而丰满，对，明早还是到第三食堂去吃，当然，给我拿馒头打稀饭的那个妞儿也好看，但这并不是主要的，她不能增加馒头的档次。我的草本上就排列了大大小小20余个馒头，密密麻麻一片，缀在我饥饿的胃里，沉甸甸的感觉。

同学看我画了这么多可爱的馒头，以百思不得其解的眼神瞪着我。我白了他一眼，说："你就不饿吗？我饿晕了！"

此话一出，哄堂大笑。

胡继宗老师正在津津有味地讲着新时期文学，他的眼光从镜片的上方探过来，射向我："二排八号，究竟是我讲课，还是你讲课？"

教室里又掀起一阵笑。

这是大课堂，一两百号人听课的阶梯大教室。里面平常都是交头接耳窃窃私语的，为何我今天只是这样简简单单说一句，就会引起老师严厉的呵斥呢？

你戴着耳机听歌，以为自己说话声小，其实比教授讲课的声音还大。同学悄悄告诉我。

我觉得难为情。胡教授决不罢休，他走下讲台，径朝我的方位来："二排八号，当代作家刘恒的代表作是什么？"

"馒头！"我脱口而出。之后，我的大脑短时间一片空白。

教室里又爆发出震耳欲聋的笑声。本系各个班的，外系选修来听课的，认识的，不认识的，无不笑得前俯后仰，有的男生笑得喷出来了鼻涕，有的女生笑得露出了酒窝。

"你给我把耳机摘下来！"教授雷霆万钧的声音响彻云霄。"我再问一遍，当代作家刘恒的代表作是什么？"

"狗日的粮食！"我摘下耳机。

教室里又是一片哗然。有人讪笑，这答案越来越不像话。有人反驳，馒头不就是粮食吗？

但也有人肯定，刘恒的代表作就是《狗日的粮食》。

教授的声音缓和下来。“《狗日的粮食》最初是在何时何刊发表的？”

“1986年第9期的《中国》。”

“不错！你小子确实没忘记《狗日的粮食》。”教授转怒为喜。

“继《狗日的粮食》之后，刘恒还写了些什么？”

“《白涡》《虚证》《伏羲伏羲》《教育诗》《黑的雪》……”我一口气说来，像跑下坡路，打也打不住。

“够了！为什么叫《狗日的粮食》？”

“民以食为天，吃，是人的最基本的生理本能。杨天宽花200斤谷子买来媳妇瘿袋，瘿袋的肚袋子里接二连三怀出六个儿女，都是以粮食来命名的……”

“好小子！你还对文学有一些积累，你叫什么名字？”教授在我的肩头轻轻一拍，像熟识的老朋友。

“沈家声！”我的声音恢复到了原来喊饿时的力度。

“有气魄！你要记住，文学的价值从不在于热闹，它从不化装招徕，它不是招贴广告，不是春宫猎艳，不是江湖噱头，不是脱离母体的巨人‘安泰’……”

我遍体轰鸣。

“好吧！幸亏你还没有篡改中国当代文学史。下课后，你可以放肆去亲吻你的馒头。先吃饱物质的粮食，再来吃精神的粮食。欢迎你来我家里交流做客，我住沿江路58号。”

“沿江路58号？”我喃喃地念道。

罗石亮：程小曼的出现，我灼痛了文丽。我很无奈。

沈文丽是第二天回家的。

第二天一早她又到了医院，我那时打完点滴已离开了病室。第二天是星期天，我没回学校，我到了程小曼的服装店里。

沈家声一直知道我跟程小曼在交往，我跟程小曼的暧昧关系自然是他告知沈文丽的，要不然沈文丽为什么这样火急火燎地赶来这座城市？沈家声把沈文丽带到了程小曼这里，尴尬的局面再一次重现。

我们在程小曼的店门口，碰了一个措手不及，彼此愣在那儿，足有十秒钟。她感觉到了我潜在的抗拒，她的眼中闪动着悲痛和疑惑。

在沈家声的陪同下，她的目光在这两间出租屋里睃动着。程小曼的阳台上晾有我的短裤和衬衣，程小曼的桌子上出现了我的课本，这些东西，一件件都是罪证。沈文丽望着这一切，发着呆，她的目光里灌满了愤怒。然后，她颓废地跌进沙发里，像一个失去知觉的机器人。

她气得鼻翼一耸一耸，喘着粗气，整张脸上没有一点儿血色，像一张苍白的纸。我的头开始隐隐作痛，我不知道该怎样向她做解释。

我给她倒了一杯水，她接过去，迎面浇在我的脸上。之后，她站起身来向外走。

我没有留她。我像一枚钉子钉在地板上，挪不动。

她最后回过头来，怨恨地看了我一眼。我发现她的嘴角轻轻地抽搐着。

她心里的最后一线微光，便黯然熄灭了。

她出了店门。沈家声把我拉到一边，说："文丽昨晚一夜睡不着，这是她托我交给你的……"说完，沈家声从口袋里拿出一张被折成手指宽呈曲尺形状的纸条，交给我。

那是一首席慕容的诗，充满了伤悲与落寞的诗，叫《一棵开花的树》：

如何让你遇到我
在我最美丽的时刻

为这
我已在佛前

求了五百年

求让我们结一段尘缘

……而当你终于无视地走过

在你身后落了一地的

朋友啊

那不是花瓣

那是我凋零的心

一个男子汉，沈文丽眼中铁石心肠的男子汉，我蹲在地上，号啕大哭……

我的眼前蓦地出现了高中时期我为沈文丽即兴赋诗时的欢笑场面；出现了我陪沈文丽上九龙山虔诚拜佛时沈文丽那张闪现淡淡愁绪的脸；出现了我们相拥相抱时彼此感受到的愉悦表情……

从窗外望去，街道旁边那棵桃树上的花朵正纷纷散落着。我仿佛看见沈文丽那颗凋零的心，正如这桃花一样，在呜咽的风里飘散……

程小曼悄悄地来到我身边，拿着她的洗脸巾，递给我。

擦着脸上的泪水和茶水，我呆坐在凳子上，什么也没说，眼前放映的镜头是那次与程小曼的相遇……

那个周末的下午，我又骑着同学的自行车去地区新华书店。

转回的时候，在商业区的一排店铺之前，突然有人在旁边喊我："喂，骑车的帅哥，请等一下……"

我本能地刹住了车子。问："什么事？"

"你单车的轮胎掉了。"

我赶紧下车，朝后轮胎瞧去。

"哈哈哈，你真有趣！"

好半天，我才回过神来，哪有骑着车子不知道掉了胎的，掉了胎我还能骑吗？

我知道自己被人戏弄了。抬头望去，看见一个阳光般的女孩子望着我，一脸的坏笑。

我思考着想回敬一句怎样能够针锋相对的话。只见那女孩双手合十，做了一个拜托的手势。她靠近一步，低声地对我说，别介意，你看见那边我那个同伴吗？她跟我打赌，说只要跟经常在我们店铺前骑车而过的那个帅哥搭上十句话，她就请我吃快餐，你别走，跟我搭话，这餐饭我反过来请你。

我望过去，不远处真有那么一个跟她差不多的女孩子，正双手抱着肩，神情专注地盯着这边。

我觉得有趣。瞧身边这个女孩，一脸可怜兮兮的表情，像一个父母亲不给她零钱买不到冰激凌而发愁的小孩子，我忍不住笑了起来。

女孩见我笑也跟着笑，一笑起来，她的两边脸上就陷进两个浅浅的窝，仿佛里面斟着两杯红葡萄酒。我有点陶醉的感觉。

我说："请快餐，我高兴呀！你知道我除了爱吃白食以外，还爱喝点儿什么吗？"

"啤酒呀！瞧你那色眯眯的样子！"

"你才色眯眯哩！你拦路劫色……"

"瞧你什么货色？得了吧，喇叭不是自己吹的。看来，今天我倒要反蚀一把米，反蚀一瓶酒……"她快口接过话。她柔软的秀发在微风里飘着，她手拨开风吹乱的头发的样子，有说不出的迷人。

我说："还要让我在这街上干愣着吗？十句话已经不止了啊。"

她转过身去，招呼那边那个观望着的同伴："快把店门关上，请客去啊！别让客人等着！"

我随两个女孩走进快餐店。这餐饭与其说是她同伴请她，她请我，倒不如说是她们两个请我。我像是被她们宠着的一只宠物。

我得知这个热情的女孩名叫程小曼。她站在我们中间，就像野草丛中盛开的一朵花，那么优雅突出。我认定她是一个善良的女孩。

在酒精的作用下，我跟程小曼讲了我自己的事，讲了我跟沈文丽的故事。我请求她配合我，并在合适的时候，演一出逼真的戏。她听得动容，她说她愿意为我赴汤蹈火。

程小曼的出现，我灼痛了文丽。我很无奈。

胡雪雪：妈妈显得很激动。我第一次听妈妈讲自己的身世。

从第三食堂打早餐出来，我看见沈家声正在操场边的香樟树下啃馒头。他穿着一件深青色的西装，白衬衣，没打领带。

头上是瓦蓝的天，一切显得那么干净、亲切。

好远，我就喊："馒头！"

他显然没有意识到是我在喊他。他人也没有看见我。我又喊："馒头！狗日的粮食！"他这才转过头来，不好意思地朝我一笑。

"你怎么知道'馒头'和'狗日的粮食？'"他问。

"当代文学就不兴让我选修呀？二排八号，那是你固定的座位吗？"

"一般是的。我上课去得早，喜欢坐前面，那座位在通道边，又靠近教室出口，吃中饭时，我好走在前面……"

"怪不得那座位有如此大的吸引力，原来是更接近粮食噢！"我抿着嘴笑他，他也极不自然地咧咧嘴，好像"沈家声"之名一夜之间因"馒头"而响彻校园他为此感到不安一样。

他截住我，问："什么时候到你家去啊？我还有任务未完成呢……"

我说："快了！种种迹象表明很快了。"

他说："你说话为什么总是这样藏头不露尾的？哪里来的迹象？你今天就跟我说清楚，你为什么要聘任我当你的临时男友？这个话已传得我们中文系人人知晓，害得那些想向我抛绣球的女孩子都畏缩不前。"

“沈家声，你是真不知道还是假的不知道？”

“苍天在上，我真不知道。”

“你知不知道胡继宗老师是谁？”

“我是在上周的当代文学课堂上才知道他是你爸爸的。”

“他把我逼得真没办法……”

“你是说你爸爸逼你？他逼你什么？”

“他要在这一届毕业生中为我物色一个对象，他说他明年要考虑办退休手续了，他要在家里抱孙孙……”

沈家声大笑：“所以你就拿我当挡箭牌，好让你爸死了这份心思？你知不知道，天上美味的馅饼在往下掉，你还不张口，更待何时？机不可失，时不再来呀。”

我臭骂一声：“幸灾乐祸，你有什么好处？”

沈家声耸耸肩：“我能卸去肩头上的重担呀！我肩着这个沉重的十字架真费劲。”

“就让你肩着，一世肩着，让你永世都不得翻身！”我大笑着扬长而去。

第三四节，又是当代文学课。

我还是坐在教室后面。第四节课时，我朝第二排八号的地方望去，二排八号位子上的那个人似乎又有些坚持不住了。他不可能再听磁带了。

一会儿工夫，他安静下来了。我猜想，他在打盹儿，盹着了的人，是不会感觉饿的。

我从书包里取出一个纸包来，在上面唰唰几笔写上“请传二排八号沈家声”。然后，向前排递去。

几分钟之后，沈家声旁边的那个人，在轻轻摇着沈家声的臂膀，沈家声似乎十分不情愿别人打断他的美梦，他勉强睁开眼睛，打量着蒙眬中的纸包。

他刚接到手上，爸爸便用指头有节奏地敲着讲桌，大声叫道：“二排八号沈家声，请把礼物交上来。”

沈家声无可奈何地把这个纸包交上去。

爸爸凝视上面的字，几秒钟不眨眼睛，又小心地捏了捏里面的东西。然后，发出爽朗的笑声："沈家声，馒头会有的，爱情也会有的。"

教室里沸腾了。笑声、议论声产生了与上周课堂上同样轰动的效果。

晕倒。那纸包里包着的正是两个软软的馒头，还附有一张纸条，纸条上写的就是："沈家声，馒头会有的，爱情也会有的。"

爸爸咋就成了高人一等的福尔摩斯呢？

爸爸又郑重地告知沈家声："今天晚上，务必到我家来领取礼物。"

月光如流水一般，马路两边的人行道浓荫匝地，地上有些斑驳的光点，像撒下的一些小金币。归巢的鸟儿在空间欢悦地鸣叫着，江上的水流传来琴一般悦耳的声音。

原计划是让沈家声随我来家中，在爸爸面前亮个相，暗示他，女儿的事你就别操心了。不料，事情的发展变化，超越我的想象，已呈良好的态势推进，用不着我自己劳神了，在神的安排里，沈家声闪亮登场，他正从一个角色转换进入另一个角色，爸爸这两周以来，嘴里念念叨叨的就是"沈家声"三字。

沈家声敲门的时候，我就感应是"馒头"来了。我像小鸟一样，从里屋飞了出来，开了门，差一点儿扑在了他的怀里。我心里有一种湿漉漉的慌。

沈家声进来，爸爸全然没有课堂上的做派，他"嘿嘿"地笑着。沈家声非常有礼貌地喊了一声"胡教授"，又说："学生在课堂上多有不恭，请您批评教育。"爸爸一挥手，"到我家里了，还讲什么客气？来来来，喝茶。"

我把茶端上来。

沈家声接过茶，扫了我一眼。在热腾腾的雾气中，我的心里衍出一片甜蜜的沉默。

沈家声与爸爸就开始讨论文学。我和妈妈坐在旁边看电视，把音量开小，既看电视，也听些他们的谈话。

他们探讨海明威与司汤达谁更抽象，或者欧·亨利与莫泊桑谁的文章结尾好，又或者王蒙的意识流读着真费劲……讨论到最后，爸爸说，至于那包礼物，你跟我女儿商量去吧，她是剧中人，她最知情。

爸爸回到他的房间里去了。我与家声相视一笑。我说：“礼物不领也罢，下回到我家里来，我亲自给你做一顿好吃的，馒头太干涩，湿润的食品才好吃。”

妈妈似乎看出了我与沈家声之间的一些端倪。她转过来与沈家声拉家常，试图了解一些小伙子的兴趣爱好等情况。

她仔细地问沈家声是哪里人？沈家里还有些什么人？沈家声有什么爱好？沈家声的毕业志向等等，沈家声一一做了回答。

看得出，妈妈很满意沈家声的回答。之后，她略有所思地问沈家声：“你们那地方有没有姓罗的？”

沈家声说：“有呀！我们村子里尽是姓罗姓沈的，村子里与我一起到这里来读书的，还有一个叫罗石亮的同学……”

“哦……我有样东西给你看看……”

妈妈走进宿舍，从大衣柜的抽屉里翻出来一片小布条，上面用墨笔写了几句话：

天苍苍，雪茫茫，生身父母道士乡。

世道多变人心变，撇下娇娃给人养。

本来姓氏就叫罗，遭人欺辱不好说。

生下女儿称二妹，抱养君子福寿多。

“阿姨，您这是……？”家声看着布条，迷惑不解。我更是望着母亲发愣。

“这是小时候放在我口袋里的布条，我的养父母在临终之前把它给了我，我才知道在这个世界上我还有自己真正的亲生父母，就在一个叫‘道士乡’的地方……你若有时间，就请帮我调查一下……”

“哦！阿姨您身上还有故事……”

沈家声沉默了一下，又说：“我曾听老一辈人讲，罗石亮就有一个二姐，小时候送人养去了，会不会……？”

妈妈显得很激动。

我第一次听妈妈讲自己的身世。

程小曼：我的手指在他的肩部轻轻摩挲起来，毫不经心的样子。接着，我游移的手捏了捏罗石亮的脖颈。

与罗石亮是在三月份认识的，那是充满花香和阳光的季节。

这个季节里，明亮的阳光，也遮不住他眼中隐藏的悲伤。那次喝酒吃快餐之后，他失声地讲述他得了一种奇怪的病，那种病叫脑萎缩，他是在去年寒假之前去医院检查得到证实的。

之前，他与同寝室的同学，在午休时间玩“开拖拉机”的扑克牌，上首打一个“拖拉机”来，他手里恰好有一个吃得起的“拖拉机”，他竟然去消牌。旁边看的人开玩笑说：“你脑子有问题呀？哪有这么出牌的？”后几盘他又出了几个不该出的错误。后来，他真去医院检查了。医生明确地告诉他，是脑萎缩，这种病一时还没大问题，一年半载之后，便会慢慢神情恍惚，指挥系统出现障碍，直至最后，失去理智……

罗石亮痛苦不堪，他把这一切都埋在自己的心中，不跟任何人讲。

遇到我之后，他恳求我配合他，做她的女朋友。我一听，吓了一大跳，诚惶诚恐地望着他，你有没有搞错呀？

他笑了，露出洁白的牙齿，说，是假的。

我问他你为什么要这样做，他就讲了他与沈文丽交往的点点滴滴，他想让她死了那份心，去重新选择新生活。于是，他便与我“凑”到了一起，并有意无意地在他的同乡好友沈家声面前表露出来，好让沈家声去传递消息。

罗石亮做这一切的时候，要忍受着多么巨大的悲苦啊！

那天他感冒了住院打点滴，第二天一早出来，便在我的阳台上布置晾着的衬衣和短裤，两本他读的专业书也被漫不经心地摊在我的书桌上，他那是装给沈文丽看的，他知道她第二天一定会寻来的。他深沉不露的另一种爱，几乎把我这个“第三者”感动得哭出来。

原来，爱一个人，还可以采用这种残酷的方式！

那个温柔善良的女人，带着对他的仇恨，带着对这座城市不能暂时留她下来的怨愤离开了他。他们彼此都是深深的失落，我唯有感叹……

从那以后，罗石亮不常到我的店里来了。本来是做做样子的，他的目的达到了，我们就没必要再维持什么形式上的情人关系了。可是，我也不知道自己怎么了，想起罗石亮，我就痛心得心如刀割，这样一个优秀的男子，却只有爱情的影子在与他拥抱，他为什么不能拥有自己的四季牧歌呢？

日子被细碎地一磨，罗石亮的疼痛与无奈，在我的感染之下，消融了许多。我也发现自己在不知不觉之中，已经深深地爱上他了。

今天是我的生日，我在两三周以前就跟罗石亮约好了，要他来我店里吃晚饭。

罗石亮如约而来。

一跨进店门，他就有些激动地喊：“小曼，过来让我好好地看看你！”我快乐地朝他走过去，笑问：“今天怎么啦？”

“今天不是你的生日吗？我看看你长尾巴了没有？”

“尾巴是看不到的，要摸才能摸到。”我逗着他。

罗石亮呵呵一笑。没有再说什么，也没有任何举止。他只是略略仰着头，微微噘着嘴角微笑地看着我。他不知道，就是他这个样子，让我心痛不已。我是一个有过短暂性爱经历的女子，与前任男友和现在的他两人交往的经历告诉我，罗石亮不同于我的前任男友，他不是那号浅薄之人，他在爱情的征途上，很有涵养，属传统型男人。

我想继续亲近他，去试试那爱河的深浅。

吃完晚餐，我问罗石亮：“学校里最近开舞会吗？”

他说："开过，但我无此雅兴，也不擅长跳舞。"

"那我来教你跳吧。录音机在卧室里，到里间去。"

柔和的音乐升起，我把音量开得很低，壁灯也被罩上了一层纸，暗暗的颜色。

罗石亮确实不是娴熟的舞手。他刚把手揽在我的腰上，就如打摆子一般，步子踉跄起来。

我把嘴一努："抖什么？我又不吃你。"

踏着慢四步的节奏，罗石亮慢慢地适应了一些。我们缓缓移动着舞步，轻轻地摇着，谁也没吭声。一曲之后，我问罗石亮："感觉如何？"

罗石亮说："我想起了家乡的溪水，又想起了小河两岸小鸟的鸣叫，还想起了山上乳白色的晨雾……"

我告诉他："是嘛！这么美好！这就是跳舞带来的快乐感受。"

我的手指在他的肩部轻轻地摩挲起来，毫不经心的样子。接着，我游移的手捏了捏罗石亮的脖颈。

罗石亮跳闪了一下，似乎想要拒绝我捏他，但只是一刻而已。

施特劳斯的曲子，仍在录音机里舒缓飘逸着……

我不知道是不是发酵的酒精在作怪，我的身体里涌出来了一阵阵的温暖，软缓地在胸间流淌，随着缠绵升起的乐曲，我感到了陶醉和愉悦。我不想否认自己是一个敏感的女人，我动情地缠着罗石亮，我们的手把对方抱得越来越紧，彼此的呼吸也越来越紧张。

我和罗石亮当然不用好心的李奶奶来教育，我是心甘情愿地快乐地叫。

我们疲惫地坐起来时，感觉这一切并不是在梦中。

沈家声：胡雪雪扬起得意扬扬的笑脸盯着我，她花一样的嘴角残留了一点儿菜汤的汁液，我忍不住吻了上去。

夕阳像火一样，漫天飞洒。我和胡雪雪的感情也像这夏日的温度计，一天一天往上蹿。

经过上次登门胡雪雪家与她家人的交往和被考察，胡雪雪的爸妈对我很满意。胡教授认为当代文学研究，他有了值得信赖的门生，比起其他人，在课内课外，他对我更是刮目相看。胡雪雪妈的身份得到了证实，正是罗石亮早年被送人的二姐，胡雪雪妈已经把我看作她的亲人了。

胡雪雪呢？总是在我的面前蹦跳来，蹦跳去，我们一起去上课，一起去食堂就餐，我们成为校园一道亮丽的风景线，其他青春男女有些嫉妒着我们。

夕照里，胡雪雪毫无顾忌地牵着我的手，我应邀出席胡雪雪的饭局。这是她上次在自家里主动承揽下来的业务。

路上，我感慨系之，说："这下我头衔中的'临时'二字该取消了，我的任务也完成了。"

"你是想脱离干系？还是要扶正？"雪雪故意这样问。

"谁敢脱离干系？整天被你牛绳一样牵着鼻子，生怕我走散了，你就找不到北了……"

"扶正也要手续的。正如商店营业要有执照一样，不能无证经营……"

"谁说现在要经营？我是讲'临时男友'改为'男友'，并不是说要改为'老公'之类的……"

胡雪雪冷不防地在我手臂上咬了一口。说这就是老婆的滋味看你还讲不讲。

沿江路58号这个院子是教师住宿区的组成部分，院里，矗立起一栋高楼。胡雪雪家在二楼。从楼上向下望去，院里的玉兰树亭亭玉立，霞光之中更显出几分妖娆。玉兰花点缀在绿叶间，有的还是苞朵，有的已迎风怒放。一溜墙脚下，栽种了各式蔬菜……我对胡雪雪说，采菜东墙下，悠然做美梦啊！

胡雪雪笑："美梦不现实哩。"

胡雪雪的爸妈逛市场还没有回来。胡雪雪到厨房忙去了，我在她的小房间里翻书。

走进胡雪雪小巧的空间，令人感到温馨。有一挂绛紫色的窗帘，遮住了半个墙面，只露出一条缝隙，透进西天的夕阳。一厅单人席梦思床，盖着浅色的床罩。床头，有盏嫩绿的小壁灯，是由一串玉雕似的小玻璃瓶子制成的，打出灯光，鲜翠欲滴，逗人喜爱。床头柜上，趴着许多动物玩物，小兔、小狗、小熊、小猪，造型可爱，神态逼真。墙壁上，有相框，胡雪雪的一张相，意境深远，她穿着翠绿花格的连衣裙，站在一块耸出海面的崖石上，身姿婀娜，裙裾飘飘，衬着寥廓的天，无边的海。

书桌上，是中英文版本的书，一长列摆得整整齐齐。几本时尚杂志，散落在枕边。

厨房里有香味飘来。我突然醒悟，一个还是在父母身边撒娇的学生娃，要她亲自下厨为我做饭，这是不是太不妥当了？我至少应该去帮一把手的。

我来到厨房，一看胡雪雪，她居然系了个格子围裙，手拿锅铲，在那里舞动着。我大笑起来。

她说，靓不靓啊？这就是日常生活中的我，上得厅堂，下得厨房，全面发展，这才是跨世纪的新女性形象哩！

我乐了。回应她：我家乡兴打地花鼓的，类似东北的二人转，我来帮你做些下手工作吧，我们就像打地花鼓一样，来一曲妇唱夫随，好不好？

谁跟你妇唱夫随啊？想得美哩！你到客厅里去看带子吧！

看带子还不如欣赏你的才艺表演……

别跟我耍油腔。实在没事就给我择一些空心菜。等下让你尝尝炒血鸭，那才是我真正才艺的展示哩。

我笑倒在门框上。

就是我人生第一盆炒血鸭啊。为此，我曾对照烹饪书，反复试验，在牺牲了七八只鸭子之后，我想，今天应该是它新鲜出炉的时候了。

有这么难做吗？

你想想中国研究原子弹搞了好久？直到1964年才搞成，又过了三年，才成功研制出氢弹……

你又让我想起了去年那次卖春联，你口若悬河满腹经纶地把我击败得一塌糊涂，你这架轰炸机……

今天我要把你的胃炸得圆圆鼓鼓的，只差一点点要爆，看你还喊饿不饿……

血鸭有这么好吃吗？

它是我们这里的地方特色美味。要经过炒、焖、炸、熘等多种工序才能做好，你以为有喝腊肉汤那么容易吗？

你这么爱吃，可我今后没工夫给你研制这个啊？

我自己来搞啊，要你研制干吗？我搞给你吃呀！你周周想吃都行。等等，让我来算一算，一年吃掉52只，算你八十多岁高寿，余下六十年，五六得三十,二六得十二，那就是说，你这一生还要消耗国家的鸭子3120只。

我直起身来，瞪大眼睛看她，看她的眼睛幸福得眯成了一条缝，我愿意相信这一刻，她的目光里盛着的是温暖，是对我的深情的关怀！

我摸了摸她的臂膀，心情异常柔软：你真要为我炒一辈子？

不是我炒一辈子，谁来给你炒一辈子？是上帝专门派我来管理和收拾你这个家伙的。

胡雪雪扬起得意扬扬的笑脸盯着我，她花一样的嘴角残留了一点儿尝菜汤后未曾抹去的汁液，我忍不住吻了上去。

罗石亮：我的心平静了……

沈家声来告诫我，沈老二正在到处打探我的消息，要我小心点儿。

沈老二是想借机报仇。这个消息，令我震惊。

那天晚上在程小曼店子里上演的一幕，让我多么羞愧难当！我的心里像打翻了的五味瓶，我尝不出生活原有的滋味。

程小曼动了真情，心灵上的，肉欲里的。我很分裂，这种事情，原只是做做样子，渗入到情欲里来了，就突然觉得悲凉起来。

我愧对沈文丽对我的一往情深啊！

沈家声说，沈文丽回家后，整日里以泪洗面，人憔悴得变了样。尽管她不知道曾经的罗石亮是因他自己身体上的疾病隐情而忍痛割爱，但罗石亮一旦就这样与程小曼真实地勾连起来，我罗石亮对沈文丽的真爱岂不是卑鄙得只剩下一张苍白的薄纸？

我突然觉得，所谓自己爱上的，就是一场悲剧，宛如一部纠缠不休的香港电视连续剧，我无故地让自己平淡的生活演绎出一些绝望的东西来。

沈老二有旧恨新仇，何首乌事件就是新仇。我起初追求、继而伤害和抛弃了沈文丽，就是他找我算账的最好的借口。这与他骨子里面不能容忍我与沈文丽相爱，并说除非是萨达姆打败了美国人的行为和说法并不矛盾。

6月21日，天空异常闷热。

我们完成了毕业考试，已进入毕业鉴定的最后阶段。校园里弥漫的是浓浓离别情盈盈相思泪的气氛。

傍晚，我去程小曼店里，与她话别。沈老二伙同另一个年轻人，终于把我堵在程小曼的房间里。

我怒斥沈老二："你们要干什么？"

沈老二指了指一同来的那个年轻人说："罗石亮，你也太放肆了。"

我问程小曼："你认识那个年轻人吗？他是你什么人？"

她摇摇头，说根本不认识。

沈老二想出的这一招，十分毒辣，且堂而皇之。那个混混，是他花钱雇用的，声称是程小曼的男友。

他们将我拉到外面打骂。面对过往行人，我满面羞惭，恨不得能有条地缝让我钻进去。

消息传得真快，不一会儿梧桐树下堆满了人。

晚风吹来，树上的叶子摇摇摆摆。

是沈家声在危难之中把我解救了出来。他一从单摩上跳下来，便顺手操起旁边店铺里屠夫卖肉的屠刀，高举在手里，冲了进来，人群慌成一堆，胆小的人赶紧躲闪。

熄灯了，天地间一片黑暗。

我无法入睡，忧心忡忡地在江岸的大道上来回踱着。

我终于下定了决心，越过栏杆，一头撞进了浑浊的江水之中，一刹那，我那两片没有血色的嘴唇剧烈地抖索起来……

在生命的最后时刻，我的心平静了。

沈家声：8月的阳光，以它赤金般的颜色，冲破了漫天的云雾，化散了沉闷和阴霾，覆盖在我们身上，泛起一片金光……

罗石亮走的这个日子，是二十四节气的夏至。这座南方城市的天空，在深夜下起了瓢泼大雨。

罗石亮通往天堂的路并不寂寞，天公及时地为他奏响了悲壮的音乐。

是下游江畔一个放早牛的郊区农民发现他的。

罗石明和沈文丽来到这座城市的殡仪馆，跟罗石亮做最后的告别。

罗石亮躺在一块木板上，神态安详。

地上爬着蚂蚁，大雨过后的蚂蚁们，发现了大片的粮食，它们成群结队地在搬运粮食，它们朝罗石亮爬来，沈文丽用鞋底擦着蚂蚁，蚂蚁越擦越多，沈文丽放声恸哭，泪水哗哗，两股溪水一样的眼泪把蚂蚁们全冲跑了。

7月初，我们毕业了。我携胡雪雪回到了故乡，我们将在故乡举办婚礼。

胡雪雪就这样摇着青春与快乐的步子进入了我的生活。她把我的生活搅得五彩斑斓旖旎多姿，她浓得像雾凇一样化不开的感情，总是挂在我青春的树上，晶莹剔透，装点着我缤纷灿烂的四季。

在她的协助之下，沈氏九修族谱的编撰已在这个暑假竣工，并付梓印刷。那些不利于沈罗两族团结的内容，已被全部删去。我们又一一登门拜访了罗氏和沈氏的长辈，以亲切的道理消除两族人的隔阂，化解历史遗留的矛盾。又力助沈文丽和罗石明组成一个家。

罗大爷见到我和胡雪雪拿出来的那块布条儿，泪珠像黄豆炸角似的，一颗一颗地从昏花的老眼里滚出来……他青筋缠绕的手一直擦着眼睛，抚摸着雪雪的发梢，嘴唇哆嗦不止……

我们在罗石亮的坟茔前燃放了一挂长长的鞭炮。罗石亮被葬在道士湾最高的一个山岗顶上，他永远地扎根在故乡这块土壤之中了。沈文丽长跪在石亮的坟前，她的泪水早已哭干了。罗石明默默地走到她的身边，牵起了她的手。

收完早稻，在8月的村庄里，我和雪雪，还有罗石明和沈文丽，我们一起收获了爱情。8月的阳光，以它赤金般的颜色，冲破了漫天的云雾，化散了沉闷和阴霾，覆盖在我们身上，泛起一片金光……

圣洁的婚礼进行曲冉冉升起，两对新人，身穿簇新的婚礼服装，挽着自己爱人的手臂，迈着恬适的步子，走进婚典的幸福里，接受来宾的祝福。

两大家族的长辈和宾客，都在我们这个集体婚宴的邀请之列。客人们欢呼这是珠联璧合，他们尤其颂赞胡雪雪头发上别着的那只美丽的蝴蝶结……

我向客人们举杯：在我们沈罗两族的历史上，还有一个结，一直纠缠着我们的过去，现在已经被解开了……

客人们颔首微笑，阳光穿过窗棂照在我们的脸上，照在沈罗家族每一张无比欢欣的笑脸上……

（原载2017年第7期《当代文学》）

跋

年轮总是很轻易地烙下青春流逝的印记。唯有不老的文字，相伴身边。

诗文记录着自己的心路历程，释放着个人的情绪和对人生的看法。或许书中还有几许梦想，那是我曾经的希冀和期盼，即使梦想已经迈过年轻，变成没有青春美丽的平凡，我仍然在文学的道路上勇往直前。

拥在方块字流泻的长河中，顾自地吟咏。在业余的日子里，我偏爱消遣文学，于是陆陆续续地留下了一些文字。

我一直喜欢把攒下的东西整理出来。平常就逐年把在纸质媒体和公众号上发表的东西复印存档，成为一个系列。我的第一篇散文于20世纪90年代初被发表在山东的一家报纸，至新千年初累计见诸纸媒的文章近百篇，我把它们汇编成《握住今日的美丽》，由中国文联出版社出版，此为个人第一个文学作品集子。《从春雨到秋雨》是第二本文学作品集子，汇集的是从2001年—2022年4月间见报上刊作品中遴选出来的83篇文章，按内容分别为“魂牵故园”“情系弦歌”“梦回往事”“景在旅途”4大块，文体有散文和小说。我把这些记录下来，就是体验把自己的心境带入一片浩阔天空的过程，因为那里有我熟悉的故事源泉和对世事的思考。每每写作，我都沉浸在自我享受的世界里，心境平静而恬淡。

这本集子的出版，感谢诸多文友的关注和指导！感谢吴茂盛先生拨冗作序！感谢张立云先生策划编排和刘芬老师勘校辨正！

因个人水平有限，行文中有的地方难免偏颇失去方向或文字错误，敬祈读者批评指正。

万　成

2024年3月1日